MY WAY BESIDE YOU

MY WAY BESIDE YOU

WIE SICH ALLES VERÄNDERTE

ALEXANDRA SCHWARTING

ÜBER DIE AUTORIN:

Alexandra Schwarting veröffentlicht seit April 2017 Liebesromane. Ihre gefühlvollen wie auch leidenschaftlichen Geschichten berühren Leserinnen und Leser mit Themen wie aus dem echten Leben. Sie lebt mit ihrem Mann und zwei Kindern auf einem landwirtschaftlichen Betrieb in der Wesermarsch. Ihre Leidenschaft für die Gastronomie, die moderne Landwirtschaft und das Landleben findet man immer wieder in ihren Projekten.

Bisher erschienene Werke der Autorin:

Umhüllt – Im Mantel von Rosmarin und Lavendel

Gefangen – Im Mantel von Rosmarin und Lavendel

Geliebt – Im Mantel von Rosmarin und Lavendel

Auf drei Beinen bis ins Glück

Deine Träume, mein Leben und unsere Liebe

Ab April 2019: *My way beside you – Wie sich alles veränderte*

Ab August 2019: *My way beside you – Mit dir bis ans Ziel*

Covergestaltung: Nadine Duveneck www.naddinanders.de
Unter Verwendung von:
Kleeblätter: Designed by Freepik www.de.freepik.com
Welle: Adobestock: © striZh #224762031
Kompass: Designed by Freepik www.de.freepik.com
Lektorat: Julia Damerow www.korrekturnichtnur.de
Korrektorat: Sabine Albrecht
www.benisa-werbung.de

Herstellung und Verlag: BoD – Books on Demand, Norderstedt

ISBN: 978-3-7494-4751-0

Bibliografische Information der Deutschen Nationalbibliothek:

Die Deutsche Nationalbibliothek verzeichnet diese Publikation in der Deutschen Nationalbibliografie; detaillierte bibliografische Daten sind im Internet über http://dnb.dnb.de abrufbar.

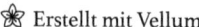 Erstellt mit Vellum

Wir haben nur noch den Rest unseres Lebens, um zu heilen!
Keine Sekunde länger.

1

Vielleicht war ich noch nicht so weit. Vielleicht war dies ein ungünstiger Zeitpunkt. Vielleicht scheiterte ich kläglich. Und vielleicht sollte ich dieses Wischiwaschi-Wort endlich aus meinem Gedankengut streichen. Es galt nur ja oder nein. Vor oder zurück. Glück oder Schmerz, aber nie wieder Ungewissheit.

»Ja, ich will.« Die Worte verließen meinen Mund, ehe ich mit der Wimper zucken konnte.

»Dein Ernst, Mann? Das hätte ich dir nie zugetraut!«, sagte mein Freund Mirko lachend. Ich verdrehte die Augen und griff nach meinem Glas Wasser, das auf dem kleinen Couchtisch zwischen uns stand. Dass mein Chef mich ohnehin zum Urlaub drängte, damit ich meine Überstunden endlich abbaue, blieb mein Geheimnis.

»Und warum machst du den Trip nicht selbst?«, fragte ich ihn.

Mirko fuhr sich mit einer Hand durch sein langes Haar, das er ausnahmsweise offen trug. Seufzend lehnte er sich auf meiner großzügigen Wohnlandschaft zurück.

Ich nippte abwartend an meinem Getränk und beobachtete ihn aufmerksam. Lachfalten um seine strahlend grünen Augen gruben sich in seine sonnengebräunte Haut. Schulterzuckend sah er mich an. Er wusste, wie sehr ich es hasste, wenn man mir beim Sprechen nicht in die Augen sah.

»Manche Pläne ändern sich, und da ich mich entschlossen habe, bei Darek und Alisa auf Sylt die Strandbar zu leiten, will ich mich auf diese Aufgabe voll und ganz konzentrieren.«

Ich brummte zustimmend. »Ist diese Wanderung anstrengend?«, fragte ich sicherheitshalber nach. Mirko lachte wie immer unbeschwert.

»Ein Spaziergang ist es nicht, aber du bist nicht alleine. Mach dir keinen Kopf. Dein Gepäck wird von Station zu Station gebracht. Die Organisatoren sind echt cool drauf.«

Etwas, das ich seit Jahren an unserer Freundschaft schätzte, war, dass Mirko viele Dinge nicht bis ins kleinste Detail zerlegte und, anders als ich, nicht zögerte. Ich hingegen bremste ihn oft genug aus, wenn er mal wieder im Begriff war, unüberlegt zu handeln. Somit retteten wir uns in der Vergangenheit das eine oder andere Mal gegenseitig vor Fehlentscheidungen. Gemeinsam glichen wir uns hervorragend aus. Aber alleine? Ohne ihn? Ohne unsere anderen Freunde? Es würde eine echte Herausforderung werden.

»Komm schon, Jonas!«, zog Mirko mich aus meinen Gedanken. Fragend blickte ich ihn an.

»Was denn? Ich habe doch ja gesagt«, erinnerte ich ihn.

»Mann, dann freu dich gefälligst und analysiere nicht wieder alles. Wenn du so skeptisch an die Sache rangehst, scheiterst du bereits nach der ersten Etappe.«

Verdammt, warum musste er mich so gut kennen? Lange Zeit in meinem Leben war ich alleine, ohne Freunde. Und dann kamen er, Tim, Darek und Simon um die Ecke und mussten mich unbedingt belehren, was es bedeutet, Freunde zu haben.

Ich umgriff mein Glas eine Spur fester und trank den letzten Schluck aus.

»Gibt es zumindest eine Liste, was ich alles benötige? Ich war noch nie wandern.«

»Klar, ich habe dir die ganzen Unterlagen mitgebracht.« Mirko griff in seine bernsteinbraunen Haare und knotete sie weit oben am Hinterkopf zusammen. Wir waren so gegensätzlich. Während er immer in Bewegung war, kein Abenteuer ausließ und auch den einen oder anderen Modetrend durchlebte, besann ich mich auf Kontinuität. Wenn ich eines in meinem Leben gelernt hatte, dann war es, dass ich eine Konstante benötigte. In meiner Kleidung, in meinem Job, in meinem Umfeld.

Mirko stand auf, lief zum Küchentresen, der nur wenige Meter hinter uns war, und schnappte sich seine Ledertasche. Als er wiederkam, plumpste er zurück in die Polster und öffnete sie. Hervor zog er eine Mappe und gab sie mir. In einer kaum leserlichen Schrift, die ich bereits zu Studienzeiten oft zu entziffern versuchte, stand auf dem Pappumschlag: ›The Dingle Way‹.

»Ich lese sie mir später durch. Ich habe gleich eine Verabredung«, erklärte ich ihm, woraufhin er amüsiert mit den Augenbrauen wackelte. Ich ignorierte es, erhob mich und löste die Krawatte. Als ich von der Arbeit nach Hause kam, hatte Mirko bereits in der Tiefgarage an meiner Parkbucht auf mich gewartet.

»Wo geht es denn hin?«, wollte er wissen, während ich die Krawatte auf dem Küchentresen ablegte und den obersten Hemdknopf öffnete. Ich drehte mich zu ihm um.

»Abteilungsausflug. Meine Assistentin war so freundlich, die Veranstaltung zu organisieren. Sie hat mich mit den dämlichsten Vorschlägen bombardiert, dass ich irgendwann zugestimmt habe. Stell dir vor, wir gehen mit siebzehn Leuten zum Rudelsingen!«

Mirko legte den Kopf in den Nacken und brach in schallendes Gelächter aus. Tränen glitzerten in seinen Augenwinkeln. Natürlich wusste er sich hervorragend auf meine Kosten zu amüsieren.

»Das kann nicht dein Ernst sein!«, gluckste er und rieb sich über die Augen. Doch als ich nichts antwortete, stattdessen zum Kühlschrank ging, diesen öffnete und mir Schwarzbrot und körnigen Frischkäse herausholte, da stutzte Mirko einen Moment. »Heilige Scheiße, das meinst du so, wie du es gesagt hast? Du bist echt urlaubsreif.«

Ich zuckte mit den Schultern, legte die Lebensmittel auf der Kücheninsel ab und griff nach einem Teller und einem Messer in den Schubladen. Ich schmierte mir ein Brot und fing an zu berichten: »Hanna, also meine Assistentin, ist echt schräg im Kopf. Allerdings ist sie seit Langem eine der ersten Assistentinnen, die ich freiwillig nicht so schnell hergeben will.« Ich biss in mein Brot und betrachtete Mirko.

»Willst du auch?«, fragte ich mit vollem Mund und hielt mein Essen in die Luft. Mirko verzog angewidert den Mund.

»Ne, lass mal«, winkte er ab. »Und wie lange arbeitet diese Hanna schon in deiner Abteilung?«

Ich überlegte kurz und kaute genüsslich. Als ich fertig war, erzählte ich weiter: »Seit Juni. Also drei Monate.«

»Und du hast sie noch nicht flachgelegt?«

Ich schnaubte und schüttelte den Kopf. »Hanna ist eine der wenigen Frauen, die ich definitiv nicht flachlegen werde, das kannst du mir glauben.«

»Ist sie hässlich?«

»Was? Nein. Hanna kann aber nie den Mund halten, das wäre mir zu anstrengend. Außerdem will ich nicht, dass sie genau wie die anderen hinterher kündigt, weil sie feststellt, dass ich nicht an weiteren Zusammenkünften interessiert bin.« Ich überlegte kurz, dann war ich mir sicher: »Wenn jemand anderes diesen Job machen würde, dann würde ich nicht in den Urlaub fahren. Nicht für eine so lange Zeit.«

»Das sind zwei Wochen. Mehr nicht!«, rief Mirko aus und kam zu mir. Aus der Besteckschublade griff er sich einen Teelöffel und durchforstete im Anschluss den Vorratsschrank.

»Sag ich ja. Das ist eine lange Zeit«, antwortete ich

achselzuckend. Als ich mich zu ihm umdrehte, schnappte er sich eine Tube Honig und den körnigen Frischkäse neben mir. Wie selbstverständlich verteilte er eine großzügige Portion Honig in der Packung, rührte das Gemisch um und lehnte sich mit dem Rücken an den Tresen. Er schob sich einen vollen Löffel in den Mund. Sein Kiefer bewegte sich hin und her. Mirko zog die Augenbrauen überrascht in die Höhe und belud sich erneut den Löffel.

»Gut?«, fragte ich und biss im nächsten Moment selbst von meinem Brot ab.

»Gar nicht so übel. Aber zurück zu dieser Hanna«, antwortete er und deutete mit dem abgelecktem Besteckteil auf mich.

»Da gibt es kein Zurück, Mirko. Sie ist eine mir unterstellte Mitarbeiterin und ich hege kein Interesse an ihr, außer dass sie weiterhin ihre Arbeit erledigt.« Damit war dieses Thema für mich beendet.

Er setzte eine beleidigte Miene auf, konzentrierte sich dann aber wieder auf das Gemisch in seiner Hand.

»Dann kannst du sie mir doch vorstellen, oder nicht?«

Nun war ich es, der lachte. Okay, es war eher ein Schmunzeln. Mehr gab ich nicht an Regung preis. »Das kannst du vergessen. Wenn ich nichts mit ihr anfange, dann du erst recht nicht.«

»Warum nicht?«

»Es wäre nicht weniger beschissen, wenn nicht ich, sondern einer meiner besten Kumpels ihr das Herz brechen würde. Dann würde sie wahrscheinlich noch auf den Gedanken kommen, ihren Liebeskummer bei mir abzuladen. Daraufhin würde ich so genervt sein, dass ich sie kündige. Was bedeuten würde, dass man mir wieder eine neue Assistentin organisieren müsste und eine Standpauke vom Chef gäbe es obendrein. Lass mal, da habe ich keinen Nerv für.«

»Spießer!«, murmelte Mirko mit vollem Mund.

»Damit kann ich leben. Und der Spießer geht jetzt duschen und sich auf einen anstrengenden Abend vorbereiten. Bist du heute unterwegs?« Ich wischte die Krümel vom Schwarzbrot auf der Arbeitsfläche zusammen, schob sie auf meine Handfläche und beförderte sie in den Mund. Die Tüte mit dem restlichen Brot brachte ich zurück in den Kühlschrank und das Messer wusch ich in der Spüle ab. So wenig, wie ich in meiner Wohnung aß, lohnte es nicht, das Geschirr und Besteck in die Spülmaschine zu legen. Es würde anfangen zu schimmeln.

»Ich muss noch drei Angebote ausarbeiten und versenden. Morgen früh fahre ich nach Sylt, um den ersten Teil meiner Klamotten rüberzubringen. Montag beginnt meine letzte Arbeitswoche in der Firma. Die besteht fast ausschließlich darin, eine vernünftige Kundenübergabe zu machen und meinen Nachfolger mit zu meinen Terminen zu schleppen. Du weißt schon, das ganze Abschiedsblabla.« Mirko verdrehte genervt die Augen, kratzte dabei den Becher mit Frischkäse aus und entsorgte ihn im Mülleimer. Den Löffel wusch er ebenfalls ab. Er kannte mich gut genug, um zu wissen, dass ich Unordnung verabscheute.

»Dann grüße die anderen von mir«, kommentierte

ich seine Ausführung und wartete, dass er sich verabschiedete.

»Klar, mach ich. Komm doch auch noch vorbei, bevor du fliegst.«

»Keine Zeit.«

»Dieser Urlaub ist so krass überfällig. Wenn du Fragen zu den Unterlagen hast, melde dich bei mir.« Mirko streckte seine rechte Hand aus. Ich ergriff sie und er zog mich in eine lockere Umarmung, bei der er mir auf den Rücken klopfte.

»Sicher.«

Als Mirko sich löste, drehte ich mich Richtung Flur zur Haustür. Er sammelte seine Tasche vom Sofa ein und hing sie sich über die Schulter. An der Tür nickte er mir ein letztes Mal zu, dann verschwand er.

»Hey Petersen!«, rief eine mir bekannte hohe Stimme hinter mir. Ich drehte mich um, die Hände noch immer in den Hosentaschen vergraben. Hanna erschien gut gelaunt wie immer vor mir. Sie hüpfte beinahe, so ausgelassen war sie an diesem Freitagabend. Als ich ihr das Okay für den Abteilungsausflug gegeben hatte, fing sie fast an, vor Freude zu heulen. Woraufhin ich ihr nur mitgeteilt hatte, dass, wenn sie wirklich anfangen würde zu heulen, dieser Ausflug nicht mehr stattfinden würde.

»Wie oft soll ich Ihnen noch sagen, dass Sie mich entweder ›Herr Petersen‹ oder Jonas nennen sollen, aber nicht immer so tun können, als sei mein Nachname mein Vorname«, wies ich sie augenblicklich zurecht.

Hanna schenkte mir ein strahlendes Lächeln, das ihre vollen Wangen in die Höhe zog. Sie blieb vor mir stehen, zog den Henkel ihres Shoppers wieder über die Schulter, und streckte mir ihre Hand zur Begrüßung entgegen. Jetzt kam dieser Quatsch schon wieder. Ich zog meine aus der Tasche, ergriff ihre, und sie machte wieder diese dämliche Andeutung eines Knicks.

»Herr Petersen, wie schön, dass Sie heute Abend gut gelaunt sind. Das wird unsere Teambuilding-Maßnahme ungemein unterstützen.« Hanna klimperte mit ihren dichten dunklen Wimpern. Ihr Make-up war nicht so dezent und unschuldig wie tagsüber im Büro. Plötzlich sah sie nicht mehr knuffig wie ein Teddybär aus, sondern wie eine starke, selbstbewusste Frau, der ich zutrauen würde, dass sie trotz ihrer Pfunde zu viel auf den Rippen dem einen oder anderen Mann den Kopf verdrehen würde. Nur nicht mir.

»Wo haben Sie denn Ihren Unschuldsmädchen-Umhang gelassen?«, fragte ich sie von oben herab. Und damit meinte ich wirklich von oben herab. Hanna ging mir nicht einmal bis zu den Schultern. Auf dem Jahrmarkt dürfte sie womöglich nicht einmal in alle Fahrgeschäfte, da sie laut ihrem Steckbrief nur haarscharf eins sechzig erreichte. Meine Assistentin zog ihre Augenbraue in die Höhe, so wie immer, wenn ich versuchte, meine Laune an ihr auszulassen. Schwungvoll warf sie ihre dunkelbraunen Haare nach hinten, die sie heute das erste Mal in meiner Gegenwart offen trug. Ich staunte nicht schlecht, als ich erkannte, dass sie ihr bis zum Hintern reichten.

Provokant stemmte sie ihre Hände in die vollen Hüften. So wie ich sie von oben bis unten gemustert hatte, tat sie es nun mit mir.

»Petersen, kann das sein, dass Sie in den letzten Tagen keinen Sex hatten?«

»Wie bitte?«, rief ich aus. »Was glauben Sie eigentlich, wen Sie hier vor sich stehen haben?«

»Tun Sie nicht so, als sei ich fünf Jahre alt. Aber wenn Sie meinen, dass Sie mich abfällig behandeln müssen, dann tue ich es Ihnen gleich. Und es ist im Übrigen ganz offensichtlich, dass Sie seit Dienstag keinen Sex mehr hatten. Mittwoch war der einzige Tag, an dem ... Sie wissen schon ... Mittwoch haben Sie ganze zwei Stunden gebraucht, bis Ihnen aufgefallen ist, dass ich Sie nerve. Sonst kommt der erste Anschiss schon während ich Ihnen den ersten Kaffee bringe.« Sie sprach, als wären wir mehr als Kollegen. Mehr als Vorgesetzter und Assistentin.

»Nehmen Sie Ihre Augenbraue runter, Hanna. Das sieht komisch aus«, kommentierte ich ihre These und warf einen Blick auf meine Rolex. Hanna und ich waren zu früh. Es dauerte noch eine Viertelstunde, bis die anderen aus der Abteilung auftauchen würden. Als ich zu meiner Assistentin schaute, hatte sie sich wieder beruhigt und bestrafte mich dafür mit ihrem siegessicheren Grinsen. Ich verdrehte die Augen. Natürlich bestätigte ich ihre Beobachtung über mein Sexleben nicht, denn das ging sie nichts an, genauso wenig wie andere. Wen und wann ich vögelte, blieb immer noch mir überlassen.

»Ich wusste, dass ich recht habe.« Mit diesen Worten ging sie an mir vorbei und ich folgte ihr über die schmale Fußgängerbrücke zwischen den alten Fabrikgebäuden der Speicherstadt.

»Sie haben mit gar nichts recht und wenn Sie mich weiter nerven, erwartet Sie ab Montag eine geballte Ladung Überstunden.« Wir bogen auf die Kopfsteinpflasterstraße nach links ab. Hanna wirbelte so überraschend auf ihren hohen Schuhen herum, dass ich beinahe über sie gestolpert wäre. Ich seufzte genervt.

»Herr Petersen, mit Erpressung kommen Sie bei mir nicht weiter. Das sollten Sie mittlerweile wissen. Außerdem war es lediglich ein Hinweis darauf, dass Sie als Abteilungsleiter gewisse Verpflichtungen uns gegenüber haben und sich Ihre ständige Reserviertheit und Arroganz negativ auf den Zusammenhalt der Mitarbeiter auswirkt. Darum sind wir heute hier. Damit auch die anderen Kollegen merken, dass Sie nicht so scheußlich sind, wie Sie uns immer vorspielen.« Zuckersüß lächelte sie mich an und ehe ich ihr antworten konnte, drehte sie sich wieder um und ging weiter.

Ich folgte ihr stumm. Das würde ich ihr heimzahlen. Wir blieben vor einer Tür des alten Industriegebäudes stehen. Als ich etwas über mir wahrnahm, blickte ich empor. Ein Perserteppich wehte aus einem geöffneten Fenster.

»Teppichhandel und mehr«, verkündete meine Assistentin stolz, betätigte den Klingelknopf neben einem großen Messingschild am Mauerwerk, und warf zufrieden ein weiteres Grinsen über die Schulter.

»Ich schätze, hier handelt es sich um das ›Mehr‹, das uns erwartet?« Der Türsummer ertönte, Hanna drückte die schwere Tür auf und drehte sich zu mir herum.

»Archer ist ein Freund von mir und bietet seinen Gästen hier ein ganz besonderes Erlebnis an.« Einladend bewegte sie ihre freie Hand ins Hausinnere.

Ich trat ein. Vielleicht hätte ich mir das Programm doch genauer durchlesen sollen. Aber Rudelsingen war die einzige Option, die ich akzeptieren konnte. Andere Vorschläge waren Bouldern oder ein Töpferkurs gewesen. Im Ernst, wer würde sowas machen?

»Na, da bin ich ja gespannt«, murmelte ich und folgte ihr auf der Treppe nach oben. Schummriges Licht, ein würziger, sogar orientalischer Geruch erfüllte das Gebäude. Sobald wir im ersten Stock ankamen, traten wir durch eine geöffnete Eisentür. Vor mir zog meine Assistentin die Schultern hoch, als würde sie diesen Ort in sich aufsaugen. Wir standen in einem Loft, dessen Betonboden mit verschiedensten Läufern bedeckt war.

»Ziehen Sie ihre Schuhe aus«, sagte Hanna und zeigte auf meine Füße.

»Ich dachte, wir sind hier im Orient und nicht in Japan gelandet«, antwortete ich.

Augenrollend stützte sie sich an einen Wandteppich und strich sich die Pumps von den Füßen. Hanna trug passend zu ihrem schlichten schwarzen Kleid eine dunkle Strumpfhose.

»Haben Sie Löcher in den Socken, oder warum

können Sie nicht einmal das machen, worum ich Sie bitte?«

Ich antwortete ihr mit einem angedeuteten Lächeln und kam ihrer Aufforderung nach. Dass es sich hier nicht um eine Bitte handelte, ließ ich ihr durchgehen. Immerhin war Freitagabend und laut ihren Angaben musste noch etwas vorbereitet werden. Wenn ich sie weiter ärgerte, lief ich Gefahr, dass ich mehr mithelfen müsste, als mir lieb war.

Auf Socken gingen wir ins Innere. Hannas große Tasche baumelte lässig in ihrer Hand, ihr Gang war beschwingt. Ich sah mich um. Überall hingen Teppiche von den Wänden. Ganze Stapel mit der geknüpften Ware bildeten links und rechts von uns einen Gang. Von den Decken hingen bunte Lampions.

»Archer, wir sind da!«, trällerte Hanna so plötzlich, dass ich zusammenzuckte. Wir gingen um eine Betonwand herum. Dabei zwinkerte sie mir über die Schulter. Als ich dies ignorierte und meine Aufmerksamkeit auf den nächsten offenen Raum in diesem Loft richtete, blieb ich stehen.

»Wow«, gestand ich und hinderte meine Gedanken nicht daran, sie laut auszusprechen.

»Das, Herr Petersen, ist das ›Mehr‹«, verkündete Hanna und griff nach meinem Ellenbogen, um mich weiterzuziehen. Vor uns sah es wie auf einem Marktplatz aus. Ein Ort, der hier nicht hingehörte und sich doch perfekt integrierte. Holzstände mit richtigen Auslagen standen hier wie ein großes U verteilt. In der Mitte lagen Sitzkissen, kleine Hocker waren mit bunten Gläsern und Karaffen bestückt.

Hanna ließ mich los, deutete an die Decke. Bunte Tücher waren über ein Holzgestell gerafft, Lichterketten und weitere Lampions tauchten auch hier den Raum in weiches Licht.

»Gefällt es dir?«, ertönte eine tiefe Männerstimme, woraufhin Hanna sich grinsend umdrehte. Ich folgte ihrer Bewegung und ein dunkelhäutiger Mann trat auf uns zu. Barfuß in einer weiten Stoffhose und einer Tunika. Er hatte nur Augen für meine Assistentin, die gerade mit weit ausgestreckten Armen auf ihn zuging.

»Archer, es ist perfekt!« Sie schlossen sich fest in die Arme. Ich räusperte mich. Der Mann und Hanna lösten sich. Sie griff nach seiner linken Hand und zog ihn zu mir.

»Archer, darf ich vorstellen? Das ist Herr Petersen, mein Vorgesetzter, der sich ganz besonders auf den heutigen Abend freut.« Das war der Zeitpunkt, an dem die erste Überstunde für Montag verbucht wurde. Ich ließ mir meine Gedanken nicht anmerken und streckte meine Rechte nach Archer aus.

»Jonas Petersen, Abteilungsleiter der QS und Kundenbetreuung der Messe Nord. Freut mich, Sie kennenzulernen, Herr ...« Ich stockte, er grinste breit und ergriff meine Hand.

»Einfach nur Archer. Schön, dass Sie heute hier sind«, entgegnete er mir. Er schien freundlich, aber die Art, wie er zudrückte, zwei Sekunden zu lange und einen Deut zu fest, und wie er mich musterte, verrieten mir, dass er nicht so erfreut war, wie er den Anschein erweckte. Himmel, er dachte doch wohl nicht, dass ich etwas von Hanna wollte.

»Die Freude ist ganz meinerseits.«

Okay, das war zu viel. Das bemerkte ich allerdings erst, als ich mir von Hanna einen skeptischen Blick einfing. Ich schob die Hände in meine Hosentaschen und beäugte meine Assistentin. »Und nun?«

Dass sie alles bis ins kleinste Detail plante, war für mich nichts Neues, daher wunderte ich mich auch nicht, dass sie einen schmalen Ordner aus ihrer Tasche zog, diesen aufschlug und die Klemmfeder schwungvoll öffnete.

»Hier sind die Handouts über die Lieder, die wir singen werden, eine Liste mit dem anschließenden Buffet und mit der Getränkeauswahl.« Stolz reichte sie mir die zusammengehefteten Unterlagen. Ich griff danach und tat so, als würde ich sie überfliegen. Ich wusste auch so, dass alles organisiert war. Ich wollte ihr aber nicht ständig sagen, dass sie ausgezeichnete Arbeit leistete.

»Archer wird dann die Leinwand herunterlassen, sodass wir alle die Texte deutlich lesen können«, erklärte sie mir in ihrem typischen allwissenden Ton und zeigte auf die Vorrichtung an einer der Wände. »Ein ganz privates Rudelsingen, toll nicht wahr? Für gewöhnlich findet es in diesen Räumlichkeiten erst ab vierzig Personen statt, aber für uns wurde eine Ausnahme gemacht.«

»Und warum sind wir jetzt eher als die anderen hier?«, fragte ich sie kühl.

»Damit Sie einen Moment Zeit haben, sich mit diesem Abend anzufreunden, Petersen.«

»Hanna ...«, begann ich genervt, wurde jedoch sofort von ihr unterbrochen.

»Schon gut, schon gut. Ich halte meine Klappe.« Ergeben hob sie ihre Hände und hielt den Ordner wie einen Schutzschild vor ihren Kopf.

Drei Stunden später verließen wir mit siebzehn Leuten das Gebäude, hatten uns von Archer verabschiedet, und es blieb mir nichts anderes übrig, als meine Assistentin zu loben. Wir liefen den anderen hinterher, die noch zu einer nahegelegenen Bar gehen wollten, in Richtung der Landungsbrücken. Ich räusperte mich.

»Ja bitte, Herr Petersen?«, fragte Hanna unschuldig zu mir hinauf und schlang sich einen überdimensionalen Schal um die Schultern, den sie von Archer bekommen hatte. So wie die anderen acht Frauen unserer Abteilung. Wir Männer hatten von Archer, der nicht nur mit Teppichen, sondern auch mit Seide handelte, eine Auswahl an feinen Einstecktüchern geboten bekommen.

Ich blieb stehen, wartete eine Sekunde, dann drehte sie sich zu mir um und kam das kleine Stück zu mir zurück. Ich streckte Hanna eine Hand entgegen, die sie skeptisch beobachtete, was ich trotz der wenigen Straßenleuchten erkannte.

»Diesen Abend haben Sie erstklassig organisiert«, begann ich, und endlich ergriff sie meine Hand. Ich legte meine andere auf ihre. Dies war weder anzüglich noch herablassend gemeint. Es war einfach ehrlich. »Ich kann mich glücklich schätzen, Sie als meine Assistentin zu haben. Nach dem heutigen Abend weiß ich, dass ich beruhigt in den Urlaub fahren kann. Danke, Hanna.« Überraschung tanzte über ihr rundes Gesicht und auch wenn es fast dunkel war, erkannte ich eine Röte auf ihren Wangen, und sie suchte einen Moment nach den richtigen Worten. Ich lächelte sie an und gab ihre Hand wieder frei. Da sie noch immer nichts antwortete, bestätigte sich meine Vermutung. Hanna hatte mit allem gerechnet, aber nicht mit einem ehrlichen Lob.

»Jetzt kommen Sie endlich, sonst sind Sie gleich die Erste, die eine Runde ausgibt«, wies ich sie an, was Hanna nun aus ihrer Starre löste.

»Petersen, Sie haben es endlich geschafft, ich bin sprachlos«, antwortete sie lachend und kopfschüttelnd zugleich und drehte sich mit mir in die Richtung der Kollegen.

»Warum? Meinen Sie nicht, dass es mal an der Zeit war, dass ich ein Lob für Ihre Arbeit ausspreche?« Wir gingen über die Brücke, die Kollegen warteten auf der anderen Seite auf uns.

»Ach, glauben Sie mal nicht, dass ich nicht schon lange weiß, dass Sie mit mir zufrieden sind. Ansonsten hätten Sie mich schon längst kopfüber in die Elbe getunkt, weil ich Sie nur mit dem Nachnamen angesprochen habe.«

»Sie sollten es nicht übertreiben, Hanna.«

»Was ich eigentlich sagen wollte«, begann sie von Neuem, »haben Sie eben das Wort Urlaub ausgesprochen? Also, Sie wollen Urlaub machen?«

Abrupt blieb ich stehen. Nachdenklich betrachtete

ich die kleine Frau mit der großen Klappe, ein Organisationstalent, das ich selten zuvor erlebt hatte. Kunden- und lösungsorientiert, herzlich, ehrgeizig und verhandlungssicher. Wenn es mein Posten gewesen wäre, den es zu besetzen galt, dann hätte ich ihn ihr gegönnt.

»Was glauben Sie eigentlich, was wir hier heute Abend gemacht haben?«, fragte ich sie. Verwirrt legte sie den Kopf in den Nacken.

»Rudelgesungen, gegessen, getrunken, Teambuilding und ich glaube, alle, einschließlich Ihnen, hatten Spaß, warum?« Es war der erste Augenblick an diesem Abend, in dem sie plötzlich nicht mehr so überzeugt von sich und ihrem Handeln war. Mann, bin ich ein Arsch.

»Falsch, Hanna«, fing ich mit einem möglichst neutralen Ton an und schloss zu den anderen auf. Ihre Absätze klapperten schnell über den Steinboden hinter mir.

»Was heißt hier falsch?«, fragte sie aufgeregt.

Grinsend drehte ich mich um und beugte mich zu ihr. So, dass nur sie es hörte, sagte ich leise: »Ich wollte nur wissen, ob Sie auch eine Zeit ohne mich zurechtkommen. Und das haben Sie heute bewiesen. Mit dieser Veranstaltung haben Sie gezeigt, dass Ihnen jeder aus der Hand frisst, wenn Sie es wollen.« Ich richtete mich wieder auf, zog meine Brieftasche aus der Innenseite meiner Lederjacke und holte die Kreditkarte meines Spesenkontos heraus. Ich streckte ihr diese entgegen.

»Fünfhundert Euro, alles darüber wird selbst gezahlt. Passen Sie gut drauf auf. Montagmorgen um acht erwarte ich die Karte zurück auf meinem Schreibtisch.«

Mit offenem Mund nahm Hanna die Karte an.

»Ich habe Sie schon wieder sprachlos gemacht«, grinste ich. Endlich schüttelte sie den Kopf und lächelte mich herzlich an.

»Danke. Aber warum kommen Sie denn nicht mit?«, fragte sie mich, während wir mit den anderen Kollegen weitergingen. An der Hauptstraße mussten sie rechts abbiegen, ich blieb stehen.

»Das ist nichts für mich. Das wissen Sie. Außerdem habe ich noch eine Verabredung«, kommentierte ich und schob meine Hände samt Brieftasche in die Jacke.

Hanna wackelte amüsiert mit den Augenbrauen. »Hoffentlich hält das auch bis Montag an.« Ehe ich etwas erwidern konnte, drehte sie sich um und hob den Arm.

»Petersen gibt 'ne Runde aus!«, rief sie den anderen hinterher. Die Truppe applaudierte und alle hoben grüßend die Hand, als sie sahen, dass ich ihnen nicht folgte. Ich nickte ihnen zu und drehte mich dann in die andere Richtung. Endlich war es wieder still um mich herum.

2

_____

»**H**anna«, sprach ich genervt ins Mikrophon und ließ den Knopf an meinem Telefon wieder los. Zwei Sekunden später klopfte es leise an meiner Tür.

»Herein«, gab ich ihr zu verstehen.

»Ja bitte, Herr Petersen?« Hanna stand mit ihrem Diktiergerät in der Hand vor meinem Schreibtisch. Es beruhigte mich ungemein, dass sie wieder in ihren gewohnt unschuldigen und beinahe mädchenhaften Rock und Bluse vor mir stand.

»Setzen Sie sich.« Ich lehnte mich in meinem Stuhl zurück, schloss den obersten Knopf meines Jacketts. Hanna nahm auf dem Ledersessel vor meinem Schreibtisch Platz, legte das Gerät auf die Holzplatte und drückte drei Knöpfe. Mit einer Handbewegung unterbrach ich sie. Hanna verstand und schaltete das Gerät wieder aus.

»Ich habe eine Bitte«, begann ich nun eine Spur

ruhiger, faltete meine Hände vor mir auf der Tischplatte. Ich atmete tief ein und richtete meinen Blick auf die verdutzte Brünette vor mir. Mit ihrer großrahmigen Brille und dem dicken Dutt auf dem Kopf sah sie mich noch immer abwartend an. »Waren Sie schon einmal wandern?«, fragte ich schlussendlich.

Hanna räusperte sich leise, ihre Schultern sackten entspannt ab und sie lächelte, als sie sagte: »Herr Petersen, verzeihen Sie mir, aber das ist keine Bitte, sondern eine Frage.«

Meine Mundwinkel zuckten.

»Gut, dann eine Frage, vor einer Bitte. Waren Sie schon einmal wandern, Hanna?«

Kurz schien sie zu überlegen und zog ihre Nase kraus, woraufhin sie ihre rutschende Brille wieder hochschob.

»Ja, aber das ist ein paar Jahre her. Mit meinen Großeltern im Harz. Da war ich fünfzehn oder so. Was genau hat das mit Ihrer Bitte zu tun?« Neugierig musterte sie mich.

»Ich habe letzte Woche Freitag Ihnen gegenüber erwähnt, dass ich Urlaub machen werde. Erinnern Sie sich?«

»Herr Petersen, das ist drei Tage her, natürlich erinnere ich mich.« Empört über meine Frage schlug sie die kurzen Beine übereinander.

»Schön, dass Sie mir immer so fleißig zuhören«, konterte ich. Mit einer Hand öffnete ich die oberste Schublade meines Schreibtischunterbaus und zog die Mappe von Mirko heraus. Ich schob sie ihr zu und lehnte mich wieder zurück.

»The Dingle Way?«, fragte Hanna mit hochgezogenen Brauen. Ich nickte, dann begriff sie endlich. »Sie wollen mich auf den Arm nehmen, Petersen!«, schoss es kichernd aus ihr heraus, als sie das Deckblatt öffnete und die Karte der irischen Halbinsel auftauchte.

»Zügeln Sie Ihren Ton, Hanna!«, ermahnte ich sie.

»Verzeihung«, gab sie kleinlaut von sich und fing dann an, die Informationsblätter zu studieren. Unterdessen griff ich ein zweites Mal nach der Schublade und nahm meine Brieftasche heraus. Die Firmenkreditkarte hatte wie vereinbart am Morgen bereits auf meinem Schreibtisch gelegen.

»Kann ich Ihnen vertrauen?«, fragte ich sie leise.

»Aber natürlich, das sollten Sie mittlerweile wissen.« Hanna schloss die Mappe und schob sie akkurat eine Daumenbreite von der Tischkante entfernt von sich.

Nickend zog ich meine private Kreditkarte hervor. Unschlüssig drehte ich sie zwischen meinen Fingern und schob sie dann doch über den Tisch. Meine Assistentin runzelte die Stirn und schaute mir schlussendlich in die Augen.

»Ich fliege am Montag nach Irland. Alleine. Ich war noch nie wandern und bin mir trotz der angehängten Liste nicht sicher, was ich für eine mehrtägige Wanderung benötige. Und da Sie ja so gerne organisieren, wollte ich Sie bitten ...« Ich stockte einen Moment, straffte meine Schultern und redete weiter. »Hanna, ich möchte Sie bitten, mir zu helfen, diese Dinge zu besorgen. Bevor ich fliege, werde ich noch einige andere

Angelegenheiten erledigen müssen. Kann ich mich auf Sie verlassen?«

Meine Assistentin erhob sich. Sie griff nach der Kreditkarte und der Mappe, beides drückte sie mit der linken Hand vor ihre Brust.

»Wann möchten Sie die Sachen haben?«, fragte sie mich mit einem breiten Grinsen. Mir fiel ein Stein vom Herzen, was ich nicht zugeben wollte. Dennoch schenkte ich ihr ein angedeutetes Lächeln.

»Diese Besorgungen wären etwas für außerhalb der eigentlichen Arbeitszeit. Das ist eine persönliche Bitte«, erinnerte ich sie. Nicht, dass sie augenblicklich ihre anderen Aufgaben vernachlässigte.

»Schon gut, das war mir klar. Passt Ihnen Donnerstagabend? Dann bringe ich Ihnen alles, was Sie benötigen, zu Ihnen nach Hause, sofern das für Sie in Ordnung wäre?«

Ich nickte. »Das würde mir passen.«

»Schön, dann schicken Sie mir bitte eine Mail mit Ihren Maßen und Lieblingsfarben, eine Allergieliste und am besten Ihre Lieblingsmarken für Outdoorbekleidung. Wenn Sie mir noch Ihre Lieblingsinterpreten und -autoren notieren, erstelle ich Ihnen passende Playlists mit Musik und Hörbüchern.« Hanna wollte gerade zu weiteren Punkten ansetzen, da hob ich ergeben meine Hände. Diese Frau war nicht zu stoppen.

»Hören Sie, ich gehe wandern. Nicht mehr, nicht weniger. Bereiten Sie alles vor und besorgen Sie die Dinge, von denen Sie meinen, dass ich sie mitnehmen muss. Sie haben freie Hand, aber übertreiben Sie es bitte nicht.«

Entschuldigend zog sie die Schultern hoch und nickte mit hochrotem Kopf. Dann verließ Sie das Büro und ich widmete mich der nächsten Statistik der letzten Ausstellerfragebögen.

Es klingelte pünktlich um zwanzig Uhr an meiner Haustür. Ich schaltete die Tagesschau wieder aus und klappte den Laptop auf dem Couchtisch zu. Als ich die Tür öffnete, war ich überrascht. Hanna stand in einem knallgelben Regenmantel vor mir, um den Hals trug sie einen pinken Seidenschal. Aber das Seltsamste an ihrer Erscheinung war eindeutig der Schalenkoffer, der ihr höher als bis zur Hüfte ging – in Pink. Neben ihrem mir mittlerweile bekannten Shopper hielt sie noch eine Plastiktüte in der Hand. Als sie damals bei uns in der Abteilung anfing, hatte ich einmal ein Kommentar über die riesige Handtasche abgegeben und wurde von ihr darauf hingewiesen, dass es sich strenggenommen um einen Shopper und nicht um eine Handtasche handelte. Seitdem hielt ich besser meinen Mund.

»Guten Abend, kommen Sie rein«, bat ich sie und bedeutete ihr einzutreten.

»Hallo, ja gerne.«

Ich schloss den Eingang, während Hanna ihre Pumps auszog. Augenblicklich wurde sie noch kleiner als ohnehin schon.

»Darf ich Ihren Mantel abnehmen?«

»Oh, das ist freundlich von Ihnen. Gerne«, bedankte sie sich. Umständlich zog sie sich das Ding aus und hielt mir das Kleidungsstück entgegen. Ich schmunzelte.

»Was denn?«, fragte sie mich skeptisch. Ich hing den Mantel auf einen Bügel an meiner Garderobe, darauf bedacht, dass meine Lederjacke daneben nicht berührt wurde.

»Es ist ungewohnt, Sie in Freizeitkleidung zu sehen«, gab ich ehrlich zu. Während ich an Hanna vorbei und weiter in den offenen Wohnbereich ging, kicherte sie hinter mir. Das Rollen des Koffers verfolgte mich.

»An Ihren Freizeitlook kann ich mich auch nur schwer gewöhnen.«

Überrascht blieb ich am Küchentresen stehen und blickte an mir herab.

»Was stimmt denn an Chinohosen und einem Pullover nicht?«

»Na, Sie sehen noch immer so förmlich aus. So, als würden Sie nie wirklich Feierabend machen.« Hanna blieb am Tresen stehen und blickte sich neugierig um. Ihr klappte der Mund auf.

»Tja, so etwas kann man sich leisten, wenn man nie Feierabend macht«, zwinkerte ich ihr zu und ging zum Kühlschrank.

»Wollen Sie etwas trinken?«

»Ne, schon gut. Ich habe alles dabei. Für Sie übrigens auch«, plapperte sie im gewohnten Stil drauflos.

»Und das wäre?«

Sie grinste. »Na, Guinness natürlich.« Sie hielt zwei Dosen irisches Bier in die Höhe, die sie aus der Plastiktüte hervorgeholt hatte.

»Sie haben das Thema aber besonders ernst genommen, was?« Stolz reichte sie mir die Dosen, die ich daraufhin auf der Arbeitsfläche abstellte. Aber sie war noch nicht fertig.

»Und hier habe ich noch gebackene Bohnen mit Toast, damit Sie wissen, was Sie dort zum Frühstück erwartet. Das Irish Stew hätte zu lange gedauert.« Hanna schob mir ein Knäuel aus Alufolie entgegen. Das überraschte mich dann doch.

»Okay ... das wäre nicht nötig gewesen.«

»Keine Sorge, das habe ich auch nicht mit Ihrer Kreditkarte bezahlt. Das Essen und das Bier gebe ich aus«, tat sie mit einer flüchtigen Handbewegung ab. Shit, das war wohl doch nicht so eine gute Idee. Interpretierte sie etwa mehr in meine Bitte hinein, als ich annahm? Abwarten.

»Das ist ja freundlich«, gab ich daher neutral von mir. Dann deutete ich auf den Koffer. »Wollen wir das zuerst erledigen?«

Hanna betrachtete den Koffer und nickte. »Klar, können Sie machen. Wenn Sie Ihre Bohnen dann kalt essen wollen, mir egal.«

»Na ja, Sie dann schließlich auch, oder nicht?«

Hanna lachte auf und öffnete den Koffer. Die Schale des Gepäckstückes fiel zu Boden.

»Was ist so witzig?«, fragte ich und trat um den Tresen herum. Der Koffer beherbergte auf einer Seite hinter dem Netz einen Backpackingrucksack und Wanderschuhe, auf der anderen Seite befanden sich Kleidungsstücke und zwei gefüllte Papiertüten.

»Ich esse nach achtzehn Uhr nichts. Freitag war

mein Cheatday, sonst hätte ich den Kollegen neidisch zuschauen müssen. Ich liebe Archers Curry!« Mir nichts, dir nichts offenbarte sie solche privaten Details, während sie den Rucksack befreite. Verständnislos beobachtete ich das Szenario.

»Na, jetzt schauen Sie nicht, als wären Sie schwer von Begriff, Petersen«, sagte sie kopfschüttelnd und legte das Gepäckstück auf den Barhocker.

»Jonas. Nennen Sie mich bitte einfach nur Jonas. Und warum werfen Sie mir sowas vor?«

»Also gut, Herr Jonas«, begann sie, und ich verdrehte die Augen. »Aufgrund meiner körperlichen Beschaffenheit esse ich, seit ich den Job in Ihrer Abteilung angetreten habe, nichts mehr nach achtzehn Uhr. Zufrieden?« Sie stemmte die Fäuste in ihre vollen Hüften.

»Was hat meine Abteilung mit Ihren komischen Essgewohnheiten zu tun?«, fragte ich verwirrt. Hannas Gesichtszüge wurden weicher. Ein beinahe unsicheres Lächeln, das ich an ihr so gut wie nie zu Gesicht bekam, stahl sich auf ihre pink geschminkten Lippen.

»Jonas, sind Sie wirklich so blind? Ausgerechnet Sie, dem nie ein Fehler entgeht?«

Allmählich wurde ich ungeduldig. Was war das hier?

»Sprechen Sie Klartext, Hanna. Sie wissen, dass ich dieses Wischiwaschi-Gerede nicht leiden kann.« Meine Assistentin schluckte heftig, ihre Wangen wurden rot, und ich ohrfeigte mich im Stillen, dass ich so blöd war, ihr irgendwelche Hoffnungen gemacht zu haben.

»Ich ... ich«, stotterte sie.

»Sie, was?«, forderte ich sie harsch auf.

»Ich werde wegen meiner überschüssigen Kilos gelegentlich angesprochen.« Kaum hörbar sprach sie die Worte aus. In dem Moment, als sie verstummte, entspannte ich mich augenblicklich wieder. Und trotzdem stand diese Aussage zwischen uns. Als Abteilungsleiter hatte ich versagt, wenn mir dieses Detail entgangen war. Ich war im Begriff, aufmunternde Worte zu suchen, fand diese allerdings nicht so schnell, wie es angebracht gewesen wäre. Hanna straffte ihre Schultern. Sie hatte sich selbst wieder gefangen und lächelte auf die Art, die ich von ihr gewohnt war. Unbeschwert und freundlich. »Dass Sie das nicht interessiert, sofern es nicht meine Arbeit beeinflusst, dessen bin ich mir bewusst. Ich hatte auch nicht vor, es anzusprechen. Aber offensichtlich hatten Sie anderes erwartet, so wie Sie mich gerade mit den Augen vernichten wollten. Ich kann Sie beruhigen, ich habe diese Maßnahme nicht ergriffen, um ...« Sie verstummte plötzlich und blickte mir fest in die Augen, ehe sie mich von oben bis unten musterte. Kopfschüttelnd sprach sie weiter: »... um Ihnen zu gefallen, falls Sie das dachten.«

»Hanna ...«, setzte ich an, nicht sicher, was ich sagen sollte. Ich war vielleicht gut in meinem Job und hervorragend darin, mit fremden Leuten zu kommunizieren, aber meine Freunde, und damit waren meine wirklich engen Freunde gemeint, waren die einzigen Menschen, denen ich etwas wie Empathie gegenüber zeigen konnte – und wollte. Anderen Menschen gegenüber fühlte ich mich leer.

»Nein«, unterbrach Hanna mich, weil ich noch

immer nicht weitersprach, und machte eine wegwerfende Handbewegung. »Ich zeige Ihnen jetzt, was ich besorgt habe, notiere mir, was ich morgen umtausche oder was nachträglich organisiert werden muss, und dann gehe ich, als hätte dieser kurze Austausch nie stattgefunden, okay?« Abwartend taxierte sie mich, bis ich nickte.

»Danke.« Dies war alles, was ich hervorbrachte. Ich nahm den Rucksack vom Hocker. Die nächsten anderthalb Stunden verbrachten wir damit, mein perfekt organisiertes Überlebenspaket zu begutachten. Ich wurde mit einem Stapel Wanderkleidung in mein Bad zur Anprobe geschickt, und meine Assistentin nickte zufrieden, nachdem ich ihr ein Outfit nach dem anderen präsentiert hatte. Es war nichts Unangenehmes zwischen uns, genau wie Hanna es vorhersagte. Als hätte es diese kurze Offenbarung nie gegeben.

Und doch, als ich am nächsten Morgen ins Büro fuhr und meinen letzten Arbeitstag vor meinem ersten echten Urlaub seit langer Zeit antrat, betrachtete ich meine Abteilung mit anderen Augen. Der Teambuilding-Ausflug, der letzte Woche stattgefunden hatte, war dank Hanna ein voller Erfolg. Ihr Erfolg, der wahrscheinlich nicht nur für die gesamte Abteilung wichtig war, sondern vor allem für sie selbst. Hendrik, unser IT-Crack, der noch schweigsamer war als ich, saß bereits mit seinem Star-Wars-Becher an seinem Rechner. Abwesend nippte er daran, während er den großen Monitor vor sich studierte. In der Kaffeeecke traf ich auf

Jasmin, eine der Koordinatorinnen für unsere Kunden-
hotline.

»Guten Morgen«, begrüßte ich sie, die mir
daraufhin ihr Zahnpastawerbung-Lächeln schenkte.

»Guten Morgen.« Es war vier Jahre her, da hatten
wir einen Quickie auf der Weihnachtsfeier. Zuvor
hatten wir keine drei Worte gewechselt, die abseits
unserer Arbeit verliefen. Danach lief alles wie gewohnt.
Ihr Körper war ein wahrer Genuss und sie wusste
genau, welche Knöpfe sie drücken musste, um einen
Mann innerhalb weniger Sekunden scharfzumachen.

Ihre einzige Reaktion nach unserem Zusammen-
treffen auf der Damentoilette war gewesen, dass sie ihre
Frisur und ihren Lippenstift gerichtet und mir zuge-
zwinkert hatte, als ich die Kabine wieder verlassen
hatte. Dass sie wenige Sekunden zuvor ihre langen
Fingernägel in meinen Rücken gekrallt und ein kaum
hörbares Wimmern von sich gegeben hatte, als wir
beide binnen zwei Minuten heftigst zum Orgasmus
gekommen waren, hatte man ihr den Rest des Abends
nicht angemerkt. Sie war genauso kalt wie ich. Ich
nahm mir eine Flasche stilles Wasser aus dem Kühlschrank und verließ die Kaffeeecke in Richtung Büro.
Nickend wendete ich ab und an meinen Kopf zu den
Kolleginnen und Kollegen, die schon anwesend waren,
verharrte dann aber einen Moment vor dem Platz, der
noch nicht besetzt war. Hanna war nicht da, was ungewöhnlich für sie war. Hoffentlich hatte dies nichts mit
gestern Abend zu tun. Ich ging an ihrem Tisch vorbei in
mein Büro und schloss die Tür hinter mir.

»Und ich dachte, Sie machen heute blau«, sagte ich

neutral, als ich meine Assistentin auf dem Ledersessel vor meinem Schreibtisch erblickte. Hanna erhob sich, während ich meine Laptoptasche an meinem Arbeitsplatz niederlegte. Von der Kaffeetasse neben meiner Tastatur stieg Dampf auf, das hieß, sie konnte hier noch nicht lange sitzen. Mit einem kurzen Blick stellte ich fest, dass Hanna heute wieder ihre gewohnt strenge Frisur und ihre Brille trug und keinen pinkfarbenen Lippenstift. Argwöhnisch zog sie eine Augenbraue hoch, da bemerkte ich erst, dass ich sie anlächelte.

»Ich mache nicht blau, Herr Petersen. Ich bin lediglich hier, um Ihnen die Liste zu überreichen, was in den nächsten zwei Wochen für die Abteilung von Bedeutung ist.« Hanna zeigte auf eine Mappe vor sich auf meinem Tisch. Ich nickte.

»Setzen Sie sich wieder«, wies ich sie an und nahm ebenfalls Platz. Meine Assistentin tat, was ich ihr sagte, und überreichte mir die Unterlagen. Ich überflog die Liste. Zu meiner Zufriedenheit fand ich alle Punkte, die ich erwartet hatte. Sehr gut.

»Um elf Uhr machen wir ein Abteilungsmeeting. Geben Sie den anderen Bescheid, kopieren Sie die Liste für alle, und bereiten Sie den Besprechungsraum vor.«

»Sehr gerne«, antwortete Hanna und erhob sich. Sie erreichte meine Bürotür, da räusperte sie sich. Ich blickte von den Unterlagen auf.

»Ist noch etwas?«, fragte ich. Hanna atmete tief durch und drehte sich dann wieder in meine Richtung.

»Ich möchte, dass das, was ich Ihnen gestern Abend anvertraut habe, unter keinen Umständen zum Thema gemacht wird. Kann ich mich auf Sie verlassen?«

»Hanna«, begann ich ruhig und lehnte mich in meinem Stuhl zurück, »auch wenn Ihre Körpergröße es nicht vermuten lässt, Sie sind schon groß. Und wie Sie es gestern bereits sehr gut auf den Punkt gebracht haben: Es geht mich nichts an, solange es nicht Ihre Arbeit in meiner Abteilung beeinflusst. Alles andere interessiert mich nicht. Nicht, ob Sie sich hier kleiner machen, als Sie sind. Nicht, ob Sie nach achtzehn Uhr noch etwas essen oder eben nicht. Auch nicht, dass Sie mir einen persönlichen Gefallen getan haben. Dies stand Ihnen frei abzulehnen. Mich interessieren andere Menschen nicht sonderlich. Und wenn Sie es nicht selbst zum Thema machen, werde ich es ganz bestimmt nicht. Es geht nämlich nicht um mich, sondern um Sie. Und Sie alleine sind für sich verantwortlich. Haben Sie mich verstanden?« Bei meiner letzten Frage legte ich den Kopf ein wenig schief und bemühte mich um ein Lächeln. Schließlich sollte sie nicht gleich wieder anfangen zu heulen. Für den Bruchteil einer Sekunde weiteten sich ihre braunen Augen, dann nickte sie und verließ mein Büro.

Als ich alleine war, nippte ich an meinem Kaffee. Schwarz und stark, genau nach meinem Geschmack.

Um halb elf öffnete ich schwungvoll die milchige Schiebetür zum Besprechungsraum. Manchmal überkam es mich und es machte mir Spaß, Hanna aus ihrer Fassung zu bringen. Sie sortierte bunte Marker in die Halterung bei den Whiteboards. Erschrocken fuhr sie herum. Natürlich zeigte ich ihr meine Belustigung nicht. Auch ihr Augenverdrehen überging ich geflissentlich.

»Startklar?«, fragte ich, während ich zum Kopf des Doppelblocks ging.

»Wenn Sie es sind, ja.« Hanna nahm mir meinen Laptop ab, und stellte eine Verbindung mit dem Beamer her. Es hatte definitiv einen Vorteil, wenn man eine Assistentin wie sie an seiner Seite hatte.

Ich klatschte in die Hände. »Gut.« Hanna beäugte mich erneut skeptisch von der Seite. Okay, das war in der Tat ein bisschen zu viel des Guten, was ich an positiver Laune versprühte. »Sie können jetzt gehen. Trinken Sie einen Tee und starren Sie Ihren PC an oder so und seien Sie pünktlich.« Ich konnte das Meeting kaum erwarten. Das Letzte vor meinem Urlaub.

»Ist alles in Ordnung mit Ihnen?«, fragte mich meine Assistentin mit einem beunruhigten Unterton. Sie verschränkte ihre Arme vor ihren Brüsten. Wenn ich saß und sie neben mir stand, musste ich nur minimal nach oben schauen, so klein war sie. Ihr Ausdruck erinnerte mich an Gewitterwolken.

»Hanna, heute ist mein letzter Arbeitstag vor dem Urlaub. Nun lassen Sie mich doch auch mal gute Laune haben.« Ich zwinkerte ihr zu, und das brachte sie derart aus der Fassung, dass sie hochrot anlief und kopfschüttelnd den Raum verließ. Als die Schiebetür zu war, erhob ich mich, klappte meine Mappe, die ich vor mir abgelegt hatte, auf und holte die Ausdrucke hervor, die ich in den letzten Stunden vorbereitet hatte. Jedes Teammitglied saß immer am gleichen Platz. Also schob ich die zugeordneten Unterlagen unter die, die Hanna bereits verteilt hatte. Im Anschluss ging ich an das Whiteboard, schnappte mir einen roten, einen blauen, und einen grünen Marker und begann, den mittleren Teil zu beschriften. Als ich fertig war, trat ich einen Schritt zurück und war mit mir selbst zufrieden. Das war nochmal eine schöne Überraschung. Ich zog ein zweites Board von oben herunter und verdeckte somit die Schriftzüge. In der Ecke bediente ich mich an der Candybar, die hier seit Hannas Stellenantritt verfügbar war. Eine hervorragende Idee, wie ich fand. Mit einer Handvoll Jelly Beans setzte ich mich wieder an meinen Platz und holte mein Smartphone aus der Innentasche des Jacketts. Ich hatte noch zehn Minuten Zeit, bis die Ersten eintrudelten. Binnen weniger Sekunden verfasste ich eine Nachricht.

Jonas:

Hi, bin die nächsten zwei Treffen nicht da. Kannst du für mich übernehmen?

Das Gerät legte ich neben meinen Laptop und rief das Intranet auf. Ich hängte mein vorbereitetes Handout an den ausgesuchten Verteiler. Das Smartphone leuchtete auf und ich öffnete die eingegangene Nachricht.

Marie Hasselhoff:

Hi. Ist das nicht ein bisschen kurzfristig?

· · ·

Jonas:

Seit wann bist du so unflexibel?

Marie Hasselhoff:

Fick dich, Petersen! Du schuldest mir was ;)

Ich grinste und tippte.

Jonas:

Was denn? Ein Wiedersehens-Quickie?

Ich drückte auf Senden, wartete ihre Reaktion allerdings nicht ab. Es war mir ohnehin egal, was sie antwortete, daher steckte ich das Telefon zurück in meine
Innentasche. Pünktlich auf die Sekunde, fünf Minuten
vor elf, öffnete sich die Tür, und ich bewegte den Curser
auf Absenden. Die anderen Abteilungsleiter und der
Vorstand waren somit informiert. Ich loggte mich aus
dem Intranet aus und richtete meine Aufmerksamkeit
auf die hereinkommenden Kollegen. Als Letztes kam
Hanna, die, genau wie ich es erwartete, einen Kontroll-
blick durch den Raum gleiten ließ. Ich unterdrückte ein
Grinsen. Sie ließ sich an der langen Seite nieder, auf
dem ersten Platz neben der Stirnseite. Ihr gegenüber zu
meiner Linken setzte sich Olaf, mein Stellvertreter. Olaf
war ein junggebliebener Mittfünfziger, verheiratet und
eigentlich ganz in Ordnung. Von seinem Mundgeruch

abgesehen, und dass er ständig meinte, wir müssten mal zusammen am Wochenende in seinem Schrebergarten grillen. Und dann wären da noch ein paar kleine Details, die er besser nicht an die große Glocke hing, es sei denn, er wollte seinen Job verlieren. Als ich ihm vor einer Stunde von meinen Plänen berichtet hatte, war er zuerst nicht besonders angetan. Schlussendlich blieb ihm aber nichts anderes übrig, als mir zuzustimmen. Wer so dämlich war und seine Firmenkreditkarte für Privatausflüge benutzte, wie er es gelegentlich tat, brauchte sich nicht wundern, wenn er übergangen wurde. Und auch, wenn ich vielleicht bei Hanna versagt hatte, so entging es mir nicht, wie Olaf sich den weiblichen Angestellten gegenüber verhielt. Wie erwartet nickte er mir mit zusammengekniffenen Lippen zu, als ich mich in seine Richtung drehte.

Ich atmete tief durch, knöpfte den obersten Knopf des Jacketts zu, und erhob mich. Das Gemurmel erstarb und die Aufmerksamkeit meines Teams richtete sich auf mich.

»Um dieses Meeting kurz und schmerzlos zu machen, hat Hanna Ihnen bereits alle wichtigen Unterlagen und Aufgaben für die nächsten zwei Wochen meiner Abwesenheit zusammengetragen. Diese können Sie im Anschluss durchgehen.« Ich öffnete auf meinem Laptop die Folien mit der aktuellen Statistik über die Kundenzufriedenheit und begann, diese genauer zu erläutern. Danach wechselte ich zur Übersicht der eingehenden Bewertungen und las dem Team einige sehr positive, aber auch drei negative Bewertungen vor. Natürlich konnten sie es selbst mitlesen, bei den negativen Meinungen wollte ich jedoch, dass jeder sie mit meiner Schlechte-Laune-Stimme verinnerlichte.

»Hendrik«, wandte ich mich an den stummen Nerd. Dieser riss sofort die Augen auf. »Sorgen Sie dafür, dass diese dämlichen Trolls endlich zurückverfolgt werden. Ich will wissen, wer uns ans Bein pisst.« Bei meinen harschen Worten schluckte und nickte er zugleich. Hanna hustete leise, als hätte sie sich verschluckt, was jedoch nur die Erinnerung daran sein sollte, dass ich mich so nie verhielt.

»Jasmin, sorgen Sie dafür, dass die Damen und Herren im Callcenter eine erneute Einweisung erhalten, wie man bei uns mit Kunden umgeht.«

»Natürlich«, antwortete diese mit einem Lächeln, das bei ihr immer gleich aussah.

Ich wandte mich der nächsten Folie zu, die ich mit wenigen Klicks öffnete. Langsam richtete ich meine Augen auf die Kollegen. Bei Olaf beginnend, weiter der Reihe nach, bis ich zum Schluss bei Hanna ankam. Sie zog die Augenbrauen fragend zusammen und griff nach dem kleinen Papierstapel vor sich, den sie dort selbst platziert hatte. Als sie beim letzten Blatt ankam, das ich allen zuvor untergeschoben hatte, riss sie die Augen auf.

»Wie Sie sehen können, haben Sie gemeinsam die Aufgabe, neue Umfragen zur Kundenzufriedenheit zu erstellen. Nach unseren bisherigen Standards, nun aber etwas erweitert. Ihr Brainstorming findet in gemeinsamer Runde statt. Und damit es eine Teamarbeit wird, wird jeder von Ihnen etwas dazu beitragen. Im Anschluss gehen die Favoriten an Olaf, der das finale

Dokument zusammenträgt.« Ein weiterer Blick in die Runde.

»Hat jemand Fragen?« Allgemeines Kopfschütteln.

»Hervorragend«, beschloss ich und klappte meinen Laptop zu. Die Übertragung auf das heruntergefahrene Whiteboard erlosch und ich trat an dieses heran.

»Zu guter Letzt gibt es noch eine Ankündigung. Ich denke, ich spreche für die gesamte Abteilung, wenn ich sage, dass unser kleiner Teambuilding-Ausflug vergangenen Freitag ein kurzweiliger Abend war. Daher ist ein kleines Dankeschön an unsere liebe Hanna fällig, nicht wahr?« Erwartungsvoll blickte ich die anderen Mitarbeiter an und begann, in die Hände zu klatschen. Sie folgten mir und applaudierten ebenfalls. Hanna erhob sich und nickte dankend und mit roten Wangen den Kollegen zu. Die Gunst des Moments ausnutzend, drehte ich mich zu den Boards und schob das vordere nach oben. Der Applaus erstarb, als sich die ersten Augenpaare auf die geschriebenen Worte richteten. Hanna blinzelte verwirrt, ich steckte grinsend meine Hände in die Hosentaschen und wartete, bis es im Raum still war. Hanna setzte sich und blickte dann zu mir. Wie in Slow Motion gefror ihr Gesicht.

»Und als Dankeschön wird Hanna in den nächsten zwei Wochen meine Vertretung sein, unterstützt von Olaf.« Ich lächelte. Hanna blinzelte, öffnete den Mund und schloss ihn wieder. Ich gab ihr einen Moment, um sich zu sammeln, und sprach zu den anderen.

»Ich erwarte, dass jeder seinen Aufgaben nachgeht. Den üblichen, wie auch den zusätzlichen. Hanna ist diejenige, die Ihre Ausarbeitungen absegnet. Natürlich wird Olaf sie dabei unterstützen. Sie ist jedoch die erste Instanz, was Entscheidungen betrifft. Die anderen Abteilungsleiter und der Vorstand sind darüber informiert. Wenn ich aus meinem Urlaub zurückkomme, gehen wir wieder zur gewohnten Hierarchie über. Das Meeting ist hiermit beendet.« Ich nahm die Hände aus den Hosentaschen und sah auf meine Rolex. Neunundzwanzig Minuten. Sehr gut. Leises Klopfen auf der Tischplatte ertönte, und wie erwartet erhob niemand Einwände. Hanna jedoch saß noch immer stumm auf ihrem Platz, während sich die Abteilung aus dem Raum verabschiedete. Ich nickte Olaf zu, der als Letzter hinausging, und er schloss die Tür. Von der Candybar nahm ich eine kleine Pappschale, die ich halb voll mit den Jelly Beans füllte. Ich stellte sie neben Hanna, zog meinen Stuhl dichter zu ihr und setzte mich. Es vergingen einige Minuten, dann wurde mir das Schweigen lästig.

»Freuen Sie sich nicht?«, wollte ich wissen. Hanna hob ihren Kopf und sah mich auf ihre eigene Art und Weise verstört an. Ob sie wohl unter Schock stand? Ihre Augen glänzten und am liebsten hätte ich genervt meine verdreht, unterließ dies aber. Ich musste ihr geringes Selbstvertrauen nicht komplett zerstören.

»Warum?«, flüsterte sie, woraufhin ich mit den Achseln zuckte.

Ich nahm mir ein paar Bohnen und steckte sie in den Mund. Nachdem ich die Geschmackskonstellationen heruntergeschluckt hatte, antwortete ich ehrlich: »Eigentlich bin ich nur zur Hälfte so ein Arsch, wie ich vorgebe. Zur anderen Hälfte beobachte ich Menschen und nutze dieses gerne zu meinem Vorteil aus. Und manchmal ...«, sprach ich leiser als zuvor, »manchmal schubse ich andere gerne herum. Besonders, wenn sie nicht von alleine in die Richtung gehen, in die sie gehören. Enttäuschen Sie mich nicht, Hanna.« Ihre Wangen verfärbten sich erneut rot. Ich schob ihr die Pappschale zu, bis diese ihre verschränkten Hände auf der Tischplatte berührte.

»Und die essen Sie heute Abend vor dem Schlafengehen. Sie sind gut, so wie Sie sind. Sollte ich noch einmal Bullshit wie gestern Abend von Ihnen hören, können Sie Ihre Sachen packen und meine Abteilung verlassen. Haben wir uns verstanden?«

Hanna nickte langsam. »Ja, Herr Petersen«, gab sie mit fester Stimme zurück. So gefiel sie mir wesentlich besser. Entschieden stand ich von meinem Platz auf.

»Hervorragend. Räumen Sie hier auf und machen Sie dann Feierabend. Bereiten Sie sich auf Montag vor.« Aus meiner Hosentasche zog ich einen zusammengefalteten Zettel und legte ihn in den Pappbecher auf die süßen Bohnen.

»Hier steht meine Privatnummer drauf. Mein Firmenhandy wird auf Ihres umgeleitet. Sollten Sie, was ich nicht hoffen will, irgendwelche Probleme während meiner Abwesenheit haben, informieren Sie mich. Denken Sie aber genau darüber nach, ob es sich lohnt, mich in meinem Urlaub zu stören.«

3

_E_s war ein Schritt, der manchen Menschen keine Sorgen bereitete. Man hätte meinen können, dass ich auch zu jenen gehörte, denen es nicht schwerfiel, diese Reise anzutreten. Mit festem Griff umklammerte ich den Schultergurt meines Rucksacks. Allein die Tatsache, dass ich mit einem Backpackingrucksack verreiste, war ein Detail, das mich zutiefst aus dem Gleichgewicht brachte. Es gab keinen Koffer, keine Aktentasche, keinen Anzug, in dem ich mich stark fühlte. Verdammt, ich stand hier im Ankunftsbereich des Dubliner Flughafens in Freizeitkleidung. Kleidung, die mir meine Assistentin ausgesucht hatte, weil ich so verkorkst unfähig für ein Leben wie dieses war, dass ich mich nicht einmal mehr selbst einkleiden konnte. Aus einem Seitenfach der Outdoorjacke zog ich mein Smartphone und schaltete es wieder an. Auf meiner Rolex, die ich trotz des skeptischen Blicks von Hanna mit auf diesen Trip nehmen wollte, checkte ich die Uhrzeit. Es war kurz vor eins mittags und laut den Unterlagen, die ich von Mirko erhalten hatte, war für die erste Nacht ein Zimmer in Cork gebucht. Ich schulterte den Rucksack, unterließ es jedoch, die Schnallen um Brustkorb und Hüfte zu schließen. Ich machte regelmäßig Sport und sah der Strecke, die es zu bewältigen galt, nicht sehr beeindruckt entgegen. Nur die Tatsache, dass ich dort wanderte und nicht in meiner gewohnten Umgebung war, beunruhigte mich noch immer.

Am Busbahnhof herrschte reges Treiben. Gälische sowie englische Schriftzüge zeigten die Verbindungen an den Tafeln an. Menschen aller Nationalitäten warteten an mehreren Haltestellen auf Busse. Frauen in Kostümen, Männer in Anzügen. Eine Gruppe junger Leute saß unter einer Überdachung des Wartebereichs. Sie hatten Karten auf dem Gehweg ausgebreitet, waren umgeben von Rucksäcken wie meinem und trugen robuste Kleidung, mit der sie jedem Wetter trotzen wollten. Verdammt, die waren vielleicht Anfang zwanzig. Ich jedoch war vierunddreißig und hatte so einen Shit noch nie getan. Mein Telefon vibrierte und ich zog es heraus. Es war eine Nachricht von Mirko.

Mirko:

Hab ne geile Zeit, Alter. Ich will unbedingt Fotos! Gruß Mirko.

PS: Alisa, Darek, Simon und Melanie lassen dich ebenfalls grüßen.

· · ·

Ich schnaubte und steckte das Gerät wieder zurück. Als ich die Bushaltestellen abging, entdeckte ich nach wenigen Metern die richtige Station, von der aus der Bus nach Cork ging. Er war bereits da und ich stieg ein, um mein Ticket zu lösen. Als ich einen Platz in der oberen Ebene einnahm, atmete ich tief durch. Urlaub, Jonas. Es war ein verdammter Urlaub, den ich hier machte. Also fuhr ich mit einem Bus zweieinhalb Stunden lang nach Cork. Der Verkehr aus Dublin heraus war die Hölle. Der Berufsverkehr in Hamburg war ein Klacks gegen das, was die Menschen hier typisches Fahrverhalten nannten. Nicht nur einmal wurde ich nach vorne geschleudert, weil der Fahrer scharf bremsen oder die Spur wechseln musste. Hier war es laut, denn die Gruppe junger Menschen war ebenfalls eingestiegen und nach oben gegangen. Die Leute verhielten sich wie typische Touris. Sie erinnerten mich ein wenig an die Japaner, die bei jedem Messebesuch meine Arbeit zu einem echten Abenteuer werden ließen. Man konnte sich nicht mit ihnen vernünftig unterhalten, ohne dass sie an ihrem Smartphone tippten, nervös nickten und Fotos schossen. Mit dem Handy oder mit der Kamera. Sie hielten alles fest, selbst wenn sie im Informationsbereich nur etwas nachfragten. Ich hasste Menschen. Sie waren anstrengend. Nachdem meine Ausbildung zum Hotelfachmann abgeschlossen war und ich die Möglichkeit sah, den direkten Gästekontakt zu vermeiden, hatte ich diese ergriffen.

Sobald wir das Ziel erreicht hatten, verteilten sich die

Grüppchen und ich machte mich auf die Suche nach der ersten Unterkunft. Laut der Navigations-App musste das B&B in der Nähe des Bahnhofs sein. Ich hielt mich an die Anweisungen und achtete gar nicht erst auf meine Umgebung. Ich musste ankommen. Wissen, wo ich war, was ich hier tat, mir einen Pub suchen und mich betrinken. Es kam selten vor, dass ich es mir erlaubte, aber heute war definitiv ein solcher Tag. Laut der App hatte ich das Ziel erreicht und hob nun meinen Kopf. Ich stand vor einem Backsteingebäude mit einem schwarz verschnörkelten Schild, auf dem ›B&B at Bree‹ stand. Meinen Rucksack schwenkte ich herum, öffnete den Reißverschluss auf der obersten Abdeckung und zog die ausgedruckten Unterlagen heraus.

›Erste Station bei B&B at Bree.‹

Ich war also an der richtigen Adresse. Jetzt, da ich nach einer halben Stunde mein Gepäck abnahm, wurde ich mir doch der Last bewusst, die ich mit mir umherschleppte. Ich drückte nicht auf den Klingelknopf und trat durch die schwarze Tür, an der das OPEN-Schild baumelte.

Augenblicklich fand ich mich in einer Art Salon wieder. Kleine runde Tische, alte Holzstühle und Blumentapeten dominierten den Raum. Von irgendwoher ertönte das Klappern von Porzellan und dann wurde eine Schwingtür am Ende des Raumes aufgedrückt. Direkt neben einem kleinen Holztresen. Ich setzte mich in Bewegung und steuerte die Dame an, die in einer mehlverdreckten Schürze vor mir stand.

»Oh, hi! Ich habe die Türklingel gar nicht gehört!«, entschuldigte sie sich auf Englisch.

»Hi. Kein Problem. Ich habe ein Zimmer gebucht. Muss ich mich bei Ihnen melden?«

Die Frau Mitte vierzig wischte die Hände an der Schürze ab, woraufhin Mehl zu Boden rieselte.

»Natürlich. Ich habe schon auf Sie gewartet. Mirko, richtig?«, fragte sie, sobald sie hinter dem Tresen in einem Buch blätterte.

»Nein, mein Name ist Jonas Petersen. Ich bin ein Freund von Mirko und habe an seiner Stelle die Reise angetreten. Er ist leider verhindert«, erklärte ich nüchtern und zog die Unterlagen hervor. Ich reichte ihr das Schreiben, das Mirko an die irischen Reiseveranstalter wegen der Übertragung auf meinen Namen geschrieben hatte. Die Frau, die hier scheinbar die Herbergsmutter war, nickte und gab mir die Unterlagen zurück.

»Ich bin Bree und freue mich, dass Sie mein Gast sind. Ich zeige Ihnen alles und hole gleich das Reisepaket für die Wanderung. Das Gepäck, das Sie von Unterkunft zu Unterkunft versenden lassen, wird morgens beim Frühstück abgegeben. Sie haben morgen früh noch eine längere Strecke mit dem Bus zu fahren. Der fährt um sieben Uhr eine Straße weiter ab. Aber das steht alles in den Unterlagen. Kommen Sie, Jonas, ich bringe Sie zu Ihrem Zimmer.«

»Danke«, gab ich zurück, schulterte mein Gepäck, und ging hinter Bree die knarzende Holztreppe hoch.

Als ich alleine auf meinem Zimmer war, deponierte

ich den Rucksack auf einem Sessel in der Ecke und hing meine Jacke in den Kleiderschrank. Das Zimmer bestach ebenfalls durch Blümchentapeten und kitschige Details wie Stillleben an der Wand und Patchworkdecken auf den beiden Einzelbetten. Die Zeitreise, die ich in dieser Unterkunft durchlebte, und die Tatsache, dass ich mich nicht mehr daran erinnern konnte, wann ich das letzte Mal in einem Einzelbett geschlafen hatte, würde ich überleben. Schließlich war es nur für eine Nacht. Intuitiv stellte ich mich aber darauf ein, dass ich mir das noch weitere Male auf dieser Reise einreden würde.

Nachdem ich mich in dem kleinen Bad, in dem man sich knapp drehen und wenden konnte, frisch gemacht hatte, zog ich meine Jacke wieder an und verließ das Bed and Breakfast. Es war sechzehn Uhr und ich sowas von reif für ein Guinness oder noch besser: Whiskey. Eine Straße weiter wurde ich fündig. Auf direktem Weg steuerte ich die Theke an. Der Barkeeper begrüßte mich, während er Getränke in die Bar räumte. Anscheinend sollte ich heute der erste Betrunkene in seiner Schicht werden.

»Ein Guinness«, orderte ich. Meine Jacke zog ich aus und legte sie auf den Barhocker rechts neben mir. Dann konnte sich dort schon mal keiner mehr hinsetzen.

Ich trank das Bier, schwieg und beobachtete ankommende Menschen durch die Spiegelwand an der Bar. Ich stellte mir bildlich vor, wie Mirko hier an meiner Stelle gesessen hätte. Er hätte sich von jeder Whiskey-sorte mindestens ein Glas bestellt und sich in seinem Smartphone Notizen gemacht, welche ihm am besten schmeckten. Nebenbei hätte er mit dem Barkeeper gefachsimpelt, sich nach brauchbarem Material für einen One-Night-Stand umgeschaut und wäre dann mit entsprechender Frau abgezogen. Wahrscheinlich hätte er sich direkt zu den jungen Leuten gesetzt, die gerade in den Pub kamen, und ihnen erzählt, dass er sie schon am Flughafen in Dublin gesehen hätte. Was es für ein Zufall war, sich hier wiederzutreffen. Und dann hätte er sich die rothaarige Frau mit den vielen Sommersprossen ausgesucht, die sich gerade mit einer Brünetten an den runden Tisch in der Ecke setzte und darauf wartete, dass ihre Begleiter Bier brachten.

»Hey, haben wir dich nicht schon heute in Dublin am Flughafen und im Bus hierher gesehen?«

Fuck. Langsam drehte ich meinen Kopf zu den drei Jungs, die neben mir an die Bar herantraten. Mehr waren sie in meinen Augen nicht. Mirko hätte jetzt breit gegrinst, dem einen anerkennend auf die Schulter geklopft und ihm erzählt, was das doch für ein genialer Zufall war. Und was tat ich? Ich blickte in ihre Gesichter und zuckte mit den Achseln.

Wie gesagt, ich hasste Menschen. Besonders, wenn sie mich einfach ansprachen und aussahen, als seien sie gerade erst aus dem Windelalter raus. Da ich ihnen nicht antwortete, murmelte der eine auf Deutsch dem anderen zu: »Der Kerl hat ja mal mega 'nen Stock im Arsch.« Ich atmete tief durch und betete, dass sie nicht bemerkten, dass ich aus dem gleichen Land kam wie sie. Als die drei ihre Getränke erhielten, gingen sie zu den zwei Frauen am Tisch, die sich angeregt unterhielten. Nachdem mein Bier leer war, stieg ich auf Whiskey um und begann mit einem Jameson. Ich schwenkte das

Glas mit der bernsteinfarbenen Flüssigkeit gemächlich zwischen meinen Fingern, als mein Handy in der Hosentasche vibrierte. Mir war nicht nach sprechen zumute, also ignorierte ich es. Doch kaum hatte es aufgehört, begann es von Neuem. Es war Hanna.

»Sagen Sie mir, der Kopierer hatte einen Kurzschluss und das Büro ist abgefackelt, sonst gäbe es keine Entschuldigung, dass Sie mich anrufen.« Meine Anweisung letzte Woche war unmissverständlich, warum konnte sie dem nicht einfach Folge leisten?

»Haha, Petersen. Haben Sie doch vergessen, Ihre gute Laune einzupacken, was?«, kicherte meine Assistentin am anderen Ende.

»Was wollen Sie, Hanna?«, brummte ich und trank den ersten Schluck. Ich hustete, so scharf war der Whiskey. Shit. Damit hatte ich nicht gerechnet.

»Oh, sind Sie etwa krank?«, kam es eine Spur aufgeregter von ihr. Ich schnalzte mit der Zunge, Hanna begriff.

»Also, ich wollte eigentlich nur Bescheid geben, dass eine Friedhofsgärtnerei auf Ihrem Firmenhandy angerufen und nach Ihrer Bestellung gefragt hat. Ich wusste leider nicht, worum es ging und was auch immer passiert ist, es tut mir schrecklich leid, Herr Petersen. Ich habe denen gesagt, dass ich mich morgen mit Details zu einer eventuellen Bestellung zurückmelde.« Außer dem Lachen der jungen Leute in der Ecke des Pubs nahm ich nichts mehr wahr. Es war in wenigen Tagen so weit. Ein Jahr war vergangen. Ein Jahr, das wie im Flug an mir vorbeigerast war, von dem ich mir erhoffte, endlich ein normales Leben führen zu können.

Weit gefehlt. Ich hatte keines. Ich war unfähig geworden, ein solches zu führen. Der nächste Schluck brannte schon nicht mehr so schlimm in meiner Kehle, aber ich hatte Hanna noch immer keine Antwort gegeben, die ebenfalls schwieg und abwartete.

»Was sind Ihre Lieblingsblumen, Hanna?« Eine dumme Frage, besonders weil ich ahnte, dass meine Assistentin diese nicht mit einem einzigen Wort beantworten würde.

»Eigentlich sind meine Lieblingsblumen Stiefmütterchen, aber von denen hat man ja leider nicht das ganze Jahr was. Als Schnittblumen bevorzuge ich Astern oder Sonnenblumen. Am liebsten die roten. Aber was genau hat das mit mir zu tun?«, fragte sie schlussendlich. Offenbar bemerkte sie selbst, dass sie mal wieder zu viel geredet hatte.

»Sagen Sie der Gärtnerei, sie soll einen großen Strauß roter Sonnenblumen anfertigen und an das Grab stellen. Ich werde nicht da sein.«

Hanna atmete tief durch und murmelte etwas, das ich nicht verstand, weil neben mir bereits die nächste Getränkebestellung aufgegeben wurde.

»Haben Sie mich verstanden?«, fragte ich nach, weil ich noch immer keine direkte Antwort bekam.

»Oh, ja. Natürlich. Ich habe mir alles notiert. Dann ... ähm ... einen schönen Abend und einen angenehmen Urlaub, Herr Petersen.«

»Gleichfalls.« Dann legte ich auf, schob das Handy in meine Tasche und trank den Rest des Whiskeys in einem Zug aus. Meine Augen noch zusammengekniffen, weil das Teufelszeug höllisch brannte, hob ich den

Arm mit dem leeren Glas. Der Barkeeper sollte das wohl verstehen.

»So schlimm?«, ertönte eine belustigte weibliche Stimme neben mir. Sie war tief, fast rau, und ihrer runden Aussprache nach zu urteilen, müsste sie eine Einheimische sein. Ich öffnete die Augen und blickte nach links. Dort stand die Rothaarige, die zuvor am Tisch der Gruppe gesessen hatte, und berührte meinen Unterarm. Sie hatte dunkle, braune Augen, das Gesicht war fast komplett mit Sommersprossen bedeckt. Ihre gewellten kupferroten Haare legten sich um ihr Gesicht. Ich zog meinen Arm zurück, sie eine Augenbraue hoch und in diesem Moment spürte ich, wie ich hart wurde.

»Keine Ahnung, was dich das angeht, aber hat dir deine Mutter nicht beigebracht, dass man keine fremden Männer anfasst? Besonders nicht, wenn sie trinken und deutlich älter sind als du?« Ich drehte mich zu ihr und musterte sie in aller Seelenruhe von oben bis unten. Ich brauchte Sex. Jetzt. Sie war groß, hatte volle Brüste und ein breites Becken, das in ihrem engen Rollkragenpullover zur Geltung kam. In Hamburg wäre sie nicht meine erste Wahl gewesen. Ich hielt mich lieber mit Frauen auf, die ich am Ende des Abends ohne großes Drumherum wieder verlassen konnte. Diese Person glühte jedoch fast vor Trotz und Selbstbewusstsein. Ihre aufrechte Körperhaltung – Schultern zurück, Brust raus und nie den Augenkontakt unterbrochen. Sie wusste, was sie wollte und wie sie es sich holen würde. Und mit meiner Aussage hatte ich voll ins Schwarze getroffen. Die Fremde lehnte sich kaum merklich zu mir und hob ein Glas an ihre

Lippen. Sie trank einen Schluck Whiskey und stellte den Tumbler wieder ab. In meinem Schritt wurde es immer enger. Der Ärger um den Anruf von Hanna war verflogen.

»Wetten wir, dass sie mir noch viel mehr Dinge nicht beigebracht hat?« Abwartend, schleichend wie eine Schlange und unschuldig wie ein Engel stand sie nur wenige Zentimeter von mir entfernt. Nun war ich es, der eine Augenbraue hochzog.

»Und wie finden wir jetzt heraus, was das sein könnte?«, fragte ich sie. Sie schenkte mir ein Lächeln, kam mir näher, bis ihr Gesicht dicht an meinem war.

»Gar nicht«, flüsterte sie und goss einen Kübel Eiswasser über meine Erektion.

Langsam zog sie sich zurück, hinterließ den Duft von Magnolie und lächelte mich grausam an. So ein Biest. Die Rothaarige ging davon und ich erinnerte den Barkeeper an meinen Drink.

Als sich der Pub immer weiter füllte, beschloss ich aufzubrechen. Im B&B traf ich auf Bree, die mich skeptisch betrachtete, als ich die Stufen nach oben ging. In meinem Zimmer angekommen, blieb ich wie angewurzelt stehen. Auf dem anderen Bett lag Gepäck, das nicht zu mir gehörte. Ich drehte auf dem Absatz um und ging wieder nach unten. Meine Beine fühlten sich allmählich schwer an. Von der Reise, dem Alkohol und weil ich noch nichts gegessen hatte.

»Bree, in meinem Zimmer ist fremdes Gepäck«, informierte ich die Dame, die am Empfang stirnrunzelnd über ihrem Reservierungsbuch kauerte.

»Sicher, Jonas. Ellie ist Ihre Reisepartnerin. Wussten

Sie das nicht?« Bree blinzelte und legte ihren Kopf schief.

»Meine was?« Ich hatte mich verhört – ganz bestimmt.

»Ellie war mit Ihrem Freund Mirko für die Wanderung eingetragen. Im September vergibt die Reisegesellschaft immer Wanderpartner wegen der durchwachsenen Witterung. Ihr Freund hatte diese Bedingung akzeptiert. Und wenn Sie sich die Unterkünfte teilen, ist es für Sie beide günstiger.«

»Mir ist es egal, ob es günstiger ist oder nicht. Ich teile mir doch kein Zimmer mit einer Fremden!«, stellte ich aufgebracht klar. Bree kräuselte spöttisch ihre Lippen.

»Hier in Irland sind wir nicht so verklemmt wie in Deutschland. Hier kann man sich Zimmer teilen, Erlebnisse austauschen, eine faszinierende Wanderung haben, und danach geht jeder seinen Weg. Man heiratet seinen Zimmernachbarn deshalb nicht sofort. Ich kann Ihnen ohnehin kein anderes mehr anbieten. Ich bin ausgebucht.« Sie tippte auf die Eintragungen in ihrem Buch. Als hätte ich was von dieser unleserlichen Schrift entziffern können.

»Und Sie sagen, das ist für die gesamte Reise so eingetragen?«, wollte ich wissen.

Sie nickte, woraufhin ich mir mit einer Hand das Kinn rieb.

»Tut mir leid. Ich bin mir sicher, es wird nicht so schlimm, wie Sie glauben. Irland sollte man ohnehin nicht alleine genießen. Dann hätte man niemanden, mit dem man seine Erinnerungen teilen kann.«

Aufmunternd lächelte sie mich an. Das half jedoch nichts. Mirko war mir eine Erklärung schuldig.

»Werden wir ja sehen«, murmelte ich und ging wieder auf mein Zimmer. Ich entsicherte die Schnallen an meinem Gepäck und suchte meine Sachen heraus. Solange ich alleine war, nutzte ich die Gelegenheit zum Duschen.

Als ich in einer Jogginghose und T-Shirt aus dem Bad kam, war das Zimmer noch immer leer. Ich suchte mein Handy unter dem Stapel Kleidung auf dem Bett und wählte Mirkos Nummer. Er ging erst nach dem fünften Klingeln ran.

»Hallo?«, fragte er in den Hörer. Im Hintergrund waren Musik und Stimmengewirr zu hören. Er war in der Bar und hatte scheinbar Dienst.

»Willst du mich verarschen?« Ich sparte mir jegliche Begrüßung, kam direkt auf den Punkt.

»Ganz ruhig, Mann. Was ist denn los?« Mirko lachte. Im Hintergrund wurde es leiser.

»Ich soll mir die gesamte Zeit ein Zimmer mit einer Fremden teilen. Spinnst du total?« Während ich auf Antworten wartete, zog ich den zweiten Rucksack aus meinem Gepäck. Hanna hatte ihn gekauft, damit ich darin während der Wanderungen Verpflegung, ein Notfallset und sonstigen Kram mitnehmen konnte. Das Handy klemmte ich mir zwischen Ohr und Schulter und begann, den Rucksack zu füllen.

»Jonas, mal im Ernst. Du bist keine dreizehn. Du hast wahrscheinlich mehr Frauen flachgelegt als Darek, Tim, Simon und ich zusammen. Da wird es dich nicht umbringen, ein paar Tage mit einer Frau ein Zimmer zu teilen. Sei nicht immer so ein Spießer.« Jeglicher Schalk verschwand aus seiner Stimme, was selten bei ihm vorkam. Für ihn war das ganze Leben ein Spielplatz. Für mich eine Herausforderung. Ich schluckte.

»Ich hätte es gerne einfach vorher gewusst, okay? Du weißt, wie heilig mir Privatsphäre ist.«

Mirko schnaubte. »Das, was du Privatsphäre nennst, ist im Allgemeinen als Schneckenhaus bekannt. Fang an zu leben, Jonas. Wenn du nicht endlich den Absprung schaffst, gehst du irgendwann daran kaputt. Ich will dir nicht zu nahe treten, aber das meine ich ernst. Ein bisschen Spaß schadet nicht – auch dir nicht. Und wenn du mal ein paar Tage nicht schweigen musst, umso besser. Nicht alle Menschen sind scheiße, die du nicht kennst.«

Jetzt war ich es, der lachte. »Hast du zu viel Salzwasser geschluckt oder heimlich ein Psychologiestudium absolviert?«

»Weder noch. Und jetzt muss ich Schluss machen. Die Bar ist voll.« Im Hintergrund stieg der Geräuschpegel an.

»Viel Spaß mit deinen Menschen«, sagte ich mit einem sarkastischen Unterton.

»Keine Sorge, den habe ich. Solltest du auch versuchen.«

Wir verabschiedeten uns und ich pfefferte mein Telefon auf die Patchworkdecke.

Mit beiden Händen fuhr ich durch mein feuchtes Haar. Es waren nur acht Tage Wanderung, mehr nicht. Die Anschlusszeit, die ich in Dublin verbringen würde, hatte ich selbst gebucht. Da wusste ich wenigstens, dass nichts schiefging. Ich hatte gerade den Entschluss gefasst, dies alles beiseitezuschieben und schlafen zu gehen, da rumpelte es an der Zimmertür. Das war wohl die Person, mit der ich mir die nächsten Tage die Zimmer teilen sollte. Schwungvoll öffnete sich die Tür. Ich wandte mich ihr zu und sah, wie eine Frau kichernd in den Raum stolperte. Eine rothaarige Frau – es war das rothaarige Biest aus dem Pub. Sie umklammerte den Türgriff, richtete sich auf und strich die langen Haare aus ihrem Gesicht. Ihre Schultern bewegten sich, so sehr versuchte sie, ein Lachen zu unterdrücken. Wut stieg in mir auf. Wut auf Mirko, auf diesen Reiseveranstalter, auf Bree, auf die Fremde. Auf mich.

Ihre Augen weiteten sich, als sie mich schließlich erkannte. Ich verschränkte meine Arme vor der Brust. Das konnte nur ein Scherz sein, dessen war ich mir sicher. Die Rothaarige löste sich aus ihrer Starre und schwankte leicht vorwärts. Sie öffnete ihre gelbe Funktionsjacke und warf sie auf den freien Sessel in der Ecke. Ohne mich aus den Augen zu lassen, setzte sie sich auf das gegenüberliegende Bett und zog sich die braunen Lederstiefeletten aus. Keiner sagte einen Ton und als ihre Schuhe zu Boden plumpsten, rückte sie weiter nach hinten, bis sie im Schneidersitz an der Wand lehnte.

»Dann musst du Jonas sein«, sagte sie und lächelte abschätzig, während sie mich von oben bis unten mustere. So, wie ich es im Pub mit ihr getan hatte. Ich nickte lediglich, löste meine Arme vor der Brust und widmete mich wieder meinen Gepäckstücken. Die Rucksäcke stellte ich auf den Boden und beschäftigte mich mit der Suche nach meinen Kopfhörern. In einem der kleinen Seitenfächer wurde ich schließlich fündig.

»Was ist? Bist du eingeschnappt, weil ich dich habe abblitzen lassen?«, fragte die Fremde, die angeblich Ellie hieß.

Als ich die langen weißen Kabel fand, legte ich sie zusammen mit meinem Handy auf mein Kopfkissen. Ich atmete tief durch und versuchte, mich zu entspannen und legte mich schließlich ins Bett. Sobald ich zugedeckt war, drehte ich mich auf die Seite, stütze mich auf meinen Ellenbogen und betrachtete die junge Frau. Einer ihrer Mundwinkel zuckte, aber sie lachte nicht. Es war mehr ein Zeichen des Spotts, was mich zum Kochen brachte, ich aber nicht vorhatte zu zeigen. Sie war mehr als nur angeheitert. Der Nebel, der sich durch den Whiskey im Pub um mich gelegt hatte, war wie weggewischt.

»Und du musst Ellie sein«, gab ich nüchtern von mir. Mein Gegenüber schnalzte mit der Zunge und zog eine dunkle Augenbraue in die Höhe.

»Und ein helles Köpfchen hast du auch noch.« Ellie griff sich in ihre Haare und legte sie sich über die linke Schulter. Angriffslustig blickte sie zu mir herüber. »Willst du mir dabei zusehen, wie ich mich ausziehe, oder warum starrst du mich so an?«

Es kostete mich eine Menge Selbstbeherrschung, ihr nicht zu sagen, dass ich ihr gerne bei noch ganz anderen Dingen zusehen würde. Ich grinste sie an.

»Wenn du glaubst, es würde mich auch nur im Geringsten kümmern, ob du dich ausziehst oder nicht, muss ich dich enttäuschen. Du könntest dich nackt auf mich legen und es würde mich nicht interessieren. Ich stehe auf Frauen und nicht auf betrunkene Mädchen.«

Ob aus Wut, Scham oder Empörung, ihr Gesicht nahm die einheitliche Farbe ihrer Sommersprossen an. Mit dieser Genugtuung drehte ich mich auf den Rücken und schloss die Kopfhörer am Handy an. Im Augenwinkel sah ich, wie Ellie sich kopfschüttelnd vom Bett erhob und an ihrem Gepäck herumfummelte. In einer fließenden Bewegung zog sie sich ihren Pullover über den Kopf. Ich konnte gar nicht so schnell hinschauen, da streifte sie sich bereits ein langes schwarzes T-Shirt über. Als ihre Hose zu Boden fiel, war ihr Hintern leider von dem langen Stoff bedeckt. Ich richtete meinen Blick auf das Handy in meiner Hand und durchsuchte meine Playlists. Hanna hatte mir eine mit verschiedenen Hörbüchern zusammengestellt, sowie eine Reihe an Podcasts, von denen sie der Meinung war, dass sie mich interessieren könnten. Aber irgendwie war mir nach nichts zumute. Ich stellte meinen Wecker und drehte mich auf die Seite zur Wand. Das Licht wurde ausgemacht und nur am Rande nahm ich wahr, wie die Badezimmertür auf- und zuging. Mit einem Mal wurde ich von einer Dunkelheit umgeben, die nichts mit dem ausgeschalteten Licht gemein hatte. Es wurde endlich still – in mir.

4

Ich schlug die Augen auf. Im ersten Moment war mir nicht klar, wo ich mich befand. Mein Herz raste, ich schnappte nach Luft und richtete mich auf. Es war dunkel und ich stieß mit etwas zusammen, oder besser gesagt mit jemandem. Und dieser Jemand hielt mir die Nase zu. Ich schlug die Hand von mir und ächzte auf, als offenbar meine Mitbewohnerin auf meine Matratze fiel, weil sie ihren gesamten Arm von mir wegdrückte.

»Sag mal, spinnst du?«, fauchte sie mich an, sobald ich vollständig aufrecht saß. Ich fuhr mir durchs Haar und blickte mich um.

»Das kann ich dich ebenfalls fragen. Was fällt dir ein, mich anzugreifen?« Ich griff zum Nachttisch und schaltete die Schirmlampe ein. Ellie schnaubte und rappelte sich von meinem Bett auf, wobei sie sich auf allen vieren abstützte. Unter normalen Umständen hätte ich ihr angeboten dortzubleiben, wo sie gerade war, nämlich halb auf mir, aber das hier war kein normaler Umstand.

»Ich habe dich nicht angegriffen, sondern dir die Nase zugehalten. Du schnarchst und ich kann wegen dir nicht mehr schlafen!«, rechtfertigte sie ihren Angriff und setzte ein Bein auf den Fußboden. Sie strich sich die Haare hinter die Ohren.

»Sieh zu, dass du auf deine Seite gehst. Es ist mitten in der Nacht«, überging ich ihre Anschuldigungen, deaktivierte den Bildschirm meines Telefons und sah nach der Uhrzeit. Mist. Es war nicht mehr nachts, sondern kurz vor sechs. In wenigen Minuten würde mein Wecker ohnehin klingeln. Ellie stand nun vor meinem Bett, die Arme vor der Brust verschränkt, wobei ihr T-Shirt fast bis zu ihrem Slip hochrutschte. Ich zog eine Augenbraue in die Höhe und betrachtete ihre langen Beine im schwachen Licht.

»Wenn du in der nächsten Nacht auch so schnarchst, kannst du im Badezimmer schlafen. Und jetzt steh auf, in einer Stunde geht es los.« Postwendend drehte sie sich um und ging ins Bad. Ich ließ mich zurück ins Kissen fallen. Nur noch sieben Nächte, dann war ich sie los.

»Guten Morgen, Jonas. Haben Sie gut geschlafen?«, begrüßte mich Bree, die gerade aus der Tür hinter dem Empfang trat. Auf einem Tablett brachte sie gefüllte Teegläser zu einem der Tische im kleinen Salon.

»Guten Morgen. Hätte nicht besser sein können«, murmelte ich und stellte mein Transportgepäck sowie meinen kleineren Wanderrucksack neben einen freien Tisch. Ellie warf mir vom Nachbartisch ein aufgesetztes Lächeln entgegen und biss im nächsten Moment in einen Toast mit Marmelade. Sie saß dort mit den vier anderen aus dem Pub zusammen.

»Trinken Sie Kaffee oder Tee?«, fragte Bree, die neben mir auftauchte.

»Kaffee. Schwarz und stark, bitte.«

Wenig später saß ich im Bus nach Tralee. Es stellte sich heraus, dass es ein extra Shuttlebus des Reiseveranstalters war. Brian, einer der Organisatoren, brachte uns persönlich zum Startpunkt der ersten Wanderetappe. Die Fahrt vertrieb ich mir mit einer Reihe Podcasts über Wirtschaftspsychologie. Man konnte mich einen Freak nennen, aber das war meine Welt. Meine Arbeit. Und weil der Vorstand bis Jahresende aus jeder Abteilung ein Konzept zur Verbesserung der Mitarbeitermotivation und Work-Life-Balance erwartete, war es meine Aufgabe, mich mit diesen Themen auseinanderzusetzen. Als wir anhielten und ausstiegen, drückte mir Brian eine Klarsichtfolie mit Informationen zur heutigen Etappe in die Hand. Ellie trat an mich heran und ich hob den Kopf. Der Wind wehte kräftig, der Himmel war wolkenverhangen, doch laut Brian sollte es heute nicht regnen.

»Also«, begann die Rothaarige, die eine Wollmütze trug. Ihr geflochtener Pferdeschwanz lugte zwischen Mütze und dem hohen Kragen ihrer gelben Jacke hervor. Ihre Hände umfassten die Schultergurte ihres

Rucksacks. »Die anderen gehen eine andere Route als wir. Es bleibt uns also nichts anderes übrig, als nochmal neu anzufangen.« Ihre gesprenkelten Mundwinkel zuckten, dann löste sie ihre eine Hand vom Gurt und streckte sie mir entgegen. Skeptisch betrachtete ich erst ihre langen Finger, dann ihre braunen Augen. Sie seufzte.

»Ich bin Ellie Walker, vierundzwanzig, und das ist das zweite Mal, dass ich den Dingle-Way gehe.« Auffordernd zog sie ihre Augenbrauen in die Höhe, bis ich ihre Hand ergriff.

»Ich bin Jonas Petersen, vierunddreißig, und das ist meine erste Wanderung.« Ich kam wir vor wie bei der Vorstellungsrunde bei einer Gruppentherapie. Ein breites Grinsen trat auf Ellies Gesicht und ich spürte sofort, dass ich ihr das richtige Kanonenfutter geliefert hatte. In ihren Augen hatte man scheinbar sein Leben verfehlt, wenn man in meinem Alter alleine – so, wie es geplant war – wandern ging. Und sie, so viele Jahre jünger als ich, wusste bereits, was auf sie zukam, im Gegensatz zu mir.

Plötzlich zwinkerte sie und sagte: »Auf gehts, Jonas. Lass uns deine Entjungferung feiern!« Und dann drehte sie sich um und ging los. Ich benötigte einen Moment, bis ich meine Beine in Bewegung setzte.

Ich lachte. »Meine Entjungferung?«, fragte ich skeptisch, als ich zu ihr aufschloss. Wir gingen die Landstraße ein Stück entlang. Bei einem Blick zurück sah ich, wie die anderen in den Bus einstiegen und davonfuhren.

»Na, klar. Irgendwann ist es ja für jeden das erste

Mal, oder nicht?«, erklärte sie schulterzuckend. Kieselsteine, die am Rand der Straße lagen, knirschten unter unseren Wanderboots. Ich schwieg, denn sie hatte recht. Irgendwann kam für jeden das erste Mal. Ich erinnerte mich an die Worte von Mirko: ›Fang an zu leben‹.

Wir gingen eine halbe Stunde schweigend die Straße entlang, bis ein Schild abseits zeigte, dass dort der Dingle-Way begann. Ich blieb stehen und drehte mich einmal im Kreis. Mit der Hand rückte ich meine eigene Wollmütze zurecht, sodass der Wind mir nicht ins Ohr pfiff. Die raue Insel, ungeschliffene Schönheit: Ich nahm die Natur, das Heulen des Windes und ganz besonders eine neue Art von Stille in mir auf. Mein Herz klopfte kräftig in meiner Brust. Das war wohl das Verrückteste, was ich je in meinem Leben machen würde. Ich sah meine Begleitung an, von der ich bereits jetzt ahnte, dass dies kein Spaziergang werden würde. Damit meinte ich nicht nur die Wanderung an sich. In ihren dunklen Augen funkelte es abenteuerlustig, und dies war definitiv ein schlechtes Omen. Sie lächelte mich an, wobei nur ein Mundwinkel nach oben zuckte, als könnte sie sich eine Bemerkung nicht verkneifen. Doch dann nahm ihr Gesicht einen weicheren Zug an und sie streckte ihre Hand in Richtung des Weges, der lediglich ein Trampelpfad zischen grünen Wiesen darstellte. »Bereit?«

Ich schüttelte den Kopf. »Nein, aber das tut hier eh nichts mehr zur Sache.«

Wir gingen los, hielten ausreichend Abstand zueinander, und immer wieder blieb Ellie stehen, stützte die

Hände in die Hüften und streckte das Gesicht in Richtung Himmel. Oder sie holte ihr Smartphone hervor und fotografierte. Irgendwann tat ich es ihr gleich und als wir am Mittag eine Pause auf einer Steinmauer neben der nächsten Schotterstraße machten, fotografierte ich meinen Apfel und meine Trinkflasche auf dem alten Gemäuer. Ich schickte es Mirko mit der Bemerkung: *Erste Pause.*

»Wir sollten ein paar Regeln aufstellen«, warf Ellie ein, die herzhaft in ihren Apfel biss, den sie, genau wie ich, bei Bree eingesteckt hatte.

»Regeln? Sowas wie: *Keiner geht alleine fünfzig Meter von dem anderen entfernt*?«, fragte ich und trank aus meiner Flasche. Das Wasser war kalt und ich hieß es in meiner ausgetrockneten Kehle willkommen. Ellie lachte auf und schüttelte den Kopf. Sie nahm ihre Mütze ab und strich sich einzelne Strähnen ihrer dunkelroten Haare zurück, bevor sie die Mütze in ihre Jackentasche stopfte.

»Ich meinte eher, was die Zeit nach Erreichen der Unterkünfte angeht. Ich bin es gewohnt, mir mit anderen Menschen Zimmer zu teilen. Du erweckst jedoch den Eindruck, dass du es nicht bist.« Sie musterte mich von oben bis unten und schnalzte wieder mit der Zunge, als würde sie die Bestätigung erhalten, die sie benötigte.

»Ich bin die Erste, die duschen geht«, startete sie und hielt ihren Daumen zum Anzählen hoch. »Deine Stinkeboots übernachten an der frischen Luft«, zählte sie weiter. »Wo ich hingehe, wann und in welchem Zustand ich wiederkomme, geht dich nichts an.« Ich biss gelangweilt von meinem Apfel ab und kaute ihn ganz langsam. Das waren alles Punkte, mit denen ich zurechtkam und bis auf Punkt eins wären es genau die gleichen, die ich ebenfalls aufgestellt hätte.

»Und solltest du auch nur einmal deine Hände nicht bei dir lassen können, wirst du es bitter bereuen. Alles klar?« Nun war der Zeitpunkt erreicht, an dem ich mir ein Grinsen nicht mehr verkneifen konnte. Trotz ihrer weiten Jacke, der Treckinghose und der Wollmütze, die sie bis eben noch trug, konnte man nicht von der Hand weisen, dass Ellie ziemlich attraktiv war. Und sieben weitere Nächte stellten eine verdammt lange Zeit dar.

»Wie ich bereits erwähnt hatte, stehe ich nicht auf Mädchen. Du brauchst dir keine Gedanken machen, dass etwas in dieser Art passieren würde«, gab ich ihr zu verstehen und sie nickte mir zu.

»Gut.« Wir aßen und saßen noch eine Zeit lang stumm nebeneinander, dann räumte sie ihren Proviant wieder in den Rucksack.

»Lass uns weiter. Der Weg wird gleich schwieriger.« Ellie sprang von der kleinen Mauer und schulterte den Rucksack. Ich tat es ihr gleich.

Sie hatte nicht zu viel versprochen. Wir hatten laut Karte noch sechs Kilometer bis nach Camp vor uns und mussten nun matschige Wege entlang eines Gebirges passieren. Wir legten regelmäßig Pausen ein, tranken Wasser, aßen Müsliriegel und schwiegen so viel es ging. Noch immer hatte ich nicht das Bedürfnis, mich zu unterhalten. Jenes, das einer der Hauptgründe war, diese Wanderung anzutreten. Ich war müde vom Reden. Über Statistiken, über Kundenbeschwerden, über Strategien und Planungen. Selbst das Reden mit meinen Freunden strengte mich an. Ich liebte sie wie meine Familie, die ich nicht besaß, und doch war ich am Ende eines jeden Tages froh, wenn ich nichts mehr sagen musste. Irgendwann im vergangenen Jahr hatte ich es verlernt. Einzelne Momente strengten mich an, als hätte ich tagelang Vorträge gehalten. Und nun hatte ich nicht einmal hier meine Ruhe.

»Da unten«, sagte Ellie und deutete mit einem Arm voraus. Wir kamen gerade auf einem schmalen Weg um einen großen Felsen herum, der einige Meter über den satten Weiden lag. »Das ist Camp.«

Ich unterdrückte ein Seufzen, denn ich wollte nicht zeigen, wie froh ich über diese Neuigkeit war. In der letzten Stunde hatte ich dreimal einen Krampf unter meinem rechten Fuß gehabt. Mein Körper war durchgehend angespannt, weil ich immer aufpassen musste, dass ich auf dem nassen Boden nicht ausrutschte oder bei den Felsbrocken umknickte. Ich war nicht unsportlich, hatte eine gute Kondition und ich war lange Tage auf den Beinen gewohnt. Aber das hier war anders.

Ellie drehte ihren Kopf in meine Richtung, kniff die Augen zu, weil der Wind noch immer so stark an uns rüttelte. Sie drehte sich nun komplett zu mir und legte den Kopf schief.

»Was?«, wollte ich wissen. Man sah mir doch wohl nicht an, wie erschöpft ich in Wirklichkeit war, oder?

»Gib mir dein Handy«, forderte sie mich auf und streckte eine Hand nach mir aus.

»Warum?«

Ellie verdrehte die Augen und nickte über ihre Schulter in Richtung unseres Ziels.

»Stell dich hier auf den kleinen Felsen und ich mach ein Foto von dir. Dein erstes Etappenziel. Freu dich, dass du es erreicht hast.« Ich runzelte die Stirn und öffnete meine Jackentasche. Ich entsperrte das Display und öffnete die Kamerafunktion.

»Hier.« Ich gab es ihr und stellte mich auf den kleinen Vorsprung, auf den sie zuvor gezeigt hatte.

»Jetzt guck ein bisschen begeisterter und nicht, als wäre das hier ein Strafausflug«, rief Ellie über den Wind hinweg und schob eine Haarsträhne unter ihre Mütze. Ich versuchte mich an einem Lächeln und schließlich gelang es mir, auch wenn es nur aufgesetzt war. Sie hielt einen Daumen nach oben und nahm den Arm wieder herunter.

»War doch gar nicht so schlimm.« Ihre Worte klangen in meinen Ohren wie das Lob für ein Kleinkind.

»Und was ist mit dir?«, wollte ich wissen und deutete auf den Platz, wo ich für das Foto stand. Ellie schüttelte den Kopf.

»Alles gut. Ich habe schon eines. Und jetzt komm. Ich habe einen Bärenhunger und freue mich auf eine Dusche.« Unbeschwert setzte sie den Weg fort. Ich fragte mich, wie sie nach einer solch aufreibenden Strecke so entspannt sein konnte. Für die gesamte Etappe hatten wir etwas länger als vorgesehen gebraucht. Sechs Stunden reine Wanderzeit. Natürlich verhinderte ich es, dass sie mir anmerkte, wie sehr ich mich über die häufigen Pausen freute. Die Aussicht, die wir hier am Fuß des Berges genossen, war anders als in der Heimat. Nicht, dass Hamburg hier mithalten konnte, egal wie sehr ich die Stadt liebte. Selbst wenn ich bei meinem Freund Darek auf Sylt war, ich den Strand, das Meer und den Wind jedes Mal genoss, das hier war anders. Aber im Moment fiel mir nichts ein, wie ich es gerecht hätte beschreiben können. Allmählich kamen die ersten Herbstfarben zum Vorschein. Die Farne verloren ihr dunkles Grün und wurden eher ockerfarben.

»Sag mal, willst du da Wurzeln schlagen?«, rief Ellie plötzlich. Ich schnaubte und setzte mich in Bewegung.

5

»Hier ist es«, verkündete meine Begleitung. Wir liefen durch den Ortskern. Es war früher Abend. Ich achtete nicht weiter auf Ellie, denn sie wusste, wo es langging. Somit hatte ich die Möglichkeit, mich meiner Umgebung zu widmen. Mehrere Pubs waren bereits gut besucht. Einzelne Personen oder größere Gruppen standen oder saßen in den Kneipen und tranken bereits Bier. Von irgendwoher drang Musik zu uns. Jemand testete seine Instrumente. Ich richtete meine Aufmerksamkeit wieder auf die Person vor mir. Ellie nahm ihre Wollmütze vom Kopf. Eine ihrer Augenbrauen zog sich in die Höhe.

»Was?«, brummte ich. Sie schüttelte den Kopf und grinste breit, als sie mir bedeutete, in das Bed and Breakfast einzutreten. Irgendwie vermisste ich schon jetzt mein eigenes Bett. Zumindest ein vernünftiges Hotel wäre nicht zu viel verlangt gewesen. Warum musste Mirko nur immer auf Abenteuer stehen?

Ich drückte die rote Tür auf und trat ein. Ich verkniff mir ein Aufstöhnen. Hier war es warm, es roch nach Gebäck. Mir stach sofort eine Etagere mit Muffins und Scones auf dem Empfangstresen in die Augen. Mein Magen knurrte wie auf Kommando. Als Ellie hinter mir die Tür schloss, bimmelte eine Glocke und drei Sekunden später erschien ein junger Mann aus einer Seitentür.

»Hi! Schön, dass ihr da seid. Ich bin Thomas. Wie geht's euch?«, begrüßte er uns freundlich.

Ich wollte gerade ansetzen und ihm meine Daten nennen, doch Ellie ergriff das Wort: »Hi Thomas. Uns geht es gut, und dir? Wir teilen uns ein Zimmer. Jonas und Ellie. Ist unser Gepäck schon angekommen?« Sie strahlte den dunkelhaarigen Typen an, als sei er ihr bester Freund. Erwartungsvoll stützte sie ihre Unterarme auf den kleinen Tresen, während Thomas aus einer Schublade den Schlüssel hervorholte.

»Braucht ihr einen zweiten Schlüssel? Meine Mum macht euch morgen früh Frühstück. Wollt ihr ein Lunchpaket für eure Wanderung mitnehmen? Euer Gepäck ist bereits auf dem Zimmer.«

Ellie warf mir einen fragenden Blick über die Schulter. Ich nickte ihr lediglich zu. Dass die Menschen immer so freundlich sein mussten und immerzu danach fragten, wie es einem ging, nervte mich. Hätte der Typ nicht einfach nur nach unseren Daten fragen können? Es hätte völlig ausgereicht, anstatt auch noch von seiner Mum anzufangen.

»Ein zweiter Schlüssel wäre prima. Das mit dem Lunchpaket klingt ausgezeichnet. Sag deiner Mum herzlichen Dank von mir, ja?« Ellie nahm die beiden Schlüssel entgegen und der junge Mann wurde rot im Gesicht. Ich schätzte ihn auf gerade mal achtzehn. Der musste ja über beide Ohren in Ellie verknallt sein. So, wie er ihr aus der Hand fraß. Zu allem Überfluss zwinkerte sie ihm zu, ehe wir die Treppe hinaufgingen. Ich war seit zwei Tagen in Irland und hatte schon jetzt das Gefühl, dass die Gebäude alle gleich aufgebaut waren.

»Der arme Junge«, schmunzelte ich. Ellie drückte mir den zweiten Schlüssel in die Hand. Wir gingen nebeneinander den Flur entlang, bis wir unser Zimmer erreichten. Es war das letzte auf der linken Seite und sollte, wenn ich mich nicht täuschte, mit Blick auf die Straße sein.

»Warum?«, fragte sie mich verwirrt. Ich steckte den Schlüssel ins Schloss und verharrte einen Moment. Auf ihrem Gesicht suchte ich nach irgendwelchen Anzeichen dafür, ob das ihre Art war, mit Menschen zu sprechen, oder ob sich dahinter eine List versteckte. Bei ihrem Anblick bekam ohne Frage der eine oder andere Mann weiche Knie. Da war ich mir sicher.

»Thomas hat ja fast angefangen zu sabbern, so wie du mit ihm gesprochen hast. Machst du das immer so?« Mit einem Ruck öffnete ich die Tür. Ellie brach in schallendes Gelächter aus und trat in unser Zimmer. Sie sicherte sich direkt das Bett am Fenster und warf sich der Länge nach darauf. Ich wusste zwar nicht, was daran jetzt so lustig war, ließ es mir aber nicht anmerken. Ich setzte mich auf das Bett an der Wand und versank regelrecht in der weichen Matratze. Mein Rucksack landete neben meinen Füßen und als Erstes wollte ich meine Schuhe auszuziehen. Ellies Lachen erstarb und sie richtete sich kerzengerade auf.

»Stopp!«, rief sie.

Keine Ahnung, was jetzt schon wieder ihr Problem war. Aber ihr mahnender Blick auf mein Schuhwerk verriet mir, dass ich kurz davor war, mein Leben zu riskieren, hätte ich dieses ausgezogen, ohne mich an irgendwelche Regeln zu halten.

»Als Erstes: Die Menschen hier in Irland sind anders als bei uns in Deutschland. Glaub mir, du wirst diesen Unterschied bemerken. Vielleicht denkst du im Moment noch, dass sie alle ein bisschen strange sind. Doch spätestens, wenn du wieder zurück in deiner Heimat bist, fällt dir auf, wie emotionslos wir Deutschen sind. Wie oberflächlich und ichbezogen.« Ellie schnaubte abfällig und musterte mich gründlich. Es fühlte sich an, als steckte sie mich in die gleiche Schublade. Natürlich gehörte ich auch dort rein. Denn das war ich – emotionslos und ichbezogen am allermeisten. Aber sie war noch nicht fertig mit mir. »Wenn du hier in einen Pub gehst, dann ist es normal, dass man sich mit anderen Menschen unterhält. Auch mit denen, die man nicht kennt. Für die du genauso fremd bist wie sie für dich. Wenn du in ein Hostel oder ein B&B eincheckst, dann wirst du gefragt, wie es dir geht, was du hier machst und wie dein Tag war. Nicht, weil es ihr Job ist, sondern weil diese Menschen interessiert und offen sind. Sie empfangen dich mit ausgestreckten Armen. Sie sind nicht auf einen heißen Flirt aus, wenn sie sagen, dass es schön ist, dass du da bist und nach deinem Befinden fragen. In ihrem Leben gibt es nicht

nur sie selbst, sondern auch immer ein Gegenüber.«
Ellie saß mittlerweile auf ihrem Bett, die Füße fest auf
dem Boden, die Ellenbogen auf den Knien abgestützt.
Ihr Gesichtsausdruck glich den Felsen, über die wir
heute gestiegen waren – glatt und hart. Doch eine
Sache machte mich tatsächlich stutzig. Hätte sie es
nicht gerade selbst gesagt, ich hätte es ihrem perfekten
Englisch nicht angemerkt. Und bis jetzt hatte ich sie
nicht ein Wort Deutsch sprechen hören.

»Du kommst aus Deutschland?«, fragte ich grinsend. »Warum sprechen wir dann die ganze Zeit auf
Englisch?« Erneut griff ich nach meinen Schnürsenkeln, aber ich wurde unterbrochen.

»Wage es, diese Schuhe auszuziehen, und du kannst
in der Dusche schlafen«, warnte sie mich nun in meiner
Muttersprache.

»Okay, das klingt tatsächlich deutsch«, bestätigte
ich.

Aber sie schnaubte abfällig und erhob sich. Sie zog
ihre Jacke mit schnellen Bewegungen aus und warf sie
zu ihrem Rucksack. Was zur Hölle war ihr Problem?
Schnellen Schrittes ging sie zu dem Fenster, das am
weitesten von den Betten entfernt war. Sie schob die
Scheibe hoch und beugte sich über die Fensterbank.

»Willst du mir jetzt erzählen, was du da machst?«,
fragte ich, weil ich im Moment nur den Wunsch
verspürte, meine Schuhe auszuziehen. Von einem
kleinen Tisch nahm sie eine Tageszeitung und riss vier
Doppelseiten auseinander.

»Jetzt kannst du deine Schuhe ausziehen. Stell sie
hier auf die Fensterbank, aber draußen. Stopf die

Zeitung rein, damit der Schweiß aufgenommen wird.« Ihre Anweisungen waren kurz und knapp, und sie verfiel wieder ins Englische. Vorerst würde ich das Thema mit ihrer Heimat weglassen. Offensichtlich war sie kein Freund ihrer Herkunft. Warum auch immer. Ich begann, meine Schuhe zu öffnen, und streifte sie mir von den Füßen. Eine Wohltat für den gesamten Körper, so viel sei gesagt.

»Gott, du jammerst ja wie ein Baby«, kicherte Ellie und bückte sich ebenfalls, um ihr Schuhwerk auszuziehen.

»Ich glaube, da musst du etwas verwechselt haben. Ich jammere nicht. Ich freue mich. Das nennt man positives Denken. Aber das erwartest du ja von einem Deutschen nicht.« Ich schnappte mir die Boots, stellte sie auf die Fensterbank, und stopfte Zeitung hinein – so wie es das rothaarige Biest angeordnet hatte. Sie würde sich bestimmt hervorragend mit Hanna verstehen. Plötzlich wurde ich mit einem spitzen Ellenbogen beiseite gedrückt.

»Noch so eine schlechte Angewohnheit aus unserer Heimat«, begann sie und schenkte mir ein aufgesetztes Grinsen. »Man muss immer alles persönlich nehmen und auf die Goldwaage legen. Lass es einfach gut sein, Jonas.« Sie platzierte ihre Wanderstiefel neben meinen und ging zu ihrem Rucksack. Aus einem Seitenfach nahm sie einen Gummizug mit Haken heraus und trat wieder ans Fenster.

»Was hast du nun wieder vor?«, wollte ich in Erfahrung bringen.

»Ich sorge dafür, dass unsere Schuhe nicht über

Nacht abhauen«, erklärte sie trocken und spannte das Gummi quer über die Fensterbank. Die Idee war gar nicht dumm.

»Ich gehe jetzt duschen«, verkündete Ellie und räumte eine große Kulturtasche aus ihrem Rucksack. In der anderen Hand hielt sie frische Kleidung.

»Lass aber bitte warmes Wasser übrig«, kommentierte ich ihr Vorhaben und begann ebenfalls, meinen großen Rucksack auszuräumen, um meine Duschsachen zu suchen. Ellie stand bereits an der Tür, die zum angrenzenden Badezimmer führte.

Fragend blickte ich sie an.

»Wer sagt denn bitte, dass ich warm dusche?«, fragte sie zwinkernd und verschwand im Bad. Diese Aussage brachte mich wider Willen zum Grinsen. Die nächsten Tage würden definitiv interessant werden.

»Gehst du was essen?«, fragte ich Ellie, als ich aus dem Badezimmer herauskam. Sie föhnte sich gerade kopfüber die Haare. Ich hatte einen perfekten Blick auf ihren Hintern in engen Jeans. Dazu trug sie nur ein schwarzes Tanktop. Ich rubbelte mir noch mit dem Handtuch den Kopf trocken und ging dann barfuß in einer Chinohose und mit freiem Oberkörper zum Bett, wo mein Gepäck lag.

»Hast du was gesagt?«, rief sie über den Lärm des kleinen Reiseföhns hinweg und schaute zu mir. Ihre Augen weiteten sich einen Moment, als hätte sie mich jetzt erst gesehen. Für sie sollte es schließlich nicht so schlimm sein, wenn ich weniger verklemmt war. Auch wenn ich mich normalerweise aus Anstand, den ich tatsächlich besaß, im Badezimmer komplett angezogen hätte. Wenn ich eines in meinem Leben wirklich liebte, dann war es Privatsphäre. Und es bedeutete ja nicht, dass ich sie gleich flachlegen will, wenn ich mit freiem Oberkörper herumlief. Okay, ein gewisser Körperteil hatte dies eindeutig vor, aber der Rest von mir sträubte sich immens.

»Ob du essen gehen willst«, wiederholte ich lauter und griff nach einem frischen Paar Socken. Der Föhn wurde endlich ausgeschaltet und Ellie richtete sich wieder auf. Ihre roten Haare standen wild vom Kopf ab und sie strich sie mit einer Bürste glatt nach hinten.

»Warum, willst du mich einladen?« Amüsiert wackelte sie mit den Augenbrauen. Ich schüttelte den Kopf und zog mir einen Pullover über. Als ich mich wieder erhob und in meine Lederschuhe schlüpfte, warf ich Ellie einen zweifelnden Blick zu.

»Hatte ich nicht vor. Nachher denkst du noch, ich will etwas Unmoralisches von dir.«

Mit flinken Bewegungen hatte sie sich die Haare zu einem Zopf geflochten, der ihr nun über die Schulter hing. Aus ihrer Hosentasche zog sie eine Haarnadel und klemmte sie an der anderen Seite fest.

»Und was wäre dieses Unmoralische?«, fragte sie argwöhnisch nach.

Nachdem ich meine Schuhe zugebunden und meine Jacke übergezogen hatte, griff ich nach meinem Portemonnaie und meinem Handy.

»Nett zu sein, Ellie. Mehr nicht. Wenn ich eine Frau zum Essen einlade, wobei wir wieder über die Definition einer Frau stolpern, dann kann ich das sogar machen, weil ich einfach nett bin.« Ich sah ihr dabei zu, wie sie erleichtert ausatmete. Entweder erweckte ich einen falschen Eindruck auf sie, oder sie hatte in der Vergangenheit nicht nur freundliche Menschen kennengelernt. Wie auch immer ihre Skepsis mir gegenüber zustande kam, ich hatte Hunger.

»Soll ich dir zeigen, wo man hier echt gute Burger essen kann?«, ergriff sie das Wort, als ich mich bereits zum Gehen wandte. Ich hielt inne und sah ihr zu, wie sie sich einen Strickpullover überzog. Oder war es ein Kleid? Immerhin ging es ihr bis zu den Oberschenkeln. Die dicke Wolle verdeckte zwar ihre reizenden Kurven, es änderte aber leider nichts daran, dass ich wusste, wie sie aussah, wenn sie ein enges Top trug. Ich sah zu meinen Füßen und verfluchte meinen Körper. Welcher normale Mann wurde hart, wenn er einer Frau beim Anziehen zusah? In den Augenwinkeln sah ich, wie sie sich braune Lederstiefel anzog, die ihr fast bis zu den Knien gingen. Scheiße, sie war wirklich heiß.

»Burger klingen gut«, murmelte ich. Bemüht, sie nicht anzustarren.

»Okay, lass uns gehen«, antwortete sie plötzlich wieder beschwingt und öffnete die Tür.

Als wir den Pub betraten, benötigte ich einige Sekunden, um mich an die dunkle Einrichtung zu gewöhnen. Rotbraunes Holz und düstere Ziegelsteine dominierten das Interieur. Mirko hätte an meiner Stelle einen begeisterten Freudentanz aufgeführt. Die Bar war in der

Mitte des Raumes als Kreis aufgestellt. Mehr als zehn Zapfhähne versprachen den bierdurstigen Besuchern eine Abkühlung und über der Theke hingen Regale mit einer endlosen Auswahl an Whiskeys und anderen Spirituosen. Wir wurden direkt von einer blonden Bedienung begrüßt, die ein Guinness-T-Shirt und die passende Schürze trug. Ellie erklärte ihr, dass wir etwas essen wollten, und sie führte uns zu einem freien Tisch im hinteren Bereich. Ganz in der Nähe einer kleinen Bühne, auf der gerade zwei Männer ihre Instrumente aufbauten. Beide hatten eine Gitarre, neben dem Älteren von ihnen stand noch ein Akkordeon. Wir setzten uns, wobei ich mich wunderte, dass Ellie sich neben mich auf die Lederbank an der Wand gesellte und nicht auf den Stuhl gegenüber.

Sie bemerkte mein Stocken. »Von hier aus kann man besser das Geschehen beobachten«, erklärte sie mir, und ich nickte ihr wissend zu. Bei mir war es eher die Gewohnheit, dass ich gerne den Überblick behielt und automatisch den Platz wählte, von dem aus ich den Eingang und das Treiben beobachten konnte. Die Kellnerin kam mit zwei Menükarten wieder und reichte sie uns.

»Und du warst hier schon öfter?«, fragte ich sie beiläufig und studierte die Auswahl an Burgern.

Als Antwort erhielt ich ein knappes: »Ja«.

Wir bestellten uns Bier, wobei ich nicht wie Ellie ein Guinness nahm, sondern ein Smithwick's Red Ale orderte. Ich entschied mich für einen Pulled-Pork-Burger mit Bacon und Knoblauch-Pommes. Letzteres auf Ellies Empfehlung. Meine Begleitung entschied sich für Blumenkohl in Béchamelsoße und ebenfalls für Knoblauch-Pommes. Die Tische ringsherum füllten sich und ausgelassene Gespräche steigerten den Lärmpegel.

Die Getränkebestellung erreichte uns binnen weniger Minuten. Ich mochte es, wenn man meine Wünsche zügig erfüllte. Kaum etwas war nerviger, als bei einem Geschäftsessen auf Getränke und Speisen lange warten zu müssen. Aber ich war hier auf keinem Geschäftsessen, sondern im Urlaub. Das war es, was ich mir immer wieder vor Augen halten musste. Ich hatte frei.

»Cheers!«, sagte Ellie und erhob ihr Glas. »Auf dein erstes Etappenziel.«

Als sich unsere Blicke begegneten, erkannte ich die Offenheit in ihr. Während ich mich ermahnte, mich zu entspannen, würde sie wohl Probleme bekommen, ernst zu sein. Zwischen uns lagen zehn Jahre Lebenserfahrung, aber wenn ich darüber nachdenke, wie ich in ihrem Alter war, erinnere ich mich nicht daran, dass ich je so unbeschwert war.

»Cheers«, erwiderte ich und unsere Gläser stießen aneinander. Es kostete mich einiges an Disziplin, das Pint nicht in wenigen Zügen zu leeren. In meiner Jackentasche vibrierte es. Ich zog mein Smartphone heraus und entdeckte mehrere Nachrichten. In der Vorschau überflog ich sie.

Hanna schrieb, dass sie dem Floristen meine Anweisungen weitergeben hatte und dass in der Abteilung alles in Ordnung sei. In ihrer nächsten Nachricht stand, ich solle vor dem Schlafengehen nicht vergessen, ein großes Glas Magnesium zu trinken. Ich schmunzelte.

»Na, wirst du schon vermisst?«, unterbrach mich Ellie, die mich neugierig beobachtete.

»Nein, ich denke nicht«, antwortete ich.

»Warum funkeln deine Augen dann plötzlich so seltsam? Man könnte meinen, du hast gerade eine Nachricht von deiner Freundin erhalten, die sich sehnsüchtig nach dir verzehrt«, scherzte sie weiter.

Nun konnte ich mein Lachen wirklich nicht zurückhalten.

»Nein, gewiss nicht.« Eine Freundin stand in meinem Leben bisher nicht auf dem Plan. Ich sah wieder auf das Display und scrollte weiter. Mirko fragte, ob ich noch laufen könnte, oder ob ich bereits einen Direktflug nach Hause gebucht hätte. Ich öffnete das Chatfenster und schrieb ihm knapp, dass er mich nicht mit ihm verwechseln dürfte. Dann öffnete ich die Kamera, schoss ein Bild von dem Tresen, und schickte es ihm. Ich steckte das Smartphone zurück in meine Jackentasche und drehte mich halb zu meiner Sitznachbarin.

»Und was ist mit dir? Bist du viel auf Reisen oder ist das ein einmaliger, Verzeihung – zweimaliger Trip?«

Etwas Trauriges huschte über ihre Augen und ihr linker Mundwinkel zuckte leicht. Ellie streckte den Rücken durch, trank einen Schluck von ihrem Bier, ehe sie ihren Kopf abstützte und zu mir aufsah. Der Blick, mit dem sie mich ansah, erinnerte mich an etwas, auch wenn es mir noch nicht gelang, es richtig zu benennen.

»Manche Reisen enden nie, andere beginnen, ohne

dass du es realisierst. Sagen wir einfach, es ist etwas anderes, zu wandern, zu reisen, wenn du gar nicht genau weißt, wo Start und Ziel liegen« Ihre Stimme drang kaum zu mir durch, so leise sprach sie. Aber die Worte, die mich erreichten, hallten dafür umso länger in mir nach. »Ich bin schon eine ganze Zeit hier in Irland. Mal hier, mal da. Letztes Jahr habe ich mein Studium abgeschlossen und habe mir eine Auszeit genommen. Nach Deutschland fliege ich nur ganz selten, um Freunde zu besuchen. Aber wenn dieser Trip vorbei ist, gehe ich nach Dublin und fange dort eine neue Arbeit an.«

Sie weckte meine Neugierde.

»Das klingt interessant. Also, das mit der Arbeit in Dublin.« Ich bemühte mich, nicht zu neugierig zu klingen, andernfalls lief ich Gefahr, wieder von ihr als deutscher Schnösel beschimpft zu werden.

»Ja, ich bin gespannt, wie es sich entwickelt. Und was ist mit dir? Wo willst du noch hingehen?«

Ich dachte einen Moment darüber nach, trank von meinem Bier und zuckte mit den Schultern, ehe ich ihr wieder in die Augen blickte.

»Ganz ehrlich?«

Sie nickte. Und wieder fragte ich mich, warum sie das wissen wollte. Was brachte es, einen fremden Mann, mit dem sie sich für ein paar Tage ein Zimmer und eine Wanderstrecke teilte, solche Dinge zu fragen und womöglich die Antworten zu erfahren. Die Dinge, die sie mir erzählte, waren nicht für mich von Interesse und wahrscheinlich hatte ich sie bereits bei Ankunft in Hamburg wieder vergessen.

»Ich habe keine Ahnung«, kam mir über die Lippen. Etwas an ihrer Leichtigkeit verschlug mir meine Lügen, die ich mir selbst gerne auftischte. Wenn ich mir einredete, dass alles in Ordnung war.

Keiner sagte etwas, nur die Kellnerin unterbrach uns, indem sie an unseren Tisch trat und zwei große Teller vor uns abstellte. Schweigend aßen wir, und auch danach blieb es lange Zeit still zwischen uns. Auf der einen Seite erleichterte es mich, dass Ellie nicht weiter nachhakte, auf der anderen enttäuschte es mich, dass sie scheinbar doch so oberflächlich war und sich mit einer solchen Aussage zufriedengab. Gut, ich kannte sie schließlich erst seit einem Tag, aber ich glaubte, heute etwas Wildes, etwas Unerschrockenes in ihr gesehen zu haben.

Die Musiker starteten ihr Spiel und der Pub füllte sich immer weiter. Gäste betraten die Tanzfläche und tanzten. Ausgelassen, fast schwerelos. Sie sangen die Texte mit, tranken Bier und ließen los. Als ich eine Bewegung neben mir registrierte, blickte ich auf. Ellie war aufgestanden.

»Ich gehe tanzen. Ich zahle mein Essen, wenn ich später gehe. Viel Spaß noch, Jonas.«

Ich setzte zu einer Antwort an, aber sie war bereits zwischen den anderen Gästen verschwunden. Ich schüttelte den Kopf, griff nach meinem Glas, das ich direkt wieder zurückstellte. Es war leer. Auf ein weiteres hatte ich keine Lust und allmählich beengten mich die Menschen in diesem Pub. Ihre Ausgelassenheit schnürte mir die Kehle zu und ich vernahm die vertraute Taubheit, die sich um mich legte. Für mich war es Zeit zu gehen. Als ich die junge Bedienung ausmachte, gab ich ihr ein Zeichen. Sie kam mit der Rechnung und ich ignorierte Ellies Bemerkung, dass sie später ihre Bestellungen selbst bezahlen wollte. Ich gab einen Zehner Trinkgeld, worauf mich das blonde Mädchen fragend anblickte.

»Der Burger war wirklich sehr gut«, erklärte ich ihr, was nicht gelogen war. Sie bedankte sich und verließ den Tisch. Als ich aufstand, sah ich, wie Ellie sich inmitten der Tanzfläche im Rhythmus bewegte, wie sie sich mit einer Frau unterhielt und lachte.

Ich verließ das Lokal, trat nach draußen und ließ den Tag hinter mir. In der Unterkunft lag ich lange wach. Ich hatte mich an Hannas Rat gehalten und noch eine aufgelöste Magnesiumtablette getrunken. Wer wusste schon, was für ein Muskelkater mich morgen früh erwarten würde. Irgendwann schlief ich ein und war mir sicher, dass ich in der Nacht vom Lärm einer betrunkenen Ellie geweckt werden würde.

6

*I*ch wachte auf, sobald meine Weckfunktion ertönte. Meine Lider waren noch immer schwer und nur mühsam bekam ich die Augen auf. Ich drehte mich im Bett um und hielt direkt inne.

»Scheiße«, stöhnte ich. Muskelkater stach in jedem Winkel meines Körpers. Der penetrante Klingelton läutete noch immer. Tief Luft holend wagte ich einen neuen Versuch, der mir dieses Mal gelang. Ich fischte das Smartphone vom Teppich neben meinem Bett und deaktivierte den Alarm. Von der anderen Seite des Zimmers vernahm ich eine Bewegung. Ellie drehte sich ebenfalls in ihrem Bett, streckte die Arme über den Kopf und gähnte. Ihre Bettdecke zog sie sich bis zum Hals hinauf. Auf dem Fußboden lagen ihre Kleidungsstücke von heute Nacht wild verteilt. Allerdings hatte ich es nicht registriert, wie sie ins Zimmer gekommen war. Was totaler Bullshit war. Es ging mich schließlich nichts an, wie lange sie nachts durch Pubs streifte.

»Guten Morgen«, murmelte sie. Sie überraschte mich damit, dass sie Deutsch sprach, und nicht wie die ganze Zeit Englisch.

»Ob der so gut ist, bin ich mir noch nicht sicher«, antwortete ich und drehte mich zurück auf den Rücken. Der heutige Tag schrie förmlich nach einer Herausforderung.

»Wie geht's dir? Hast du starken Muskelkater?«, wollte sie wissen.

Ich legte meinen Kopf zur Seite und verschränkte die Arme hinter meinem Kopf, was ein großer Fehler war.

»Quatsch, warum sollte ich?«, überspielte ich meinen wahren Gemütszustand.

Sie kicherte heiser.

»Und wie geht es *dir*? Lange Nacht gehabt?«

Nun war sie es, die geräuschvoll ausatmete. »Der letzte Jameson war ein Fehler. Oder der vorletzte? Keine Ahnung. Jedenfalls hätte ich sie nicht getrunken, wenn du mein Essen und mein Bier nicht bezahlt hättest.« Sie versuchte sich daran, mich mit zusammengekniffenen Augen anzustarren, aber nach einer Sekunde gab sie auf und hielt eine Hand an den Kopf. Ich lachte.

»Willst du zuerst ins Bad?«, bot ich ihr an.

»Gerne.«

Ich griff nach meinem Handy, um mich von den langen, fast komplett nackten Beinen abzulenken, die plötzlich unter ihrer Decke hervorkamen. Sie stieg in Hotpants und einem langen Tanktop aus dem Bett. Himmel, man durfte doch nicht so rumlaufen, wenn man mit einem fremden Mann auf einem Zimmer schlief und keinerlei Ahnung hatte, ob der sich nicht als Vergewaltiger entpuppte. Das Mädchen war einfach zu gutgläubig – oder zu mutig. Ich hatte mich noch nicht entschieden.

»Jonas, dir fallen gleich die Augen aus dem Kopf«, tadelte sie mich im Gehen und schnappte sich ihre Kulturtasche und einen Stapel Klamotten von ihrem Gepäck.

»Dann zieh dir irgendwas über«, gab ich beiläufig zurück. In meinem Schritt wurde es eng. Warum hatte ich ihr nochmal den Vortritt gelassen?

»Ich könnte nackt herumlaufen, wenn ich wollte. Es gäbe dir trotzdem nicht das Recht, über mich herzufallen.«

»Du würdest es allerdings provozieren«, gab ich zu bedenken. Sie war eindeutig verrückt. Etwas Rohes, fast Diabolisches blitzte in ihren Augen auf, während sie in der Badezimmertür stand. Was auch immer sie vorhatte, es würde mir entweder gar nicht oder sehr gefallen. Ich stützte mich auf meine Ellenbogen und richtete mich halb auf. Mit überkreuzten Armen griff sie an den Saum ihres Tops. Mein Blick wanderte zu ihrem Gesicht, entschlossen, nicht dort hinzuschauen, wo sich ihre Brüste unter dem Stoff abzeichneten. Ihre Lippen verzogen sich zu einem gemeinen Lächeln, dann zog sie den Stoff einfach über den Kopf. Fuck.

»Merke dir, Jonas: Ich bin die Einzige, die entscheidet, wer über mich herfallen darf und wer nicht. Und wenn ich nackt herumlaufen will, dann mache ich das. Du kannst dir das jetzt ganz genau anschauen, nur damit du weißt, was du nicht bekommen wirst.« Und mit diesen Worten verschwand sie endgültig im Badezimmer. Ich sank zurück in die weiche Matratze.

»Wie werde ich diese Reise nur überleben?«, sprach ich meine Gedanken laut aus.

Ich nutzte die Zeit, in der Ellie sich wusch, und kleidete mich um. Ein Blick aus dem Fenster genügte und meine Laune war so wie das Wetter. Trist und wolkenverhangen. Nachdem ich eine Treckinghose, ein T-Shirt und einen Hoodie angezogen hatte, machte ich mich an der Schuhkonstruktion auf der Fensterbank zu schaffen. Aus unseren Schuhen entfernte ich das Zeitungspapier und entsorgte es. Ellies Schuhe stellte ich vor ihr Bett, meine zog ich direkt an. Das Gummiteil warf ich auf ihre Bettdecke. Als ich meinen Rucksack für den heutigen Tag fertig gepackt hatte, öffnete sich die Badezimmertür. Ellie trat angekleidet heraus und ging geradewegs auf ihren Rucksack zu. Nichts deutete mehr auf ihren kurzen Striptease von eben. Einzig ihr Zwinkern, als ich an ihr vorbei ging, verriet, dass sie es schon jetzt förmlich genoss, mich zu quälen. Ich verschloss die Badezimmertür und atmete tief durch. Nachdem ich mich mit einer extra Ladung kaltem Wasser im Gesicht abgekühlt hatte, betrachtete ich mein Spiegelbild. Wassertropfen verfingen sich an den hellen Bartstoppeln. Ein ungewohnter Anblick, denn in meinem Alltag achtete ich peinlichst genau darauf, immer akkurat auszusehen. Mit ungestylten Haaren schien das Blond heller und passte, wie Alisa immer sagte, perfekt zu meinen Sonnyboy-blauen Augen. Ich jedoch hasste diese Farbe. Genau wie die hohen Wangenknochen und die Grübchen, die sich nur selten zeigten. Die meiste

Zeit erinnerte mich mein eigenes Aussehen an Berechnung, Kälte und an die Macht, mit diesem Aussehen seinen Willen zu bekommen. Ich wandte den Blick vom Spiegel ab und putzte mir mit gesenktem Kopf die Zähne.

»Vergiss nicht, deine Wasserflasche aufzufüllen«, erinnerte Ellie mich, als ich dachte, startklar zu sein. Wir füllten Wasser aus dem Wasserhahn in unsere Flaschen.

»Ist alles in Ordnung?«, fragte sie mich von der Seite.

»Klar. Ich habe nur überlegt, wie lange wir für die heutige Etappe benötigen. Mehr nicht«, log ich sie an.

»Keine Sorge, auch dieser Tag geht vorüber«, antwortete sie in einem Ton, der mir eine ungewollte Gänsehaut über den Rücken schickte. Wir sahen uns für den Bruchteil einer Sekunde an, dann verließ ich den kleinen Raum.

Im Erdgeschoss wurden wir in den Frühstücksraum geführt. Thomas begrüßte uns und schweigend setzten Ellie und ich uns an einen Tisch. Sie trank Tee, ich Kaffee. Warme Scones und Croissants mit Butter und verschiedenen Marmeladensorten wurden uns gebracht.

»Probier unbedingt die Erdnussmarmelade«, empfahl sie mir und schob das Glas mit der seltsamen Paste herüber. »Die ist wirklich gut«, setzte sie hinterher.

»Wehe, wenn nicht«, sagte ich, versuchte mich an

einer Grimasse und probierte die sämige Marmelade mit dem Croissant. Zu meiner eigenen Überraschung gefiel mir der Kontrast von Herzhaftem und Süßem.

»Und?«, hakte Ellie nach und nippte an ihrem Glas Tee.

»Gar nicht mal so übel«, gab ich zu, womit ich ihr ein Kichern entlockte.

»Was ist so lustig?«, wollte ich wissen und gab gleich noch mehr von der Marmelade auf das Gebäckstück.

»Du kommst aus dem Norden, nicht wahr?«, forschte sie nach und legte den Kopf dabei schräg.

Sie war wirklich schön. Nicht nur auf diese Art und Weise, wie ich eine Frau attraktiv fand, mit der ich ins Bett wollte. Sondern da war auch diese andere Schönheit. Diese Leichtigkeit, die Ellie umgab, war es, das sie in meinen Augen wunderschön machte. In diesem Moment vergaß ich ihre Sommersprossen, die ich auf ihren Brüsten entdeckt hatte, ihr Tattoo auf den Rippen und diesen von dezenten Muskeln definierten Körper, den ich heute Morgen am liebsten in mein Bett gezogen hätte.

»Erde an Jonas«, sagte Ellie. Sie wedelte nun vor meinem Gesicht mit ihrer Serviette, dass ich verwirrt blinzelte.

»Norden ... Hamburg ... Also, ich meine, ich komme aus Hamburg. Woran hast du das gemerkt?« Ich brauchte einige Zeit, um mich wieder unter Kontrolle zu bekommen. Ein Umstand, der mir definitiv nicht gefiel.

»Gar nicht mal so übel«, imitierte mich mein Gegenüber mit einem erstaunlichen Talent für Schauspielerei. Jetzt war mir klar, worauf sie hinauswollte.

»Und wo kommst du her?«, nutzte ich die Gelegenheit, mehr über die unbekannte Rothaarige zu erfahren. Wie ich es erwartet hatte, wechselte ihre Stimmung in Sekundenschnelle.

»Iss auf. Wir haben nicht den ganzen Tag Zeit.« Damit stand sie auf und ging zu Thomas, der gerade mit einem großen Teller Scones aus der Küche kam. Sie wechselten ein paar Worte, dann ging er zurück in die Küche und Ellie zu unserem Tisch. Im Stehen trank sie ihr Glas Tee aus.

»Thomas bringt uns die Lunchpakete. Unser Gepäck wird von ihm aufbewahrt, bis es abgeholt wird.« In einer fließenden Bewegung zog sie sich ihre Jacke an und setzte den Rucksack auf.

Ich hingegen trank in Ruhe meinen Kaffee aus und steckte das letzte Stück Croissant in den Mund. Als ich aufgekaut hatte, betrachtete ich Ellie.

»Wenn du nicht willst, dass ich dich so etwas frage, dann kannst du es mir sagen. Erwarte aber nicht, dass ich aus dem Nähkästchen plaudere.«

Sie nickte stumm und brachte ihren großen Rucksack zu Thomas.

Wir wanderten durch ein Moorgebiet, begegneten Schafen und machten Pausen auf kleinen Mauern oder Brücken über sprudelnden Bächen. Ellie und ich schwiegen viel auf unserer Strecke, wie schon gestern, und allmählich verwandelte sich mein Muskelkater zu einem stillen Begleiter. Von Asphaltstraßen und schmalen Trampelpfaden bis zu weiten Flächen, die wir überquerten, war alles dabei. Am späten Mittag erreichten wir die Abzweigung zum Strand von Inch-Beach, wie ich den Schildern und den Markierungen auf der Wanderkarte entnahm. Die Luft stach kalt und nass in der Lunge. Kardiotraining im Fitnessstudio war eindeutig etwas anderes als wandern.

»Willst du an den Strand?«, unterbrach Ellie das ausgedehnte Schweigen zwischen uns.

»Willst du es denn?«, fragte ich sie neugierig zurück. Seitdem wir aufgebrochen waren, hatte sie kaum mit mir gesprochen. Ich bezweifelte, dass die simple Frage nach ihrer Heimat diesen Zustand bei ihr ausgelöst hatte. Allerdings war ich die letzte Person, die sie zu etwas drängen würde. Wenn sie es für sich behalten wollte, war das okay.

»Musst du meine Fragen immer mit Gegenfragen beantworten?«, wollte sie wissen und strich sich dabei eine lose Strähne aus dem Gesicht unter ihre Mütze.

»Nein. Und nein. Zufrieden?«

»Nein.«

»Also willst du doch an den Strand?«, fragte ich sicherheitshalber nach.

Ellie zuckte mit den Schultern und hielt dabei beide Hände an den Gurten ihres leichten Gepäcks. »Eigentlich schon, aber wir hängen durch dein Trödeln der Zeit hinterher. Ich will vor dem Dunkelwerden in Annascaul ankommen.«

Ich lachte. »Durch mein Trödeln? Wenn dir irgendwas nicht passt, Ellie, dann kannst du gerne vorgehen. Es zwingt dich hier niemand, den Aufpasser zu spielen, was im Übrigen lächerlich ist. Das ist zwar meine erste Wanderung, aber ich glaube nicht, dass ich deshalb nicht mit dir Schritt halte.« Wie kam sie auf die Idee, ich würde sie aufhalten? Sie wollte etwas einwenden, was mir komplett egal war. Ich ging an ihr vorbei. Nicht zum Strand, sondern auf dem direkten Weg weiter ins Landesinnere nach Annascaul – unserem Tagesziel. Über den starken Wind hinweg vernahm ich derbes Fluchen. Natürlich auf Englisch, denn für die deutsche Sprache war sie sich zu fein. Meinen Berechnungen nach würde der Rest der Strecke noch zwei Stunden dauern.

Nach einer Viertelstunde drehte ich mich einmal im Kreis. Ich wollte nachsehen, ob sie mir auf den Fersen war, aber Ellie kam nicht. Ich griff nach meiner Wasserflasche und trank den letzten Rest aus. Ich nahm mir vor, in Annascaul als Erstes eine zweite Wasserflasche zu kaufen. Morgen würden wir keine Möglichkeit haben, durch ein Dorf mit einem Einkaufsladen zu kommen. Ich hatte Brand wie eine Bergziege. Um meinen Durst zu verringern, holte ich einen Apfel aus dem Rucksack, den uns Thomas am Morgen mitgegeben hatte. Der süße Saft rann mir die Kehle hinunter und ich beschleunigte meine Schritte.

7

Trotz des Windes und des einsetzenden Nieselregens war mein Rücken nassgeschwitzt. Ich erreichte das heutige Bed and Breakfast – den alten Anker – in Annascaul. Komplett erschöpft öffnete ich die Tür. Auch hier klingelte bereits wie am Vortag eine Glocke, als ich eintrat. Eine rothaarige, ältere Dame saß hinter einem hellen Tresen und nahm ihre Lesebrille von der Nase. Ihr faltiges Gesicht zeigte ein herzliches Lächeln. Egal wie sehr ich mich dagegen hätte wehren wollen, ich wäre gescheitert. Glücklich und zugegebenermaßen auch stolz, dieses Ziel alleine erreicht zu haben, zuckten meine Mundwinkel ebenfalls nach oben.

»Hi. Ich habe hier ein Zimmer gebucht. Mein Name ist Jonas Petersen. Ich laufe den Dingle-Way.« Meine eigene Stimme klang fremd in meinen Ohren. Sie war rau von der Kälte und dem Durst.

»Hi Jonas. Schön, dass du hier bist. Wie gefällt dir

deine Wanderung?« Die Dame schlug die Seite des Reservierungsbuchs um und glitt mit dem Zeigefinger über die Zeilen.

»Ich bin froh, hier zu sein«, antwortete ich. »Mir gefällt es gut. Es ist anstrengend, doch es lohnt sich.«

Wissend blickte die Dame auf. Ihre Brille hatte sie wieder aufgesetzt, dann reichte sie mir einen Schlüssel.

»Das glaube ich dir. Bist du alleine? Ich habe hier stehen, dass Ellie mit dir wandert. Ist alles in Ordnung mit ihr?«

»Oh, keine Sorge, Ellie kommt bald. Sie wollte länger am Strand bleiben«, beschwichtigte ich sie.

»Okay. Wollt ihr morgen frühstücken und ein Lunchpaket mitnehmen?«, wechselte sie das Thema. Ich bejahte beides und bestellte direkt Kaffee und Kamillentee zum Frühstück.

»Wo kann ich hier etwas Gutes zu Abend essen?«, informierte ich mich weiter und lauschte den Erklärungen der Dame. Im Anschluss bedankte ich mich und ging den Flur entlang zu meinem – unserem – Zimmer. Meine erste Tat war, meine Wasserflasche zu nehmen und im Badezimmer aufzufüllen, denn einen Einkaufsladen hatte ich nicht auf dem Weg hierher gesehen. Ich trank die Hälfte in einem Zug aus, füllte sie erneut auf und ging dann in das eigentliche Schlafzimmer. Wer zuerst kommt, mahlt zuerst, oder wie sagte man so schön? Daher belagerte ich das Bett am Fenster. Ich nahm mein Reisegepäck, das hier bereits wartete und setzte es auf die dicke Daunendecke. Stöhnend ließ ich mich nieder, zog meine Jacke aus und schmiss sie achtlos auf den Boden. Als ich meine Schuhe ausgezogen hatte, blickte ich mich um. Ich entdeckte eine Terrassentür, die mit karierten Vorhängen bedeckt war. Mühevoll erhob ich mich und fragte mich, wer in meinem Alter so dämlich sein konnte, wandern zu gehen, wenn er es vorher noch nie gemacht hatte.

Nur Mirko. Nur er konnte so bescheuert sein, und ich hatte mich zu dieser reizenden Idee überreden lassen. Ich öffnete die Tür und schaute mich um. Es war ein winziger Hinterhof und nach einem Blick nach oben konnte ich sichergehen, dass die Schuhe durch einen Dachvorsprung vor Regen geschützt waren. Zeitungspapier konnte ich im Zimmer nicht ausfindig machen, das musste nun auch ohne gehen. Nur einen kurzen Moment wollte ich mich auf dem Bett ausruhen, ehe ich duschen und mich dann auf die Suche nach etwas Essbarem begeben würde. Ich fiel auf die Matratze und mein Rücken jubelte bei dieser Wohltat auf. Binnen Sekunden drifteten meine Gedanken von meinem Vorhaben weg und verliefen im dunklen Nirgendwo.

Etwas Warmes weckte mich. Mit der Hand versuchte ich, es aus meinem Gesicht zu wischen, wurde aber daran gehindert. Jemand hielt meine Finger fest. Schlagartig war ich wach, setzte mich auf und stieß gegen etwas Hartes.

»Verdammt!«, zischte ich und hielt mir augenblicklich die schmerzende Stelle an meinem Kopf. Ellie taumelte zurück und plumpste auf den Hintern. Sie lachte und rieb sich zugleich die Nase.

Es dauerte ein wenig, bis ich verstand, dass das Warme ihre Finger waren, die meine Wange im Schlaf berührt hatten, und dass ich beim Aufschrecken mit meinem Kopf gegen ihren geknallt war. Genauer genommen gegen ihre Nase, aus der jetzt Blut tropfte.

»Shit, du blutest!« Ich sprang auf und eilte ins Bad, griff nach einem kleinen Handtuch im Regal und ließ kaltes Wasser über das Frottee laufen. Ich wrang es aus und ging zurück ins Schlafzimmer. Ellie saß noch immer in ihrer Wanderkleidung auf dem Boden, mit dem Rücken an ihr Bett gelehnt, und hielt sich eine Hand unter ihre Nase. Blutstropfen rannen an ihrer Hand hinunter und verliefen auf ihrer regennassen Jacke. Ihr Lachen verklang deshalb aber nicht.

»Ich mache mir Gedanken über deinen Humor«, grummelte ich und begann, ihr das Blut von der Hand und ihrer Jacke zu wischen, und legte dann ein sauberes Ende an ihre Nase. Sie schwieg und legte den Kopf in den Nacken.

»Nicht«, unterbrach ich ihre Bewegung. Intuitiv landete meine Hand an ihrem Hinterkopf, um sie daran zu hindern. Ihre braunen Augen zuckten ruckartig in meine Richtung, sobald meine Finger ihre Haut berührten. »Dann staut sich das Blut. Das ist gefährlich«, rechtfertigte ich mich. Ich ließ meine Hand langsam sinken. Die andere wurde von ihren Fingern berührt und ihr Lachen endete in erdrückendem Schweigen. Ich zog mich zurück und stand auf. Ich atmete tief durch, warf einen Blick auf die Uhr. Es war bereits zwanzig Uhr und ich hatte ganz offensichtlich über zwei Stunden geschlafen. Mein Magen erinnerte mich prompt mit einem kräftigen Knurren daran.

»Bist du jetzt erst angekommen?«, fragte ich über die Schulter hinweg und begann, meine Duschsachen herauszusuchen. Ellie nickte, nahm das nasse Tuch von der Nase, nur um es im nächsten Augenblick wieder anzulegen. Eigentlich war sie selbst schuld. Was erschreckte sie mich auch dermaßen?

»Ich gehe duschen«, verkündete ich.

Heißes Wasser rann über meinen Körper. Meine Muskulatur schrie förmlich auf. Wenn ich nach diesem Trip in Dublin angekommen war, würde ich mir eine ausgiebige Massage im Hotel buchen und die Sauna nur noch zum Essen, Trinken und Schlafen verlassen. So viel stand fest. Ich drehte den Wasserhahn zu, griff nach einem Handtuch, trocknete mich ab und schlang es um die Hüften. Den beschlagenen Spiegel über dem kleinen Waschbecken wischte ich mit der Handfläche sauber. Ich müsste mich dringend rasieren, aber ich ignorierte die Bartstoppeln, genau wie heute morgen, und zog mir frische Kleidung an.

Im Schlafzimmer befand sich Ellie noch immer auf dem Fußboden, nun allerdings mit ausgestreckten und überkreuzten Beinen. In der einen Hand hielt sie ihr Handy, in der anderen das Handtuch für die Nase. Mein Waschzeug und die Klamotten legte ich auf das Bett, drehte mich zu ihr um und hockte mich neben sie. Sie reagierte nicht, also nahm ich ihre Hand vom Gesicht.

»Es hat aufgehört zu bluten«, stellte ich laut fest. Ihr

Blick war auf das Handy in der Hand gerichtet, ihre Augen schimmerten verdächtig. Unbehagen schnürte mir die Kehle zu. »Willst du alleine sein?«, fragte ich sie. Nicht sicher, ob ich hier eine ihrer seltsamen Grenzen überschritt, aber so war sie die letzten zwei Tage nicht drauf gewesen. Irgendetwas war vorgefallen, das stand ihr ins Gesicht geschrieben. Sie antwortete mir nicht, was mich veranlasste, vorsichtig ihr Kinn zu umfassen und ihren Kopf langsam in den Nacken zu legen. Ich musste ihr direkt in die Augen sehen können. Eine einzelne Träne verlor sich aus ihrem Augenwinkel.

»Ich wollte dir nicht wehtun«, flüsterte ich. Ich hegte die Hoffnung, dass nicht unser Zusammenprall, sondern etwas anderes für ihren Zustand verantwortlich war. Ich suchte ihr Gesicht nach allen möglichen Erklärungen ab. Ich fand nichts als ihre Sommersprossen. Andererseits erkannte ich ihre typische Falte zwischen den Augenbrauen nicht. Kein spöttisches Zucken an den Mundwinkeln. Nicht einmal ihre leichten Lachfalten rings um ihre großen Augen waren zu sehen.

»Sprich mit mir«, bat ich sie. Ich versuchte inständig, das Bedürfnis zu unterdrücken, dieses fremde Mädchen in den Arm zu nehmen und zu halten. Ein Gefühl, das sich schon so lange in mir festgesetzt hatte, das seit einem Jahr zu einem stummen Begleiter geworden war, drängte sich immer weiter an die Oberfläche:

Hilflosigkeit.

Die pure Macht der Hilflosigkeit schlug mich nieder und machte mir das Atmen unmöglich. Ich ließ meine

Finger von ihr ab. Dieses Zimmer war für mich zu klein. Es engte mich ein, ohne dass ich imstande war, mich dagegen zu wehren. Ellie blinzelte. Endlich zog sie ihre Augenbrauen zusammen und öffnete ihre Lippen. Bevor sie etwas sagen konnte, kam ich ihr zuvor: »Ich muss gehen. Kann ich dich alleine lassen?« Langsam erhob ich mich, nicht sicher, ob ich gerade das Richtige tat. Ich war kein Mann für Freundschaften, noch nie. Nur ein paar wenige sture Idioten hatten mich einst gezwungen, ihre Freundschaft zu akzeptieren und anzunehmen. Zu allem anderen war ich nicht fähig. Mein letztes Mitgefühl verstarb fast auf den Tag genau vor einem Jahr und in diesem Moment blieb mir nur die Flucht. Ellie nickte und machte Anstalten aufzustehen. Abwehrend hob ich eine Hand. »Nicht.«

Es funktionierte. Ich griff nach meinem Portemonnaie und meinem Handy, ließ meine Jacke liegen und steckte in letzter Sekunde noch meinen Zimmerschlüssel ein. Dann verließ ich diesen Raum, das Bed and Breakfast und trat in die nasse Dunkelheit. Den Drang zu fluchen, unterdrückte ich, marschierte den Gehweg entlang und wischte mir mehrere Male die Regentropfen aus dem Gesicht, bis ich endlich den Pub erreichte. Es war nicht der, den ich von der Dame am Empfang empfohlen bekommen hatte, mit der typisch irischen Küche. Ich nahm den, aus dem laute Musik drang und wo bereits einige Menschen tanzten. Die Glastür drückte ich mit Schwung auf, schüttelte meinen Kopf wie ein begossener Pudel und trat ein. Alkohol lag in der warmen Luft. An manchen Tagen wünschte ich mir weniger Selbstkontrolle, weniger Furcht und mehr

Besinnungslosigkeit. An manchen Tagen begrüßte ich die tiefschwarze Stille in mir wie einen alten Freund, dass ich glaubte, ein schwerwiegendes Problem zu haben. Im nächsten Moment schob ich diese Befürchtungen beiseite. Ich war nur derjenige, der Probleme ausbadete, nie derjenige, der sie selbst erlebte. Ich stieß mit vereinzelten Gästen zusammen, entschuldigte mich aber nicht auf dem Weg zur Bar. Ich hob die Hand, lehnte mich leicht nach vorne und hatte binnen drei Sekunden die Aufmerksamkeit von einer attraktiven schwarzhaarigen Barkeeperin mit zwei verdammt guten Vorzügen. Der erste war, dass sie keine roten Haare hatte, der zweite, dass sie genau danach aussah zu wissen, was ich gerade suchte. Sie lehnte sich zu mir herüber, ihr Dekolleté gab eine großzügige Einsicht, und in meinem Schritt zuckte es.

»Einen doppelten Jameson und einen ruhigen Ort«, bestellte ich dicht an ihr Ohr gebeugt. Langsam lehnte sie sich zurück, blickte sich um und musterte mich anschließend. Sie drehte sich zum Rückbuffet der Bar, griff nach dem Whiskey und goss ihn großzügig in einen Tumbler. Mein Blick wanderte zu ihrem Arsch. Etwas groß, aber ganz gut zum Festhalten.

Lara, wie ich auf ihrem T-Shirt las, stellte den Whiskey vor mir ab, nahm den Fünfzigeuroschein entgegen, den ich bereits aus dem Portemonnaie gezogen hatte und betrachtete mich lächelnd.

»In zehn Minuten dort drüben.« Sie sah zur Seite und mein Blick traf eine schwarze Tür, an der ein Schild mit der Aufschrift *Zutritt nur für Personal* befestigt war. Ich hob mein Glas, prostete ihr stumm zu und drehte mich um. Mit dem Rücken an die Bar gelehnt, sah ich den tanzenden Menschen zu. Die gespielten Lieder nahm ich kaum wahr. Hier stand ich also.

In einer wildfremden Bar, in einem fremden Land, in dem ich nichts zu suchen hatte – ganz besonders nicht alleine. Ich beobachtete Touristen und Einheimische, nippte an der scharfen Flüssigkeit und schluckte das gnadenlose Brennen hinunter. Eine einzelne Träne eines fremden Mädchens brachte mich dermaßen aus meiner Spur, dass ich ins Straucheln geriet. In acht Minuten würde ich eine Barfrau in einem Lagerraum ficken, nur damit ich nicht mehr an diese dunklen, traurigen Augen dachte und den Wunsch, sie zu beschützen. Eine Frau, die ich nicht einmal kannte und mich dennoch eiskalt erwischte. Nur damit ich endlich wieder die Leere spürte und nicht den Fall in die Ungewissheit. Ich war ein Versager. Ein feiger Versager und hatte Ellie auf unserem Zimmer zurückgelassen wie ein verdammter Wichser. Ich trank den Whiskey in einem Zug aus und stellte das Glas hinter mich, ohne mich noch einmal zur Barkeeperin umzuschauen.

Ich verließ den Pub. Noch immer regnete es, und ich suchte die Straße ab. Ich entschied mich für links. Irgendwo musste ich doch noch etwas zu essen auftreiben. Ein paar Häuser weiter entdeckte ich ein Fast-Food-Restaurant. Dort angekommen bestellte ich sechs Cheeseburger, zwei große Pommes, dreimal Mayo und Ketchup, zwei Erdbeermilchshakes und eine große Cola. Der Kerl hinter dem Tresen zog skeptisch die Augenbrauen in die Höhe, aber es interessierte mich nicht, was er dachte. Ich hielt meine Kreditkarte hin

und wartete auf meine Bestellung. Aus meiner Hosentasche nahm ich mein Handy. Ich ignorierte die Nachrichten von Mirko. Er würde ohnehin nur wissen
wollen, wie es hier war und was er verpasste. Ich suchte
nach diesem einen Kontakt. Diese eine kaputte Frau,
die wusste, was mit mir geschah. Diese eine Frau, die
ich mitten in der Nacht aus Clubs abholte, wenn sie
versuchte, sich selbst zu zerstören. Mit der ich vögelte,
wenn einem von uns danach war, oder wenn es einer
einfach in diesem Moment brauchte. Meine Finger
flogen über das Display.

Jonas:
   Ich falle!

Die zwei blauen Häkchen erschienen sofort.

Marie Hasselhoff:
   Dann spreiz die Flügel und fliege mit!

Ich schnaubte. Es war typisch, dass sie mit diesem
Scheiß um die Ecke kam.

Jonas:
   Und jetzt in echt?

· · ·

Marie Hasselhoff:

Mach dir nicht ins Hemd. Du schaffst das schon. Wie wäre es mit was zu essen?

Jonas:

Ist bestellt.

Marie Hasselhoff:

Okay, dann bekommst du das auch wieder unter Kontrolle.

Jonas:

Nein, ich bin hier falsch. Ich gehöre nicht hierher. Nicht jetzt und überhaupt. Ich fliege morgen zurück. Dann bin ich rechtzeitig wieder da.

Meine Bestellnummer wurde aufgerufen, ich steckte mein Handy wieder weg. Die Papiertüte mit dem Essen nahm ich in die eine, den Papphalter mit den Getränken in die andere Hand. Die Eingangstür drückte ich mit der Schulter auf und ging zur Unterkunft zurück.

Die ältere Dame saß mit einem Buch hinter dem Tresen. Sie warf mir einen neugierigen Blick zu. Vor der Zimmertür hatte ich dann ein Problem. Es gelang mir nicht, den Türknauf zu drehen und zu öffnen. Also stellte ich die Papiertüte auf den Boden und suchte in meiner Hosentasche nach dem Schlüssel. Ich zog diesen und mein Handy heraus und schaute auf das Display, ob ich noch eine Antwort erhalten hatte. Auch auf die Gefahr hin, dass sie mir nicht gefiel. Ich hatte recht. Ich lehnte mich an die Wand im Flur und begann zu lesen.

Marie Hasselhoff:

Jonas! Wenn du das machst, dann setze ich dich höchstpersönlich selbst zurück ins Flugzeug. Es ist vorbei! Du hast keine Pflichten mehr, du bist FREI! Dein Leben gehört dir, nicht einem Jahrestag, nicht einem schlechten Gewissen, nicht der Vergangenheit. Nur dir! Und wenn jemand diese Panik in dir freisetzt, bist du die einzige Person, die gegensteuern kann. Kein Sex, kein Essen, kein Schweigen wird dir das zurückgeben, was du verloren hast. Niemand kann das. Selbst wenn, dann wäre es falsch. Es würde dir Hoffnungen machen, dass alles wieder gut wird. Das wird es nicht. Es kann nur anders werden. Rede mit diesem Menschen darüber, so wie du mit mir redest. Versuch es endlich. Und komm mir nicht damit, dass du anders bist als ich. Wir sind alle gleich. Wir sind Opfer und werden uns immer so fühlen, wenn wir es zulassen. An manchen Tagen können wir es ignorieren, an anderen zerbrechen wir. Wir haben nur noch den Rest unseres Lebens, in dem wir heilen können. Keine Sekunde länger. Vergiss das nicht.

Ich schluckte. Mit geschlossenen Augen bemühte ich mich, Gegenargumente zu finden – es gelang mir nicht.

Langsam schob ich das Handy zurück, steckte den Schlüssel in die Tür und atmete noch einmal tief durch, als das Klicken des Schlosses ertönte. Die Tür öffnete sich einen Spaltbreit, ich zog den Schlüssel wieder ab und hob die Tüte auf. Vom Geruch des Fast Foods wurde mir schlecht. In meinem Magen war nichts mehr, was den Whiskey beflügelte. Mit einem Fuß schob ich die Tür weiter auf, trat ein, hob den Blick und schluckte.

Und wenn ich hier nackt herumlaufen würde, wäre ich noch immer die einzige Person, die entscheiden dürfte, wer über mich herfällt und wer nicht.

Und ich gehörte nicht dazu, überzeugte ich mich selbst. Ich wandte meinen Blick von Ellie ab, die sich hektisch einen Slip überzog. Ich drehte mich zur Tür, schloss sie vernünftig und starrte das dunkle Holz an.

»Ich dachte, du bist ausgegangen«, murmelte sie hastig.

»Sorry.«

»Schon gut, mein Fehler.«

»Ich habe Essen mitgebracht.«

»Großartig. Ich verhungere.«

»Ich auch.«. Etwas anderes regte sich erneut in mir, etwas, das sich bereits in der Bar in mir ausgebreitet hatte. Dort gelang es mir jedoch im letzten Moment, es zurückzudrängen. Das Fast Food half, es zu vergessen. Automatisch beugte ich mich vor und nippte am Strohhalm des Milchshakes. Mein Magen rebellierte im ersten Moment, aber ich trank immer weiter, bis meine Speiseröhre taub vor Kälte war. Zumindest stellte ich es mir so vor.

»Okay, ich bin fertig angezogen«, verkündete Ellie hinter mir. Ich brauchte noch eine Sekunde, bis ich mir sicher war, dass mein Ständer wieder abgeklungen war.

Ich drehte ich mich zu ihr um und hielt die Tüte mit den Burgern und den Pommes in die Höhe. Ohne Ellie aus den Augen zu lassen, trat ich zum kleinen Schreibtisch und stellte die Getränke und die Tüte ab. Sie trug eine Yogahose oder wie sich diese engen Dinger schimpften. Ihr nasses Haar steckte noch im Kragen ihres Wollpullovers, den sie auch gestern Abend getragen hatte.

»Was macht deine Nase?«, fragte ich und ging auf sie zu. Meine Finger waren schneller als mein Verstand und schon berührte ich ihre Haut. Ellie zuckte nicht unter meiner Berührung zurück und der geringe Größenunterschied zwischen uns gab mir glücklicherweise nicht das Gefühl, sie halten zu wollen. Sie war jung und trotzdem sagte mir eine kaum wahrnehmbare Stimme in meinem Kopf, dass nicht sie es war, die beschützt werden musste. Ein seltener Umstand, der mich erleichterte. Denn dazu hatte ich keine Kraft mehr. Nicht mehr in diesem Leben. Ihre Nase war kaum geschwollen und die Haut unter meinen Fingern war nur vom Duschen aufgeheizt. Nichts, das darauf hinwies, dass etwas gebrochen war.

»Ist dir beim Duschen schwindelig geworden?«

Kaum merklich schüttelte sie den Kopf. Ihre Augen huschten hin und her, ich blickte aber nicht hinein. Es würde mich nur wieder aus der Bahn lenken.

Ich ließ von ihr ab und ging zum Schreibtisch.

»Möchtest du auf dem Stuhl sitzen?«, bot ich ihr den einzigen in diesem Raum an.

»Nein, danke, ich kann auf dem Fußboden sitzen.«

»Okay.« Also nahm ich das mitgebrachte Essen aus der Tüte und reichte es ihr, während sie sich an die gleiche Stelle setzte, wo ich sie vor einer knappen Stunde hatte sitzen lassen. Die Getränke platzierte ich in der Mitte zwischen unseren Betten. Ich setzte mich ihr gegenüber, mit dem Rücken an mein Bett. Belustigung huschte über ihr Gesicht, dann besann sie sich wieder.

»Hast du gerade eben tatsächlich einen halben Liter Milchshake in einem Zug ausgetrunken?«, fragte sie mich zweifelnd und deutete auf den leeren Becher. Ich nickte. In der Cola war auch nicht mehr viel drin.

»Warum?«, fragte sie mich fassungslos. Sie nahm die drei Cheeseburger, die ich ihr reichte, schweigend entgegen.

Die Papiertüte riss ich an den Seiten auf und legte sie wie einen Teller auf dem Teppichboden aus. Die beiden Pommestüten kippte ich zu einem Haufen, die Soßen drückte ich daneben aus. Ich öffnete das erste Burgerpaket, begutachtete das fettige Ding und biss hinein. Ellie zuckte mit den Schultern und tat es mir gleich. Als ich den ersten aufgegessen hatte und den zweiten gerade auf meinem Schoß auswickelte, sagte ich ihr die Wahrheit.

»Ich hatte einen Mordsständer, als ich dich nackt gesehen habe. Ich habe manchmal ein kleines Sexproblem. Darum habe ich mich mit dem Milchshake und der Cola abgekühlt.«

Ellies Hand mit dem Burger, von dem sie abbeißen wollte, sank zurück auf ihr Bein.

»Du verarschst mich«, keuchte sie.

Mein Kopfschütteln beruhigte sie nicht wirklich.

»Was genau versteht man bei dir unter einem Sexproblem?«, forschte sie nach, wobei sie das letzte Wort flüsterte. »Also ich meine, wir schlafen für ein paar Tage im selben Raum. Auch wenn wir uns nicht kennen, sowas hat mit Vertrauen zu tun. Ich ... Oh mein Gott! Du fällst doch nicht wirklich über mich her, so wie du es gestern behauptet hast, oder?« Ellie machte Anstalten aufzustehen. Aber ich griff nach ihrem Bein. Nicht unbedingt die beste Idee, wenn ein Mädchen wie sie plötzlich Panik vor mir bekam. Ich ließ sie los und hob beide Hände ergeben in die Luft.

»Nein, das tue ich nicht. Und auch, wenn wir uns nicht wirklich kennen, kannst du mir vertrauen und brauchst keine Angst vor mir zu haben«, bemühte ich mich, sie zu beruhigen.

Ellie atmete schwer aus und setzte sich wieder zurück auf den Boden.

»Ich bin nicht sexsüchtig, notgeil oder irgendwas von dem, was du vielleicht darunter verstehst. Sex ist für mich wie ...« Ich hielt inne, suchte nach den richtigen Worten. Fuck, das, was ich hier einer komplett fremden Person anvertraute, wusste sonst nur eine. Nicht einmal meine Freunde, und die wussten schon so einiges über mich. »Die meisten Menschen gehen zu ihren besten Freunden und sprechen sich bei ihnen aus, wenn es ihnen nicht gut geht. Andere gehen ins Fitnessstudio und powern sich aus. Wieder andere betrinken sich bis zur Besinnungslosigkeit. Und noch andere nehmen vielleicht sogar Drogen.« Ich hasste es, dieses Wort auszusprechen. »Und dann gibt es welche wie mich. Sie ziehen los, suchen sich jemanden und haben Sex. Ohne sich zu küssen, ohne sich vorab stundenlang mit Smalltalk aufzuhalten, sondern haben einfach nur Sex. Sie nehmen sich, was sie in diesem Moment brauchen, gehen dann wieder und machen ganz normal weiter. Manchmal hat man Glück und man trifft jemanden, dem es ähnlich geht. Aber nie geht es um irgendetwas anderes als um Sex.«

Es vergingen Minuten des Schweigens. Wir aßen beide weiter, aber ich konnte Ellie ansehen, wie es in ihrem Kopf arbeitete. Ich tunkte ein paar Pommes in die Mayo und steckte sie mir in den Mund. Sie waren sehr salzig, aber das genoss ich in diesem Moment.

»Und ...«, begann Ellie schüchtern. Sie rang mit sich, das wusste ich, ohne sie weiter beobachten zu müssen. »Dann stehst du auf so Sachen wie SM und so?«

Es wäre unfair ihr gegenüber gewesen zu lachen. Auch wenn ich es gerne getan hätte.

»Nein, das ist nicht so mein Ding. Hab es ein paar Mal ausprobiert, aber irgendwie ist es wie mit uns beiden.« Ich deutete mit dem Finger zwischen uns hin und her. Ellie verschluckte sich an ihren Pommes, ihre Augen weiteten sich.

»Vertrauen. Das ist nichts, was ich mit einer fremden Person teile. Es muss passen, und das tat es bisher nicht wirklich. Du vertraust mir ja scheinbar bis zu einem gewissen Punkt, dass du dir ein Zimmer mit mir teilst. Und ich vertraue dir auch bis zu einem gewissen Punkt.

Also ist es okay. Es ist nicht die beste Lösung, wie ich mir meinen Urlaub vorgestellt habe, aber es ist in Ordnung. Und wenn du das bei solchen Praktiken nicht verspürst, solltest du die Finger davon lassen. Am Ende geht immer jemand als Verlierer aus dem Spiel. Nicht, weil die Person nicht auf ihre Kosten gekommen ist, sondern weil sie sich selbst, oder aber noch schlimmer, eine andere Person dabei verletzt hat. Und so bin ich nicht.«

Ellie legte ihren Kopf schräg, sie musterte mich nun neugierig, was mich zum Schmunzeln brachte.

»Was ist?«, forderte ich sie auf und griff erneut nach den Fritten.

»Jonas, steckt da ein Softie tief in dir drin?« Sie klang belustigt, aber ihre Worte ließen das Blut in meinen Adern gefrieren.

»Wenn ich an mindestens zweihundert Tagen im Jahr Sex habe und das definitiv nicht immer mit der gleichen Frau, wenn das deine Vorstellung von einem Softie ist? Vielleicht.«

»Jetzt verarschst du mich aber wirklich, oder?«

Ich fing an zu lachen. »Klar, was denkst du denn?« Ihren schockierten Gesichtsausdruck würde ich für lange Zeit nicht vergessen.

»Ich habe mich gebessert auf einhundertachtundvierzig im Jahr.«

»Du bist ekelig«, erwiderte sie und ließ ihre Pommes zurück auf die Tüte fallen.

»Kann sein. Auf der anderen Seite habe ich einfach verdammt viel Sex«, antwortete ich ehrlich und zwinkerte ihr zu. Den Moment der Verblüffung nutzte ich aus und griff nach ihren Pommes. »Die willst du nicht mehr, oder?« Ellie schüttelte den Kopf, und ich griff nach den letzten Pommesresten. »Keine Sorge, Ellie. Ich gebe zu, mein Wechsel an Frauen ist vielleicht nicht die feine Art, aber ich arbeite daran und ich habe so meine Tricks entdeckt, mit denen ich mich ganz gut ablenken kann. Und außerdem: Jeder hat doch irgendeine Macke. Meine ist einfach ein kleines bisschen anders.«

Sie kicherte und sagt: »Wow! Und was sind das so für Frauen?« Ihre Wangen wurden von einer leichten Röte überzogen.

»Ganz unterschiedlich. Wonach mir ist. Manchmal habe ich wochenlang nicht das Bedürfnis, mich mit jemandem zu treffen, und dann gibt es Tage, da würde ich am liebsten Viagra einnehmen, damit ich rund um die Uhr vögeln könnte. Oh, entschuldige, dass ich mich so ausdrücke. Das macht wohl der Whiskey oder die Tatsache, dass ich sonst mit niemandem darüber spreche. Ich wollte nicht, dass du dich irgendwie angegriffen fühlst oder etwas in der Art.«

»Warum sollte ich mich deshalb angegriffen fühlen? Ich finde es besser, man benennt Dinge direkt beim Namen, ohne alles beschönigen zu wollen. Auch wenn es schon echt hart klingt.« Bei ihrem Wortspiel kicherte sie nun doch.

»Hätte ja sein können, dass du das erniedrigend findest, wenn ich mich so ausdrücke – stellvertretend für die gesamte Frauenwelt.«

»Jonas, ich bin nicht die gesamte Frauenwelt. Ich bin ich.« Ein zartes Lächeln ließ sie in diesem Moment wieder so schön aussehen.

»Ich kann es sogar zärtlich«, flüsterte ich plötzlich und schüttelte dann den Kopf über mich selbst. Der Milchshake hatte eindeutig ein paar Gehirnzellen eingefroren.

»Und wann?«, hauchte Ellie. Ihre Lippen öffneten sich ein Stück, so als würde sie gerade einen spannenden Kinofilm schauen. Dabei ging es hier nur um mich und nicht mehr.

»Dann, wenn ich es brauche«, antwortete ich erstickt. Etwas veränderte sich schon wieder. Die Luft wurde dünner, klare Gedanken waren beinahe unmöglich. Hätte ich noch einen Burger, könnte ich dieses Brennen in mir beschwichtigen. Aber wir hatten alles aufgegessen.

»Und ... können dir die Frauen auch immer das geben, was du suchst oder in dem Moment brauchst?« Sie senkte ihre Lider und wischte Salzkörner von den Fingern.

»Manchmal ... und ein anderes Mal ist es danach noch schlimmer«, sprach ich die Wahrheit aus. Manchmal war es so schlimm, dass ich Tage benötigte, bis es mir gelang, aus der darauffolgenden Starre auszubrechen. Bis sich die dunkle Stille verflüchtigt hatte und ich wieder zu einem Menschen, weniger zu einem Automaten, wurde. Aber das waren die Wahrheiten, die ich für mich behielt.

»Ich hatte sowas noch nie.« Ellie klang, als wäre sie den Tränen nahe und als sie den Kopf anhob, bestätigte sich mein Verdacht.

»Was genau meinst du?« Ich bezweifelte, dass sie irgendetwas von dem, was ich ihr soeben geschildert hatte, jemals erlebt hatte. Sie wirkte viel zu selbstbewusst, als dass sie sich auf solche Aktionen einließ. Zumal ich darauf wettete, dass kaum ein Mann sie wieder gehen lassen würde.

»Dass ich das bekam, was ich gesucht habe.« Eine simple Aussage, die gerade ihren Mund verließ, und trotzdem verstand ich nichts von dem, was sie damit in den Raum warf. Ich wollte nicht einmal herausfinden, was sie nicht bekam. Denn ich kannte den Mistkerl in mir nur zu gut und ich wusste, dass es für mich in manchen Momenten nur ein Anreiz gewesen wäre, es herausfinden – und schlussendlich ändern zu wollen. Denn den Reiz, ihr im Bett das zu geben, was sie suchte, klang mehr als verlockend.

»Weißt du«, begann ich und rappelte mich auf. Mein Magen drohte jeden Moment zu platzen. Ich klopfte meine Hände aneinander ab. Dann streckte ich eine Hand nach Ellie aus. Sie griff danach und ließ sich von mir auf die Beine ziehen. Wir standen uns dicht gegenüber. Ihre Hand lag noch immer in meiner, ihre andere landete an meinem Oberarm. »Manchmal ist es besser, nicht das zu bekommen, was man wirklich will. Denn wenn du es erst einmal hattest, besteht die Gefahr, dass es nichts Besonderes mehr ist. Oder, dass du süchtig danach wirst. Und Sucht ist die größte Gefahr in unserem Leben. Egal ob Sex, Alkohol, Nikotin, Drogen … Konsum, Nervenkitzel. Hast du einmal die Grenze überschritten, Ellie, wirst du immer in Gefahr sein. Trauer nicht um die Dinge, die du nicht hast haben können. Versuche dir aus dem Vergangenen etwas zu errichten, das dich vor der Welt beschützt. Und das kannst nur du alleine.« Ich sprach schon lange nicht mehr mit diesem Mädchen über unbefriedigte Lust. Ich erzählte ihr gerade, was sich mein Leben nannte. Das, was davon übriggeblieben war. Mit den Fingerspitzen strich ich ihr eine Träne von ihrer Wange. Mir hat nie jemand meine eigenen Tränen weggewischt. Etwas, das ich der Welt nie verziehen hatte.

»Ich räume das hier weg und dann gehe ich schlafen. Habe morgen ein bisschen Nachsicht mit mir, wenn ich wie ein alter Mann hinter dir her trödele, ja?«

Sie nickte, wofür ich mich mit einem Lächeln bedankte, dann trat ich einen Schritt zurück.

Bis das Licht ausgeschaltet war und wir in unseren Betten lagen, sprach keiner mehr ein Wort. An diesem einen Tag hatte ich mehr gesprochen als in manchen Zeiten ein ganzes Jahr lang. Und die Last, die damit von mir abfiel, beängstigte mich.

8

»*B*ist du bereit?« Ellie trat vor mir aus dem alten Anker und warf mir einen Blick über die Schulter zu.

»Du kannst es nennen, wie du willst, aber *bereit* ist vielleicht nicht das richtige Wort dafür.«

»Ach komm, wir haben heute einundzwanzig Kilometer vor uns und auch diese werden wir schaffen. Wir machen längere Pausen. Wir haben ein echt gutes Lunchpaket dabei und die Sonne wird uns heute nicht im Stich lassen.« Ellie zeigte zu den nebelverhangen Bergen. Aber ja, das helle Leuchten hinter dem Dunst war die Sonne.

»Ich erinnere dich daran, wenn du mich wieder beschuldigst zu trödeln«, warf ich mürrisch ein, zog meine Wollmütze über die Ohren und marschierte mit meiner Begleitung in Richtung Dingle. Über das, was gestern Abend in unserem Zimmer passiert war, sprachen wir nicht. Heute war ein neuer Tag, ein neuer

Abschnitt lag vor uns. Als mein Handy in der Jackentasche klingelte, ich es herauszog und die Nummer des Büros entdeckte, seufzte ich. Hanna wusste, sie sollte mich nur anrufen, wenn es wirklich notwendig war.

»Petersen«, meldete ich mich.

Ellie lief ein paar Meter rückwärts, um mich zu betrachten, dann schüttelte sie grinsend den Kopf und drehte sich wieder nach vorne.

Mein Stimmungseinbruch war selbst für mich mehr als deutlich.

»Jonas, hier ist Olaf. Wir müssen reden«, begrüßte mich mein Stellvertreter. Es klang nicht gerade, als wollte er mir von einem neuentdeckten Golfplatz berichten und das pisste mich schlagartig an.

»Olaf, ich habe Urlaub. Das kann warten, bis ich wieder zurück bin.«

Er lachte harsch auf. »Warten? Willst du mich verarschen?«, blaffte er in den Hörer. Warum fragten mich das Menschen ständig? Ob ich sie verarschen wollte?

»Was ist denn passiert?«, lenkte ich ein. Wir wechselten die Straßenseite und bogen auf die Asphaltstraße ab, die einen Hügel hinabführte.

»Deine Sekretärin ist geschehen, Jonas. Sie denkt, sie hätte hier das Sagen.« Ich sah ihn vor mir, wie er auf seinem Lederstuhl saß, mit der freien Hand wild gestikulierend. Er war ein Choleriker. Der Grund, warum er auch nur der stellvertretende Abteilungsleiter war und nicht mehr.

»Erstens, Olaf: Hanna ist nicht meine Sekretärin. Sie ist meine Assistentin. Zudem die beste, die unsere Abteilung je eingestellt hat. Sie genießt mein vollstes

Vertrauen. Und wenn ich das so sage, dann meine ich das auch. Zweitens: Ja, Hanna kann sich aufführen, als hätte sie das Sagen, denn das hat sie auch. Die Gründe dafür sind dir bekannt. Zumal sie ohnehin für ihren Job überqualifiziert ist. Und drittens, und das werde ich nicht noch einmal wiederholen, Olaf: Ich habe Urlaub. Der erste seit über einem Jahr. Es ist mir egal, ob du in diesen Tagen an Minderwertigkeitskomplexen zugrunde gehst, oder nicht. Es interessiert mich einen Dreck, ob du dich in deiner Potenz bedroht fühlst, weil meine Assistentin in diesen Tagen über dir steht. Und es kümmert mich auch keineswegs, wenn du damit zum Vorstand gehst. Ich genieße vollstes Vertrauen, anders als du. Das solltest du nach den ganzen Jahren endlich mal gecheckt haben. Du bist austauschbar. Ich habe mir in den letzten Jahren nicht den Arsch aufgerissen und unsere Abteilung so weit vorangebracht, damit du alles vernichtest. Wenn du ein Problem mit einer weiblichen Vorgesetzten hast, solltest du es besser für dich behalten. Der Aufsichtsrat wäre genau wie der Vorstand nicht davon begeistert und auch nicht von deinen anderen kleinen Geheimnissen.« Ich holte tief Luft, hob beschwichtigend die Hand, weil Ellie sich schockiert zu mir umdrehte. Unweigerlich blieben wir stehen. »Hast du mich verstanden, Olaf?« Am anderen Ende vernahm ich das hysterische Schnaufen wie das eines wilden Tieres. Olaf war ein Mann, den man nicht unterschätzen durfte. Wenn Zahlen in der Abteilung gedreht und gewendet werden mussten, dann war er der Erste, der eine Nachtschicht einlegte und eine Lösung fand. Er konnte einem die Worte im Mund herumdrehen und, wenn es darauf ankam, Zahlen und Aussagen auf Papieren in einem ganz anderen Licht erscheinen lassen. Das war der einzige Grund, warum ich mich bereits mehrfach beim Vorstand für ihn eingesetzt hatte, wenn sich andere Abteilungsleiter über ihn beschwerten. Auch seine sexuellen Machenschaften und gelegentlichen Annäherungsversuche weiblichen Mitarbeiterinnen gegenüber tauchten immer wieder auf. Er hatte sich mittlerweile ganz weit ins Aus gespielt. Und es würde nicht mehr lange dauern, dann gäbe es auch keine Ersatzbank mehr für ihn.

»Du bist ein mieses Arschloch, Jonas!«, brüllte er ins Telefon.

Ich lachte. Ellie hatte es neben mir gehört und schlug sich die Hand vor den Mund.

»Ja, Olaf. Das bin ich. Du hast aber keine Ahnung, wie mies ich wirklich sein kann. Wenn ich auch nur eine Beschwerde von Hanna zu hören bekomme, bist du dran. Und zwar komplett.« Mit diesen Worten legte ich auf. Mit der freien Hand nahm ich meine Mütze ab, streckte den Kopf in den Nacken, dann nach links und rechts. Ich verabscheute diesen Mann so sehr. Nicht mehr lange, dann wäre ich ihn los. Da war ich mir sicher.

»Was war das denn bitte?«, prustete Ellie los.

Ich bemühte mich um ein Lächeln. »Das, liebe Ellie, war meine Welt in Deutschland. Das bin ich. Das ist mein Job.«

Sie schüttelte den Kopf und ging weiter.

»Männer ...«, hörte ich sie murmeln. Ich behielt

mein Telefon in der Hand und wählte die Nummer meines Firmenhandys.

»Moin, Herr Petersen!«, trällerte meine Assistentin zur Begrüßung. Mir war es bis gerade nicht bewusst gewesen. Die wenigen Tage, die ich nicht im Büro war, machten sich schon jetzt bei mir bemerkbar. Ich freute mich, Hannas Stimme zu hören.

»Hallo Hanna. Wie ist die Lage?« Ellie und ich marschierten nun weiter, wenn auch gemächlich, damit der Wind nicht ständig in das Mikrofon blies. Hecken, die fast zwei Meter hochragten, säumten die Ränder der schmalen Straße.

»Hier ist alles in bester Ordnung und bei Ihnen? Haben Sie sich den Knöchel verstaucht und wollen nach Hause kommen?« Im Hintergrund hörte ich das Klackern ihrer langen Nägel auf der Tastatur. Ich schmunzelte. Ich sah sie vor mir, wie sie in meinem Bürostuhl saß und an dem Schreibtisch thronte. Es war ihr gegönnt. Dieses Bild gefiel mir deutlich besser, als würde Olaf dort an ihrer Stelle sitzen. Aber ihre Stimmung war schon wieder zu gut gelaunt für mich.

»Hanna, zügeln Sie Ihre Zunge!«, ermahnte ich sie, darum bemüht, streng zu klingen. Aber sie konnte mein Grinsen in der Stimme schlecht überhören. »Ich wollte Ihnen nur noch einen Tipp geben.«

»Oh, das ist nett von Ihnen, muss ich mitschreiben?«, fragte sie direkt.

»Nein, schon gut. Ich habe gerade einen Anruf von Olaf erhalten.« Es verging eine lange Sekunde, dann kam ein kaum hörbares »Oh!«.

»Hier mein Tipp: Gehen Sie ihm so gut es geht aus

dem Weg. Ich weiß, ich habe gesagt, er soll Ihnen behilflich sein. Das habe ich nur gesagt, damit Sie sich in Sicherheit wägen. Das sind Sie aber nicht. Was haben Sie gerade an?«

»Herr Petersen!«, rief meine Assistentin schockiert aus. Ellie drehte sich vor mir erneut um und zog die Augenbrauen in die Höhe. Frauen. Immer denken sie sofort an Sex.

»Hanna, ich habe nicht ewig Zeit«, drängte ich sie.

»Ich, also ich trage eine rosa-weiß gestreifte Bluse, meinen dunkelblauen Faltenrock, und eine blickdichte Strumpfhose. Dazu meine marinefarbenen Ballerinas«, zählte sie auf.

»Okay, für den Rest der Zeit lassen Sie das. Haben Sie mich verstanden?«

»Soll ich nackt herumlaufen, oder was?«

»Nein, Hanna. Lassen Sie diesen albernen Brave-Mädchen-Look zu Hause und ziehen Sie etwas Kräftiges an. Nichts bedroht einen Mann so sehr, als wenn er sich durch eine autoritäre und selbstbewusste Frau in die Ecke gedrängt fühlt. Sie werden von diesem Schmierlappen niemals ernst genommen, wenn Sie das nicht ändern. Ich bin mir darüber im Klaren, dass es oberflächliche Scheiße ist. Ich kann es selbst nicht leiden. Leider funktioniert es, glauben Sie mir. Zumindest bei Männern wie Olaf.« Ich holte Luft und setzte von Neuem an. »Kein Gekicher, kein Trällern. Hauen Sie auf den Tisch, wenn Ihnen niemand zuhört. Erst dann können Sie sich zurücklehnen und wieder lieb und nett sein. Bis dahin fahren Sie die Krallen aus. Wenn ich wiederkomme, will ich, dass die gesamte

Abteilung, der Vorstand und der Aufsichtsrat genau wissen, wer Hanna Linke ist. Wenn ich wiederkomme, will ich, dass Sie meine Stellvertreterin werden und Olaf diese Abteilung verlässt. Wehe, Sie sprechen auch nur mit einem einzigen Menschen darüber, was ich jetzt erzählt habe. Habe ich mich deutlich ausgedrückt?« Unbewusst war ich wieder stehengeblieben.

»Aber ...«, stotterte Hanna, räusperte sich und griff zu einer tieferen Stimmlage. »Aber wer passt denn dann auf Sie auf, Herr Petersen?«

Ich schnaubte. »Hanna, ich bin alt genug. Und wenn es Ihnen so wichtig ist, dann dürfen Sie mir auch gerne als stellvertretende Abteilungsleiterin Kaffee kochen und mich an meine Termine erinnern, wenn das Ihr einziger Einwand ist.«

Nun lachte sie tatsächlich laut auf. »Sie meinen das wirklich ernst?«

»Ja, Hanna. Ich will nicht mehr, dass Sie meine Assistentin sind. Ich will, dass Sie meine rechte Hand sind. Durch Sie ist in den letzten Monaten so viel Gutes in unserer Abteilung geschehen. Warum können Sie das denn nicht endlich verstehen? Sie sind der Grund, dass ich mir das erste Mal seit einem Jahr Urlaub nehme. Wenn Sie erst einmal meine rechte Hand sind, dürfen Sie mich noch viel öfter in den Urlaub schicken. Ich verspreche es Ihnen. Stehen Sie sich nicht selbst im Weg. Bitte. Nicht für jemanden wie Olaf.« Am anderen Ende begann Hanna zu schniefen.

»Oh nein! Und fangen Sie jetzt nicht an zu heulen!«, unterbrach ich sie, ehe das noch schlimmer wurde.

»Das sind Freudentränen!«, protestierte sie.

»Mir egal, was das sind. Enttäuschen Sie mich nicht. Zeigen Sie Olaf, wer die größeren Eier hat. Oder Eierstöcke, oder wie auch immer Sie das ausdrücken würden.« Sie war tatsächlich die einzige Frau, die mich dazu brachte, mich um Kopf und Kragen zu reden.

»Ich pack mir die Bitch an den Haaren. Direkt am Ansatz, da, wo es wehtut!«

»Das ist meine Hanna.« Ich lächelte, darum bemüht, mir diese Ansage nicht bildlich vorzustellen. »Wir sehen uns in zehn Tagen wieder. Genießen Sie die Ruhe vor mir.«

»Mach ich. Passen Sie auf sich auf, Jonas.«

Ich legte auf, atmete tief durch und schloss die Augen. Die Sonne hatte es geschafft, durch den Dunst des Himmels zu brechen. Der Wind blies kräftig, und nach diesem Telefonat löste sich endlich das Gefühl in mir auf, seit Monaten auf der Stelle zu stehen. Ich hatte die Augen noch immer geschlossen, vernahm aber das Knirschen von Schuhsohlen auf der groben Asphaltstraße. Eine warme Hand griff nach meiner. Überrascht blinzelte ich und sah in Ellies gesprenkeltes Gesicht.

»Komm«, flüsterte sie. »Wir haben heute einen langen Weg vor uns.«

Lächelnd nickte ich ihr zu. Ja, das hatten wir. Sie ließ meine Hand wieder los und wir schwiegen für die nächsten Kilometer.

Wir passierten Minard mit dem einstigen Schloss, das heute komplett zerfallen war. Am Ufer zum Meer setzten wir uns auf Felsbrocken, die durch die Flut bereits alle abgerundet waren. Wellen schwappten einige Meter vor uns immer wieder an das Geröll und die Gischt flog durch die Luft, dass einzelne Tropfen auf meinem Gesicht landeten. Ellie biss in eine Birne. Ich entschied mich für das Sandwich mit Pute. Ich hatte mir mittlerweile eine zweite Wasserflasche zugelegt. In der einen hatte ich zwei Brausetabletten Magnesium aufgelöst. Jetzt benötigte ich jedenfalls das sprudelnde Getränk, von dem ich mir einen kleinen Energieschub erhoffte. Meine Begleitung saß einen Meter seitlich vor mir.

»Hier hat mein Vater meiner Mutter einen Heiratsantrag gemacht«, erklärte Ellie aus heiterem Himmel.

Wow. Ich verarbeitete diese Information einige Sekunden. Es schwangen keinerlei Emotionen in ihrer Aussage mit. Nicht sicher, auf welchem Gebiet ich mich bewegen würde, entschloss ich mich für eine ebenfalls neutrale Antwort.

»Das scheint mir ein durchaus geeigneter Ort für ein solches Vorhaben zu sein.« Diese Kulisse hatte in der Tat Potenzial für einen Kniefall oder Liebesschwüre. Hier glaubte man, am Ende der Welt zu stehen. Selbst ich, als nicht romantisch veranlagte Person konnte es nicht von der Hand weisen. Der Wind trug Ellies Kichern davon und ihre Schultern wackelten.

»Oh, Darling! So warte doch!«, ahmte Ellie mit einer tiefen Stimme jemanden nach. »Hier, schau mal! Dieser Ort erscheint mir sehr geeignet.« Sie machte ausschweifende Armbewegungen, drehte sich dabei halb zu mir. Ich grinste sie an. »Ja, Darling? Aber für was denn?«, piepste sie nun in einer viel zu hohen Stimme. Sie blinzelte affektiert, wechselte wieder zu einem grimmigeren Mienenspiel und fasste sich dabei an den Brustkorb.

»Genau hier sollte ich dir jetzt einen Heiratsantrag machen. Was meinst du, willst du mich heiraten? Wer weiß, ob ich je einen geeigneteren Ort für diese Frage finden werde.«

Unter keinen Umständen hätte ich es länger zurückhalten können. Ich lachte los. Ellie griff nach einer ihren langen Haarsträhnen, zog sie quer über ihr Gesicht und klemmte sie zwischen Oberlippe und Nase, wobei sie ihren Mund seltsam albern verzog. Ich hielt mir den Bauch. Lange, wirklich sehr, sehr lange hatte ich nicht mehr so gelacht. Die kleine Schauspielerin jedoch imitierte einen bestürzten Gesichtsausdruck. Ihr provisorischer Schnurrbart wehte im Wind hin und her. Nun stemmte sie auch noch ihre Fäuste in die Seiten ihrer gelben Funktionsjacke.

»Aber Darling!«, rief sie aus, wobei sich die eingeklemmte Strähne verselbstständigte. »Du nimmst mich nicht ernst! Ich will dir sagen: Einst, als der große Jonas Petersen diesen heiligen Ort betrat, da hat er höchstpersönlich verkündet, dies sei der geeignete Ort für mein Vorhaben. So sag mir, wie hätte er sich irren können?« Mit jedem Wort verlor sie ihr grimmiges Mienenspiel und es wich einem strahlenden Grinsen, bis sie ebenfalls in mein Lachen einfiel. Tränen sammelten sich in meinen Augenwinkeln, die ich mir wegwischte.

»Scheiße, Ellie! Du machst mich echt fertig«, erklärte ich, sobald ich wieder zu Atem kam. Sie drehte sich nun komplett zu mir, setzte sich in den Schneidersitz und umfasste auf beiden Seiten die Stelle direkt über ihren Wanderboots.

»Was denn? Jetzt sag nicht, ich hätte nicht die geeignete Wortwahl für *ein solches Vorhaben* gewählt.«

»Das fragst du mich? Woher soll ich das denn wissen? Aber ich wäre gewiss einfallsreicher gewesen, wenn ich so etwas vorgehabt hätte. Aber nun zurück zum Thema. Hat deine Mutter den Antrag angenommen? Und war dein Vater wenigstens romantischer veranlagt als du?«

Ihr Lächeln verschwand und ein seltsamer Schatten von Traurigkeit huschte über ihr Gesicht. Das war jetzt nicht die Reaktion, die ich erwartet hatte. Ich lehnte mich vor, streckte meine Hand aus und legte sie auf ihre. Überrascht blickte sie erst auf unsere Hände, dann in mein Gesicht.

»Ich wollte dir nicht zu nahetreten. Ich dachte nur, es hatte einen bestimmten Grund, warum du mir das erzählt hast. Und ich hatte die Hoffnung, dass du vielleicht noch weiter darüber reden möchtest.« Ich zog mich wieder zurück, gab ihr mehr Raum und wartete ab. Diese Pause hatten wir zwar nicht so lange eingeplant, aber das würden wir schon verkraften.

»Sie hat abgelehnt«, sagte sie schließlich. »Was sie nicht wusste, war, dass sie mit mir bereits schwanger von ihm war. Mein Vater hat in Dingle ein Restaurant. Meine Mutter war damals als Au-pair bei der Familie seiner Schwester. Nachdem sie abgelehnt hatte, beendete mein Vater die Beziehung zu ihr. Sie ging aber nicht alleine zurück nach Deutschland.« Ellie atmete tief durch und fingerte an ihren Schnürsenkeln herum.

Dann hob sie den Blick und traf meinen. »Sie ging mit dem Bruder meines Vaters nach Deutschland und heiratete ihn. Er stand auf Männer und zu der damaligen Zeit traute er sich nicht, sich zu outen. Meine Mutter und er waren gute Freunde, es war eine Win-win-Situation. Aber meinen Vater hatte sie dadurch für immer verloren. Sie liebte ihn von ganzem Herzen, hatte einfach nur Angst vor einem Leben für immer in Dingle – und seiner Mutter.«

»Und wie ist es heute? Haben sie sich je wiedergesehen? Und was sagt deine Mutter, dass du den Dingle-Way wanderst – zum zweiten Mal?« Ihr Gefummel an den Schuhen machte mich kirre. Ich griff nach ihrer Hand und stoppte das nervöse Fingerspiel.

»Meine Mutter starb bei meiner Geburt. Ich wurde von dem Bruder meines Vaters in Deutschland aufgezogen. Sean war ein guter Vater und eine gute Mutter zugleich. Mir hatte es nie an etwas gefehlt. Kurz nach meinem achtzehnten Geburtstag verstarb er an Darmkrebs. Seitdem bin ich alleine. Als er im Sterben lag, kam seine Familie nach Deutschland, um Abschied von ihm zu nehmen. Es war das einzige Mal, dass sie ihn, beziehungsweise uns besucht haben. Ich sah meinen Vater das erste Mal. Ich hatte so viele Fragen. Es gab so vieles, das ich ihm sagen wollte, besonders, wie sehr meine Mutter ihn geliebt hatte. Es war das, was Sean mir jeden Tag vor dem Schlafengehen gesagt hat: ›Deine Mutter hat dich genauso sehr wie deinen Vater geliebt, vergiss das nie.‹ Paul, also mein leiblicher Vater, konnte mich nicht ansehen. Meine Mutter und ich sehen uns sehr ähnlich. Nur die roten Haare stammten aus seiner Familie. Man hatte mir angeboten, mit nach Irland zu gehen, weil ich keine Eltern mehr hatte. Ich konnte nicht. Ich glaubte nicht, dass sie es sich wirklich wünschten, sondern, dass es nur ein Angebot aus Höflichkeit war. Mein Leben lang hatten sie sich nicht für mich oder für Sean interessiert. Natürlich dachten sie alle, Sean sei mein Vater, weil meine Mutter damals so schnell abgereist war und Sean und Paul sich wegen meiner Mutter gestritten hatten. Aber ich blieb in Deutschland. Rechtmäßig war ich Seans Tochter. Ich kümmerte mich um die Hausauflösung und den anschließenden Verkauf.« Ellie lächelte gequält. »Und als ich dabei war, den Dachboden leer zu räumen, entdeckte ich einen alten Koffer. Er war in einem anderen versteckt. Ich hatte ihn geöffnet, weil ich dachte, da könnte ich Gerümpel reintun und das Zeug leichter nach unten tragen und zur Mülldeponie bringen. Aber er war nicht leer. Er war voll mit Fotos, Liebesbriefen, einem alten Guinness-T-Shirt. Dieser Koffer gehörte meiner Mutter und es waren Erinnerungen aus der Zeit in Irland mit meinem Vater und seiner Familie. Ich brauchte einen ganzen Tag, um die vielen Briefe, Gedichte und kleinen Botschaften zu lesen, die mein Vater in der ganzen Zeit geschrieben hatte. Aber es war auch ein Stapel an Briefen dabei, die meine Mutter nie abgeschickt hatte. Jeden Sonntag bis zu meiner Geburt hatte sie ihm einen Brief geschrieben, aber nicht abgeschickt. Sie wusste, sie hatte ihn verloren, indem sie seinen Antrag abgelehnt und mit Sean nach Deutschland gegangen war. Das Tagebuch, das sie zu ihrer Zeit in Irland geschrieben hatte, lag ebenfalls in dem Koffer. Ich hatte drei Tage lang den Dachboden nur noch zum Essen verlassen, oder wenn ich auf die Toilette musste. Ich war wie gelähmt, nach dieser langen Zeit meiner Mutter das erste Mal so nah zu sein. Ich hatte sonst nur die Erzählungen von Sean. Mehr nicht.« Ellie wischte sich energisch mit ihrer freien Hand die Tränen weg. Und ich selbst saß einfach nur wie erstarrt dort. Mir fiel etwas ein und im Nachhinein tat es mir schrecklich leid.

»Es tut mir leid, was ich über deine Mutter gesagt habe«, begann ich. Ellie schaute mich fragend an. »Als wir beide uns das erste Mal in Cork in dem Pub begegnet sind. Als ich dich gefragt habe, ob dir deine Mutter nicht beigebracht hätte, keine fremden Männer anzusprechen.«

»Jonas, da gibt es nichts zu entschuldigen. Ich trage schließlich kein Schild um den Hals, auf dem steht, dass ich ohne Mutter aufgewachsen bin. Aber um dich zu beruhigen: Sean hat mir alles beigebracht, was ich lernen musste, um selbstständig zu sein.«

Ich nickte. »Ja, das hat er wirklich. Er war sicherlich ein großartiger Mann.« Das meinte ich genauso, wie ich es sagte. Ein Mann, der in meiner Kindheit gefehlt hatte. Ellie schaute zurück zu der Brandung. »Ja, das war er in der Tat.« Langsam zog sie ihre Hand aus meiner. Dann standen wir beide auf.

»Lass uns weitergehen. Dieser Ort macht mich total sentimental und du interessierst dich nicht für die Probleme von kleinen Mädchen. Lass uns nicht noch mehr Zeit vergeuden.« Sie griff nach ihrem Rucksack, schulterte ihn und ging einfach los. Sie ließ mir keine

Chance, etwas darauf zu erwidern. Ich wusste ohnehin nicht, was ich sagen sollte. Es war besser, sie in dem Glauben zu lassen, was sie ausgesprochen hatte. Es war besser so – auch für mich. Denn ein kleines Mädchen war sie ganz eindeutig nicht.

Wir stiegen über Steine in Bächen, reichten einander die Hand, wenn einer von uns drohte, den Halt zu verlieren, und gingen Seite an Seite unseren Weg weiter bis nach Dingle. An manchen Orten machten wir Fotos, an anderen standen wir schweigend da. Wir nahmen auf, was uns die Landschaft bot, und kamen zu neuer Kraft, wenn wir erschöpft waren. Doch als wir das Ortsschild von Dingle passierten, versteifte sich Ellie. Sie blickte sich immer wieder zu den Seiten um. Wenn Autos an uns vorbeifuhren, drehte sie sich weg. Ich ging davon aus, dass niemand aus ihrer irischen Familie wusste, dass sie im Land war.

Unsere Unterkunft erreichten wir erst spät und zum ersten Mal standen wir vor dem Problem, dass es nur ein großes Bett gab.

»Ich kann nachfragen, ob sie noch ein weiteres Zimmer haben«, bot ich an, als wir eine geschlagene Minute auf unserem Zimmer vor diesem Bett gestanden hatten. Es gab zwar einen Sessel mit einem gepolsterten Hocker davor in der Ecke. Eine Nacht sollte mich nicht umbringen, aber der Tag darauf wäre alles andere als ein Spaziergang. Wir waren heute die erste Strecke mit über zwanzig Kilometern gewandert und hatten einige Strapazen auf uns genommen.

Hinzu kam, dass es nicht nur bei einer Nacht bleiben würde, da für Dingle ein zweitägiger Aufenthalt geplant war.

»Okay«, antwortete Ellie, woraufhin ich mich auf den Weg zur Rezeption machte.

Natürlich, wie war es anders zu erwarten, gab es kein anderes freies Zimmer mehr, und so ließ ich mir Zeit, bis ich zurück aufs Zimmer ging. Ellie war bestimmt froh, endlich ein paar Minuten für sich zu haben. Im Frühstücksraum setzte ich mich auf eine samtene Chaiselongue und bekam einen heißen Kakao serviert. Auf einem Beistelltisch lag die Tageszeitung, nach der ich griff. Es war mir in dem Moment egal, dass ich noch immer meine Wanderkleidung trug, getrockneter Schlamm an meinen Boots haftete und mein Bart juckte. Es fühlte sich ungewohnt an, als ich mir das Kinn rieb. Ich gelangte zum Wirtschaftsteil der Zeitung und überflog die Überschriften. Dann, bei einem einspaltigen Bericht, stockte ich. Denn diesen Namen hatte ich heute das erste Mal gehört und ich wusste sofort, um wen es hier ging.

Da stand: ›Paul Walker geht auf Nachfolgersuche für das *walk in, eat great*‹ Wollte ich etwas über Ellies leiblichen Vater lesen? Es ging mich nichts an, aber die Headline klang nach Informationen, die vielleicht auch für Ellie interessant sein könnten. Vorausgesetzt, sie war hier, um Kontakt aufzunehmen. Ich schloss die Zeitung und griff nach meinem Becher Kakao. Verdammt, tat das gut. Der junge Herr von der Rezeption kam in den Frühstücksraum, fragte, ob bei mir alles in Ordnung sei.

»Könnte ich noch einen zweiten Kakao bekommen

und die beiden dann mit aufs Zimmer nehmen? Und die Zeitung auch?« Ich hielt das Papier in die Höhe.

»Aber natürlich. Ich mache den Kakao fertig«, antwortete er und verließ den Raum. Ich schlug die Zeitung an der Stelle von vorhin wieder auf und begann zu lesen. Ellie sollte es zumindest wissen, es war ihr Recht. Auch, wenn ihre Familie bis zum Tod ihres Ersatzvaters nie etwas von sich hatte hören lassen.

Der Kakao kam auf einem kleinen Holztablett. Ich klemmte die Zeitung unter den Arm, dann machte ich mich auf zu unserem Zimmer, das wir uns nun leider heute Nacht anders teilen mussten als geplant. An der Tür angelangt, klopfte ich zuerst an, ehe ich sie öffnete. Für den Fall, dass Ellie erneut nackt im Zimmer stand.

»Oh, was hast du denn da?« Von ihrer Melancholie während unserer Pause in Minard war mittlerweile nichts mehr zu spüren und auch ihre Anspannung, die sie seit unserer Ankunft in Dingle begleitete, schien abgeklungen.

»Ich dachte mir, ein warmer Kakao wäre nicht verkehrt?« Ich trat weiter ein und stellte das Tablett auf den kleinen Hocker vor dem Sessel. »Vielleicht ist es aber auch nur ein Versuch, dich zu besänftigen«, räumte ich ein und zog nun meine Schuhe aus. Natürlich genau nach Ellies Vorschrift. Als ich die Boots durch das geöffnete Fenster auf den kleinen Vorsprung draußen stellte und fixierte, reichte Ellie mir bereits die mitgebrachte Zeitung. Ich nahm ihr das Papier ab und hielt inne.

»Was ist? Sag bloß, sie haben kein Zimmer mehr frei?«, fragte sie direkt.

»Tut mir echt leid. Ich kann im Sessel schlafen«, schlug ich vor und deutete ich auf die alternative Übernachtungsmöglichkeit. Ellie seufzte.

»Wir bekommen das schon hin. Es sind ja nur zwei Nächte«, redete sie sich gut zu. Sie begann, ihre Duschsachen aus ihrem Gepäck zu holen.

»Willst du morgen den angebotenen Sightseeing-Walk gehen, oder bleibst du in der Stadt? noch ausgehen? Die Strecke ist wesentlich kürzer als die heutige. Wir könnten also morgen Vormittag noch hier in Dingle bleiben, wenn du es möchtest und beides machen«, schlug ich vor. Ellie lachte.

»Wow, bist du jetzt zum Reiseführer mutiert?«, fragte sie amüsiert.

Ich räusperte mich und setzte vorsichtig an: »Ich dachte nur wegen deinem ...« Weiter kam ich nicht. Mit einem Mal stand Ellie dicht vor mir. Ihre großen braunen Augen hatte sie zu kleinen funkelnden Schlitzen zusammengekniffen. Es gab nur noch wenige Zentimeter Raum zwischen uns.

»Ich entscheide, was ich vorhabe – und niemand sonst, Jonas! Haben wir uns verstanden? Nur weil ich heute Mittag einen sentimentalen Moment hatte, bedeutet das nicht, dass du hier jetzt den zuvorkommenden Softie raushängen lassen musst. Ich bin mein Leben lang ohne die Familie meines Vaters zurechtgekommen. Und genau genommen hatte ich einen Vater. Nicht Paul, sondern Sean. Es hat mir an nichts gefehlt und ich fange auch jetzt nicht an, hinter einem Menschen her zu betteln, der sich nicht für mich interessiert.«

»Es ist dein Leben, es sind deine Entscheidungen.«
Damit wandte ich mich von ihr ab und ging zu meinem
Becher Kakao. »Wenn du nicht willst, dass er kalt wird,
solltest du ihn trinken.« Da mein Getränk bereits abgekühlt war, trank ich es in wenigen großen Schlucken
aus. Mit der Handfläche wischte ich über meinen
Mund.

»Ich wollte dich nicht so anfahren. Sorry«,
murmelte Ellie und trank ebenfalls von ihrem Kakao.

»Schon gut«, beschwichtigte ich sie. »Ich kann dich
verstehen.«

»Nein, das kannst du nicht. Das kann man nur,
wenn man das Gleiche erlebt hat, wie ich.« Mit beiden
Händen umschloss sie den Becher und blickte aus dem
geöffneten Fenster hinaus auf die beleuchteten Straßen
von Dingle. Wenn sie nur wüsste, wie sehr ich sie
tatsächlich verstand. Aber das war meine Vergangenheit, die niemanden etwas anging.

»Ich gehe essen. Soll ich dir was mitbringen, oder
möchtest du mich begleiten?«, fragte ich Ellie, nachdem
ich frisch geduscht aus dem Badezimmer kam. Ihr Blick
haftete auf meinem freien Oberkörper. Aus meinem
Rucksack zog ich mein einziges Hemd, das ich noch in
letzter Sekunde in mein Gepäck gestopft hatte. Hanna
war der Meinung, ich würde keines benötigen. Im
Urlaub könnte ich auch in legerer Kleidung herumlaufen. Aber erst, wenn ich einen gestärkten Kragen und
eine Knopfreihe an meinem Oberkörper trug, fühlte ich

mich vollständig. Alte Gewohnheiten legte man eben schlecht ab.

»Willst du nur in einen Pub oder so richtig fein essen? Den Eindruck machst du nämlich gerade auf mich.« Ellie zeigte auf mein Hemd.

Ein absoluter Widerspruch für mich selbst: ein Hemd zu tragen, aber mit unrasiertem Bart herumzulaufen.

»Mir egal. Wie lange brauchst du, dich zu entscheiden?« Nachdem ich Socken und Schuhe angezogen hatte, sprang Ellie nun endlich von ihrem Bett auf und zog ihre Jogginghose herunter. Das kam so plötzlich, dass ich vergaß, mich umzudrehen. Im Nu hatte sie sich ihre enge Jeans angezogen. Dann verschwand ihr langes Tanktop und es wurde zu einer echten Herausforderung, mich umzudrehen und ihr etwas Privatsphäre zu geben. Bis sie fertig war, starrte ich also auf die Zimmertür.

»Ich bin startklar«, ertönte es hinter mir, und ich sah wieder in Richtung meiner Begleitung.

»Darf ich etwas sagen?«

Ellie zog eine Augenbraue in die Höhe. »Seit wann fragst du denn danach?«

Sie entlockte mir ein Schmunzeln. »Du siehst sehr schön aus, Ellie. Wenn du deine Haare aber offen trägst«, begann ich und ging auf sie zu, »dann entspricht es mehr deinem Charakter. Mit offenen Haaren sieht man dir in der ersten Sekunde an, wie wild und frei du bist. Und kein Zopfgummi sollte das verbergen.« Ich ergriff das Haargummi in ihrem seitlich geflochtenen Zopf und zog es ab. Mit den Fingern teilte ich die Strähnen, bis ihr Haar locker auf ihrer Schulter lag. Ich blickte ihr in die Augen. Sie blinzelte mich perplex an, was ich ignorierte, und hielt ihr meine Hand hin.

»Darf ich dich zum Essen einladen? Wenn ich schon im Sessel schlafen muss?«

Ein bekanntes Zucken in ihren Mundwinkeln ließ auch mich grinsen.

»Das klingt nach einem guten Deal«, entgegnete sie und legte ihre Hand in meine. Eine angenehme Wärme breitete sich in mir aus. Ich fühlte mich in ihrer Gegenwart allmählich wohl. Sie nervte mich nicht mehr wie zu Anfang.

Also gingen wir gemeinsam aus. Den Zeitungsartikel verschwieg ich. Ellie hatte deutlich gemacht, dass sie mit der Familie ihres Vaters nichts zu tun haben wollte. Das akzeptierte ich – vorerst.

9

Ich wachte zum gefühlt zehnten Mal in dieser Nacht auf. So gemütlich der Sessel auch aussah, er stellte sich als genauso unbequem heraus. Ich schlug die Tagesdecke auf, denn natürlich hatte das Kingsize-Bett nur eine große Decke vorzuweisen – und eben den Überwurf. Möglichst geräuschlos streckte ich mich und stand auf. Fuck, mein Rücken schmerzte höllisch. Ellie lag friedlich im Bett, den Mund leicht geöffnet und die rote Mähne verdeckte halb ihr Gesicht. Im Bad füllte ich meine Wasserflasche auf. Ich trank ein paar Schlucke und suchte mir dann in meinem von Hanna zusammengestellten Notfallpaket eine Ibuprofen. Mit der Taschenlampenfunktion meines Smartphones beleuchtete ich die Dose, in der alles verstaut war. Bis ich den Blister gefunden hatte, waren die Blasenpflaster und das Röhrchen mit den Magnesiumtabletten heruntergefallen.

»Mist«, murmelte ich. Dann jedoch fand ich die

Tabletten. Ich drückte eine heraus und schluckte sie direkt mit dem kalten Wasser hinunter. Vorsichtig stopfte ich alles zurück und verschloss das Gefäß. Da ging eine kleine Lampe an und der Raum wurde in schummriges Licht getaucht.

»Was machst du denn da?«, fragte Ellie mit belegter Stimme.

Ich drehte mich zum Bett und schaltete die Taschenlampe am Smartphone wieder aus.

Sie richtete sich auf und blinzelte verschlafen zu mir herüber.

»Sorry, ich wollte dich nicht wecken«, flüsterte ich und begab mich zurück zum Sessel.

»Warum machst du es dann?«, fragte sie, während sie sich die Augen rieb.

Verständnislos sah ich sie an, deutete auf den Sessel. »Das ist seine Schuld, nicht meine.«

Ellie kicherte. »Komm her und hör auf zu heulen, Jonas.«

Sie überraschte mich. »Das tue ich nicht«, stellte ich klar.

Sie verdrehte die Augen.

»Sei nicht albern. Leg dich ins Bett. Wenn du jetzt nicht heulst, dann morgen auf unserem Weg.« Sie klopfte neben sich auf die Decke.

Ich überlegte einen Moment. Der Sessel hatte sich als eine Qual entpuppt. Aber eine Nacht mit Ellie unter der gleichen Decke könnte eine viel größere Herausforderung werden.

»Bist du dir sicher?«, fragte ich und gab ihr die Chance, das Angebot zurückzuziehen.

Ellie seufzte. »Herrje, bist du stur. Wenn ich mir nicht sicher wäre, dich binnen Sekunden erwürgen zu können, solltest du auf dumme Gedanken kommen, würde ich es dir nicht anbieten.«

Ich grinste und steuerte auf die freie Betthälfte zu. Ich trug eine Flanellhose und ein T-Shirt. Ellies Nachtbekleidung bestand leider wieder nur aus den Hotpants und dem langen Top. Ohne sie aus den Augen zu lassen, schlug ich die Decke ein Stück beiseite und stieg ins Bett. Ellie hatte sich zu mir gedreht und eines der Zierkissen zwischen uns gelegt.

»Nur zur Sicherheit«, sagte sie und grinste frech. Ich drehte mich um und wandte ihr den Rücken zu. Ellie schaltete das Licht aus. Nach einer Minute des Schweigens hielt ich es nicht mehr aus.

»Du stehst also auf würgen?«

Bereits beim nächsten Atemzug bekam ich ein Kissen an den Hinterkopf geschlagen. Schmunzelnd schloss ich die Augen und schlief endlich wieder ein.

10

———

In dem Moment, als ich das nächste Mal aufwachte, befürchtete ich eine tonnenschwere Last auf mir. Ich rieb mir die Augen und versuchte, mich zu strecken. Ich scheiterte. Es war mir nicht möglich, mich zu bewegen. Ein weicher, warmer Körper lag auf mir und bedeckte mich fast komplett. Ich habe so tief und fest geschlafen, dass ich es nicht bemerkt hatte, wie Ellie auf mich gerollt war. Für einen kurzen Augenblick beobachtete ich sie, wie sie friedlich mit dem Kopf auf meiner Brust schlief. Ihre Haare bildeten ein rotes Durcheinander. Ein Bein lag zwischen meinen. Wenn ich sie nicht augenblicklich von mir herunterschob, hätte ich gleich ein weiteres großes Problem, das ich irgendwann nicht mehr mit Milchshakes oder einer kalten Dusche lindern könnte. Mit meiner linken Hand griff ich nach Ellies Hand, die auf meiner Hüfte lag. Ich hob sie an und führte sie langsam über mich hinweg. Leider bewirkte das lediglich, dass sie ihren Kopf bewegte. Mir war zum Lachen zumute. Sie schubberte ihren Kopf an meiner Brust und gab zugleich seltsame grunzende Geräusche von sich.

Okay, es gestaltete sich schwieriger als gedacht, Ellie von mir zu schieben. Ich zog meinen rechten Arm unter ihrem Körper weg und berührte dabei einen Streifen nackter Haut an ihrer Taille. So weich, so warm. Das Blut in meinen Adern rauschte. Ich legte meinen rechten Arm um sie und mit der linken Hand griff ich nun nach ihrem Handgelenk. Einen kurzen Augenblick schloss ich die Augen, bemühte mich, mein Verlangen zu unterdrücken. Zum Glück wurde ich wieder Herr meiner Sinne. Mit Schwung drehte ich uns herum. Die Bewegung war schnell und ich stützte mich mit dem Ellenbogen ab, damit ich nicht komplett auf ihr lag. Unsere Körper berührten sich dennoch an unserer Mitte. Ellie schlug die Augen auf. Sofort erkannte ich die Panik in ihnen.

»Was machst du da?«, giftete sie mich an. Alles, was ich bis gerade noch eine Erektion genannt hätte, erstarb bei diesen harschen Worten.

»Mich von dir befreien«, sagte ich und setzte mich auf die Knie, die sich allerdings direkt zwischen ihren Beinen befanden. Die Hand, die ich um ihren Rücken gelegt hatte, zog ich zurück, dabei rutschte ihr Tanktop noch weiter nach oben. An ihren Rippen erschien die dunkle Schrift ihres Tattoos. Doch ich konnte nicht so schnell erkennen, was dort niedergeschrieben stand.

»Was soll das denn heißen?«, funkelte sie mich an.

»Du hast komplett auf mir gelegen und geschlafen.

Ich habe versucht, dich von mir wegzuschieben, aber du hast dich an mir geschubbert!« Das letzte Wort sprach ich absichtlich betont aus.

Ihr Gesicht nahm die Farbe ihrer Sommersprossen an, hektisch zog sie sich ihr Top zurecht.

»Ich schubbere mich an niemanden!« Echauffiert winkelte sie die Beine an und stützte sich auf den Ellenbogen ab. Verdammt, sie wollte von mir weg, kam mir damit aber nur noch näher. Langsam, während ich sie nicht aus den Augen ließ, rutschte ich auf den Knien zurück.

»Es ist alles gut, Ellie. Ich hatte nicht vor, dir zu nahe zu kommen. Es war nicht meine Absicht.« Frieden suchend hob ich die Hände in die Höhe. Sie jetzt aufzuregen, war das Letzte, das ich wollte. Was dachte sie nur von mir? Dass ich heimlich über sie herfallen wollte? Eindeutiger konnte es ja nicht aussehen. Gestresst griff sie mit einer Hand in den Wirrwarr ihrer roten Haare, kniff die Augen fest zusammen und schüttelte den Kopf.

»Schon gut.« Sie öffnete wieder ihre Augen und setzte sich in den Schneidersitz. Wir saßen uns gegenüber, in einem Bett, das wir uns geteilt hatten. Ich konnte mich nicht mehr daran erinnern, wann ich das letzte Mal mit einer Frau die ganze Nacht in einem Bett gelegen hatte. Mit Marie kam es ab und zu vor, aber auch nur, weil bei uns die Fronten geklärt waren. Sonst mit keiner, außer meiner Jugendfreundin, mit der ich heimlich im Ferienhaus meiner Großeltern geschlafen hatte, nachdem wir unser erstes Mal hatten. Danach nie wieder. Ziemlich verkorkst, wenn ich genauer darüber nachdachte. Und das sah man mir offensichtlich auch an.

»Was ist los? Du siehst plötzlich so bedrückt aus«, flüsterte Ellie. Sie legte ihren Kopf schief und beobachtete mich neugierig. Das hielt ich nicht aus.

»Ich habe nur darüber nachgedacht, wie herrlich ich hätte ausschlafen können, wenn du dich nicht an mir geschubbert hättest. Immerhin war das unser Plan für heute Vormittag.« In der Tat hätte ich einiges dafür gegeben, noch ein paar Stunden die Augen zu schließen.

Ellie kicherte. »Tut mir ehrlich leid.« Sie rutschte bis an den äußersten Rand ihrer Betthälfte. Allmählich nahm ich die Hände wieder herunter. Plötzlich klopfte Ellie auf mein plattgedrücktes Kissen.

»Leg dich wieder hin, dann starten wir einen zweiten Versuch mit dem Ausschlafen. Ich kann auch noch eine Mütze voll Schlaf gebrauchen.«

»Also willst du mich nicht erwürgen?«, fragte ich zur Sicherheit. Ihre Drohung von letzter Nacht nahm ich durchaus ernst.

»Ach, der Spaß ist es nicht wert, wenn ich dafür deine Leiche im Anschluss wegschaffen muss.«

»Du bist echt fertig, Ellie«, sagte ich kopfschüttelnd und ließ mich auf meine Bettseite fallen. Ich griff nach meinem Handy auf dem Fußboden neben dem Bett. Es war halb sieben in der Früh. Hoffentlich konnte ich wieder einschlafen.

»Deck dich endlich zu. Unter der Bettdecke wird es sonst kalt«, brummte sie, drehte sich weg und zog ihren Teil der Decke bis zu den Ohren hoch.

»Jawohl, Chef«, scherzte ich und legte mich still hin. Ich lag mit einer Frau im Bett, nahm ihre Kommandos an. Dabei ging es nicht einmal um Sex, sondern um die Bettdecke. Hoffentlich fand ich nach diesem Urlaub wieder zurück in mein Leben. Ellie stellte irgendetwas mit mir an, das ich nicht erklären konnte.

»Und hör auf, so laut zu denken«, setzte sie nach und blickte über ihre Schulter zu mir.

»Ach, und woran machst du das aus, dass ich denke?«, piesackte ich sie und zog ihr die Decke über den Kopf, damit sie endlich still war. Sie quiekte auf und schlug sie zurück.

»Weil du dich seit einer Minute nicht bewegt hast und ein paar Mal unerträglich laut ausgeatmet hast. Das sind die ersten Anzeichen für innere Selbstgespräche.«

»Und damit kennst du dich so gut aus, weil ...?«, fragte ich sie belustigt und deckte mich endlich zu.

Ellie drehte sich unter den dicken Daunen. Ihr Fuß fand mein Schienbein und trat leicht dagegen.

»Ey!«, ermahnte ich sie. »Bleib gefälligst auf deiner Seite.«

Ellie verdrehte die Augen. »Und ich dachte, du hattest es genossen, dass ich mich an dir geschubbert habe ...« Sie blickte auf die Mitte meiner Körperlänge, die gut verdeckt war.

»Also gibst du es zu, es doch getan zu haben?«, lenkte ich sie von meiner Leistengegend ab.

Eine Hand wanderte unter der Decke entlang. Ich beobachtete die Richtung, in die sich die Bewegung fortsetzte. Meine Hand, mit der ich die Decke am oberen Ende umschlossen hielt, wurde von ihrer berührt.

»Ich gebe sogar zu, dass es äußerst gemütlich war.« Ellies Stimme war kaum zu hören, was an dem Blutrauschen in meinen Ohren lag.

»Und jetzt willst du deine Hand auch noch an meiner schubbern?«, fragte ich skeptisch.

»Nein«, flüsterte sie lächelnd. »Aber wenn jemand meine Hand streichelt, kann ich besser einschlafen.« Das meinte sie doch nicht ernst, oder?

»Ellie ...« Ich räusperte mich. »hast du Probleme mit dem Alleinsein?« Sie war gerade im Begriff, ihre Finger von meinen zu nehmen und sich zurückzuziehen. Ich griff nach ihnen und hinderte sie daran.

»Antworte mir ehrlich«, bat ich sie leise. Sie schloss die Augen. Beim Öffnen schimmerte es in ihnen.

»Manchmal ja.« Ihre Worte waren bloß ein Wispern und der Schmerz in ihnen fast greifbar. Für einen Moment überrollte mich das Bedürfnis, ihr zu sagen, wie sehr ich sie verstand. Ich seufzte.

»Komm her«, sagte ich mit rauer Stimme. Ich zog sie dichter zu mir. »Dreh dich um«, wies ich sie an. Ellie richtete sich zum Sitzen auf und sah zu mir herab.

»Ich hätte das nicht sagen sollen. Vergiss es einfach, bitte.« Betreten sah sie auf die Matratze. Langsam strich ich mit meinem Daumen über ihren Handrücken. Sofort schoss ihr Blick zu mir.

»Dreh dich einfach um und sei still.« Möglichst sanft zog ich mit den Fingern kleine Kreise auf ihrer Haut. »Bitte«, setzte ich hinterher. Dieses Mal gab sie endlich nach. Ich rutschte zu ihr, hörte nicht eher auf, bis mein Oberkörper ihren Rücken berührte. Ellie versteifte sich. Aber ich gab nicht nach und schob meinen rechten Arm unter ihrem Hals nach vorne, bis sie ihren Kopf auf ihm bettete. Den anderen legte ich um ihre Taille, suchte nach ihrer Hand und umschloss sie sanft. Ich führte unsere Hände zu ihrem Bauch, schob den Stoff hoch und ließ sie erst auf ihrem Bauchnabel ruhen.

»Du hättest sagen können, dass du ein Softie bist«, flüsterte Ellie. Das Zittern in ihrer Stimme blieb mir dabei nicht verborgen.

»Und du hättest zugeben können, dass du voll darauf stehst«, neckte ich sie und strich über ihren Bauch. Unsere Finger verschränkten sich. Sie erhob keinen Einspruch und so schwiegen wir. Meine Gedanken lenkte ich in eine andere Richtung. Ich dachte über meine Zeit nach diesem Urlaub nach. Welche Probleme mir Olaf bereiten würde, wie sehr mich Hannas Geplapper nerven würde. Wie ich alleine in meiner Wohnung sitzen und arbeiten würde, weil all meine Freunde mittlerweile so weit weg waren, dass ich nicht mehr für sie da sein musste. Was Marie von dem Treffen berichtete, das ich verpasst hatte. Ob der Strauß Sonnenblumen bereits verwelkt sein würde. Immer weiter streichelte ich Ellies Bauch. Eine zarte Gänsehaut überzog ihre Haut. Meine Erektion hatte ich allmählich im Griff. Ihre Wärme sprang auf mich über und ich entspannte mich. Meinen Kopf vergrub ich in ihrem Haar, atmete den Duft von Magnolie ein und schloss die Augen. Die Stille, die uns umgab, war dieses Mal nicht dunkel, nicht verschlingend. Sie war beruhigend. Ausnahmsweise fiel es mir nicht schwer, mich zu entspannen.

»Du zerdrückst mich.« Ellie klopfte mir auf die Hand, die noch immer unter ihrem Shirt auf ihrem Bauch lag. Ich öffnete die Augen, blinzelte, weil ihre Haare überall auf meinem Gesicht verteilt lagen.

»Was?«, krächzte ich und ließ langsam von ihr ab. Ich war tatsächlich wieder eingeschlafen. »Wie spät ist es?«, wollte ich wissen und zog auch meinen anderen Arm unter ihrem Kopf weg. Es kribbelte in meinen Fingerspitzen. Als ich mich aufsetzte, drehte Ellie sich auf den Rücken und hielt mir ihr Handy entgegen. Auf dem Display leuchtete es halb zwölf. Beim Aufsetzen rutschte die Decke runter und Ellies Oberkörper kam zum Vorschein. Genau wie ihr nackter Bauch. Erst jetzt wurden mir ihre Worte richtig bewusst.

»Habe ich dir wehgetan?«

Sie schüttelte den Kopf und lächelte verlegen. »Nein, es ist alles in Ordnung.«

»Hast du gut geschlafen?«, fragte ich erleichtert, damit sich kein unangenehmes Schweigen ausbreitete. Sie nickte lediglich.

»Okay, wie sieht es aus? Was hast du heute an deinem wanderfreien Tag geplant? Willst du alleine losziehen?« Gestern Abend hatten wir uns darauf geeinigt, dass wir uns den heutigen Tag ohne Wanderung vertreiben würden. Von den Organisatoren gab es die Möglichkeit, einige Sehenswürdigkeiten der Gegend anzuschauen, aber irgendwie war uns beiden nicht danach. Ich schwang meine Beine aus dem Bett und griff nach der Wasserflasche. Meine Kehle war wie ausgetrocknet.

»Ich wollte ein bisschen durch die Straßen ziehen. Vielleicht am Hafen Fish and Chips essen, und du?«

Ich stand auf und griff dabei nach meinem Handy. Mirko hatte versucht, mich anzurufen. Bei ihm würde ich mich später melden.

»Ich gebe es nicht gerne zu, aber ich habe keine Pläne. Ein bisschen die Gegend anschauen, sonst nichts. Treffen wir uns zum Abendessen?«, fragte ich und ging mit meinen Waschsachen zur Badezimmertür. Ich warf Ellie einen Blick über die Schulter zu. Sie saß an das Kopfteil des Bettes gelehnt. Die Decke vor die Brust geklemmt. Ihr plötzliches Unbehagen stand ihr ins Gesicht geschrieben. Das war meine Schuld. Nur, weil ich soeben den Schalter wieder umgelegt hatte. Aber es war besser so. Das, was heute Morgen geschehen war, traf mich mehr als erwartet. Obwohl es Fakt war, dass gar nichts geschehen war. Es lag einfach daran, dass ich auf diesen Tag nie in diesem Maße vorbereitet war. Nicht mit diesem Beginn, nicht mit Ellie, nicht mit dem Gefühl der Geborgenheit. Meine Wut blieb aus, die Trauer hielt sich zurück. Da Ellie noch immer nichts sagte, verschwand ich im Bad. Eine kalte Dusche war jetzt das, was ich brauchte. Danach musste ich hier raus und Abstand gewinnen. Die nächste Nacht würde ich im Sessel verbringen oder in einer anderen Unterkunft. Ich musste mir definitiv etwas einfallen lassen.

11

Ich lehnte mich an die Brüstung vom Hafen in Dingle. Möwen kreisten über den Fischkuttern, auf denen der frische Fang sortiert und an Land gebracht wurde. Der Wind trug den Geruch der Meeresfrüchte und Fische heran. An der Promenade herrschte reges Treiben. Ich hielt mein Smartphone in der Hand. Nicht sicher, ob ich Mirko zurückrufen sollte oder es besser sein ließ. Marie hatte mir geschrieben, dass sie heute an mich dachte. Wenn ich einen Vergleich zwischen uns zog, dann war sie definitiv die Kaputtere von uns beiden. Aber ihre Kraft, ihren Mut und ihre Entschlossenheit übertrumpften mich um Längen. Sie gab nicht auf, an keinem einzigen Tag. Und ich? Ich hatte keine Ahnung, wo ich in einem Jahr stehen würde, ob ich mein Leben so weiterführen konnte und wollte wie bisher. Nichts hielt mich mehr in Hamburg. Nichts, für das sich das tägliche Kämpfen noch lohnte. Es gab neben Marie nur eine einzige andere Person, die wusste, wie ich mich heute fühlte.

Meine Finger wischten über das Display, tippten den Namen im Telefonbuch ein, und ohne dass ich weiter darüber nachdachte, rief ich Alisa an. Die Frau meines Kumpels Darek, die neue Chefin von Mirko. Es klingelte mehrere Male, dann ging sie ran.

»Hey«, flüsterte sie. Dieses simple Wort schnürte mir die Kehle zu.

»Hey«, krächzte ich, ballte meine freie Hand zu einer Faust und presste sie mir vor den Mund.

»Auch dieser Tag wird vergehen, Jonas«, begann sie. Sie hatte nicht vergessen, was heute war. Ich hörte, wie sie eine Tür schloss. »Er wird sich hinziehen wie ein altes Kaugummi, einen faden Beigeschmack haben wie abgestandenes Bier, und doch wird er vorbeigehen. Solche Tage kommen immer wieder, aber du überlebst sie, Jonas. Du lebst.« Sie atmete tief durch. »Ich lebe ebenfalls noch immer, auch wenn sich manche Tage nicht danach anfühlen. Aber wir sind nicht allein, verstehst du? Es gibt Menschen, denen du so viel bedeutest, sogar wenn du es nicht verstehen kannst. Du musst nicht allein sein, das sollst du wissen. Ihr habt mich so lange in den Wahnsinn getrieben, bis ich gesprochen habe. Erinnerst du dich? Dieses eine Wochenende? Ich hatte solche Angst, dass mich alles einholt, alles verschlingt. Aber es wurde von Mal zu Mal besser. Glaube mir.«

Eine Ewigkeit herrschte Stille zwischen uns. Mein Blick wanderte hinaus auf das Meer. Die Dünung war im Hafen ganz seicht, sie verriet nichts davon, wie es auf hoher See um sich schlug.

»Und wenn ich es verlernt habe, Alisa?«

»Darf ich dir eine Frage stellen?« In ihrer Stimme lag etwas Weiches, Mütterliches.

»Natürlich«, antwortete ich.

»Hast du mal darüber nachgedacht, dass deine Mutter den Freitod gewählt hat, nicht allein, um sich aus ihrer eigenen Qual zu erlösen ... sondern auch, um *dich* endlich ein freies Leben führen zu lassen? Dass ihr bewusst war, dass du alles für sie geopfert hast, damit es ihr besser ging? Dass du nie selbst entscheiden konntest, weil deine einzige Sorge ihr galt? Manchmal, da tun Mütter Dinge, die Kinder nicht verstehen. Manchmal verlieren wir uns selbst, damit wir unser eigenes Fleisch und Blut retten können.«

»Nein«, antwortete ich ehrlich. »Darüber habe ich nie nachgedacht. So war sie nicht – nie. Es gab nur ihre Sucht. Sie hat sie immer mehr geliebt als mich. Da bin ich mir sicher.« Es war die Wahrheit. Mein Leben lang hatte ich meiner Mutter zugesehen, wie sie einen Entzug nach dem anderen gemacht hatte. Immer wieder rückfällig geworden war. Wie sie mich vergessen hatte und meine Großeltern ihr Bestes gaben, dass aus mir etwas Anständiges wurde. Und meine Mutter glaubte, sie würden mich mehr lieben als ihre eigene Tochter. Ich lebte nur für sie, für meine Arbeit und für das Erbe meiner Großeltern, das ich fast vollständig für die Bezahlung von Entzugskliniken verloren hatte.

»Und was wäre, wenn du einfach versuchst, es zu glauben? Wenn du versuchst, ihr zu verzeihen? An manchen Tagen wird deine Wut dich aus heiterem Himmel erneut verschlingen. Aber andere Tage werden leichter, wenn du daran glaubst, dass sie diese eine Sache nur für dich und nicht für sich selbst getan hat.«

»Es wäre schön, wenn es so einfach wäre.« Ich strich mir mit der Hand über meinen Bart, richtete mich auf und lehnte mich nun mit dem Rücken an das Geländer.

»Dann versuch es, Jonas. Wenn du scheiterst, dann weißt du wenigstens, dass du alles Mögliche getan hast. Manchmal kann dieser eine Versuch unser wichtigster von allen sein, wenn wir ihn dazu machen. Denkst du, ich bin nicht gescheitert? Wie oft habe ich Darek von mir weggeschoben, weil ich nicht akzeptieren wollte, dass es mit ihm viel einfacher wird als ohne ihn. Ich wollte einen Betrieb führen, weil ich glaubte, es sei meine Pflicht, ich sei es meiner Familie schuldig. Ich wollte so oft in die falsche Richtung rennen. Und dann habe ich ein einziges Mal versucht zu akzeptieren, dass ich am Leben war und dazu die Einzige, die es wieder lebenswert machen konnte. In unseren Ohren, Jonas, in deinen und meinen, klingt es immer wie die pure Verhöhnung, wenn die anderen einem erzählen, das Leben ginge weiter. Wir wissen, wie schwer es ist. Aber wir sind auch die Einzigen, die diese Entscheidung treffen können, gemeinsam mit unseren Verlusten zu sterben oder eine zweite Chance zu ergreifen und ein zweites, ein neues Leben zu führen.«

Alisas Worte klangen in mir nach. Diese Fragen, die immer mit ›Was wäre wenn ...‹ begannen, galten doch eigentlich nur für Geschichtenschreiber. Nicht für uns, die Lichtjahre von einem Happy End entfernt lebten, woran ich ohnehin nicht glaubte. So etwas existierte nur in Filmen, in der Belletristik, aber doch nicht in dem Leben des Kindes einer Drogenabhängigen. Mein Blick wanderte über die Gebäude an der Promenade. Restaurants, Pubs, Souvenirläden und noch mehr Restaurants. Ein großer Schriftzug zog meine Aufmerksamkeit auf sich. Er hing mit goldenen Lettern an einem schwarzen Gebäude.

»Jonas? Bist du noch dran?«, fragte Alisa.

»Ja, das bin ich«, beruhigte ich sie. »Wie hat es sich angefühlt, ein neues Leben zu beginnen? Weißt du das noch?« Langsam setzte ich einen Fuß vor den anderen. Ich kam dem Gebäude immer näher.

»Es fühlt sich jeden Tag aufs Neue wie eine Illusion an, aber die Menschen, denen ich etwas bedeute, die mich lieben, erinnern mich jeden Tag daran, dass es echt ist.«

»Danke, Alisa. Unsere Freundschaft bedeutet mir wirklich viel«, gestand ich ihr aufrichtig.

Sie kicherte. »Das gebe ich gerne zurück. Auch wenn ich es ungern sage, ich muss mich allmählich verabschieden. Die ersten Kaffee-und-Kuchen-Gäste werden gleich erwartet.«

»Ich danke dir für das Gespräch. Irgendwie warst du die Einzige, mit der ich darüber so richtig sprechen konnte.«

»Aber du hättest doch mit Darek genauso reden können. Er hätte dir ebenfalls zugehört«, widersprach sie.

»Ich weiß. Er hat zwar seinen Bruder verloren, du jedoch hast alles verloren – so wie ich.« Meine Mutter war alles, was ich hatte. Da war kein Vater, der einspringen konnte, nur meine Großeltern.

»Wenn es dir nicht gut geht, dann kannst du jederzeit zu uns kommen. Das weißt du. Für einen Aushilfskellner haben wir immer Platz«, überspielte Alisa meine letzte Antwort geschickt.

»Ich werde es mir merken. Mach's gut.«

»Du auch.«

Ich stand vor dem Restaurant und trat ein. Was mich hier erwartete, war nicht das, womit ich gerechnet hatte. Meine Erwartungen wurden bei Weitem übertroffen. Das *walk in – eat great* sah großartig aus. Es war kein in die Jahre gekommenes Lokal, sondern sehr gepflegt und stilvoll. Ein dunkles, zugleich edles Einrichtungskonzept ließ auf klassische und hochwertige Bewirtung schließen. Ein Springbrunnen mitten in der Eingangshalle, deren Deckenhöhe mindestens vier Meter betrug, verschlug mir den Atem. Die Figur, die das Wasser spie, ähnelte einer Meerjungfrau – aus Gold. Je näher ich trat, desto mehr funkelte das Wasser in dem kreisförmigen Becken. Geldmünzen lagen am Grund und reflektierten das Licht, das durch Strahler an der Decke auf das Becken leuchtete.

»Es bringt Glück, wenn Sie eine Münze hineinwerfen«, ertönte eine alte, raue Stimme. Neben mir stand plötzlich eine fast weißhaarige, von der Zeit gezeichnete Frau. Mit einem krummen Rücken und einem edel geschnitzten Gehstock.

»Sprechen Sie aus Erfahrung?«, fragte ich sie und drehte mich zu ihr.

Ihre Mundwinkel zuckten auf eine Art und Weise, dass ich meinen Blick nicht abwenden konnte.

»Ich bin schon so alt, ich kann Ihnen nicht sagen, wie oft es mich getroffen hat, aber es war nicht nur einmal.« Sie richtete ihren Blick nach oben und sah mir in die Augen.

Ich nickte.

»Sie sind Mrs. Walker?«, fragte ich direkt heraus.

»Ich hoffe, mein Ruf eilt mir nicht zu sehr voraus«, antwortete sie. »Darf ich Sie zu einem Tisch begleiten?«, bot sie an und deutete mit der freien Hand in den Bereich des Restaurants, in dem unzählige einzelne Nischen eingelassen waren. Sie erinnerten allesamt an kleine Alkoven.

»Wenn Sie sich zu mir setzen?«, bat ich sie und hielt ihr meinen Arm hin. Argwöhnisch betrachtete sie mich.

»Denken Sie nicht, dass ich ein paar Tage zu alt für Sie bin?«, fragte sie zwinkernd. Erneut erschien dieses Zucken des Mundwinkels.

»Nicht, wenn ich Ihnen erzähle, warum ich hier bin«, gab ich mit meinem besten Lächeln zurück, das ich an diesem Tag zustande brachte.

12

»Wo zur Hölle warst du?«, funkelte Ellie mich an, als ich am nächsten Morgen zurückkam. Es war sechs Uhr in der Früh. In einer Stunde würde unsere Wanderung starten. Ich war pünktlich zurück. Sie stand bereits komplett fertig gekleidet in unserem Zimmer, marschierte auf und ab und sprang mir fast an die Gurgel, als ich eintrat. Möglichst leise wohlgemerkt, da ich davon ausgegangen war, dass sie noch schlief.

»In einer anderen Unterkunft, damit du das Bett für dich allein hattest«, erklärte ich nüchtern und schob sie behutsam beiseite. Sie kam mir so nahe, dass gerade noch eine Hand zwischen uns passte.

»Und da hätte man nicht einmal im B&B anrufen können, dass man mir Bescheid gibt? So wie du gestern Mittag hier rausgestürmt bist, hätte sonst was passiert sein können. Sowas macht man einfach nicht, Jonas!«, wetterte sie weiter, während ich zu meinem Reisegepäck ging und Treckinghose, T-Shirt und Hoodie herausnahm. So diesig, wie es heute Morgen war, würde das Wetter nicht sehr wohlgesonnen mit uns sein.

»Keiner hat dich darum gebeten, für mich den Aufpasser zu spielen. Verdammt, Ellie, ich bin ein erwachsener Mann! Und wenn ich keine Lust darauf habe, mit einem kleinen Mädchen in einem Bett zu schlafen, dann geht dich das einen Scheißdreck an! Hast du mich verstanden?« Ich zog meine Schuhe aus, pfefferte sie auf den Boden und zog mich weiter aus.

»Was stimmt denn auf einmal nicht mehr mit dir? Kannst du mir das mal verraten?« Ellie blieb vor mir stehen. Offenbar interessierte es sie genauso wenig wie mich, dass ich mittlerweile nur noch in Boxershorts vor ihr stand und meine Wanderkleidung anzog. Ich knöpfte seelenruhig die Hose zu und blickte ihr dabei in die Augen. Ganz kalt ließ es sie nicht, denn ihr Blick huschte zu meinem Oberkörper und weiter zu meinen Händen, die noch immer am Verschluss der Hose arbeiteten.

»Ellie, wir wandern diese Strecke gemeinsam. Wir haben eine Nacht in einem Bett geschlafen und ich habe dich gestern Morgen nur in den Arm genommen, weil ich Mitleid mit dir hatte. Ich gebe es nicht gern zu, aber das habe ich nur sehr selten im Leben. Mitleid mit anderen Menschen. Mach diese eine Nacht, diesen einen Morgen nicht zu mehr, als es in Wirklichkeit war. Denn es war nichts. Und wenn ich abgereist wäre, mein Gepäck hiergelassen hätte, dann wäre es mein Ding gewesen, nicht deins. Wenn du dich immer um andere

Menschen im Leben sorgst oder kümmerst, dann machst du dich selbst zur Zielscheibe. Hör also auf, dich für Dinge zu interessieren, die dich nichts angehen.« Ich zog erst das T-Shirt über, dann den Hoodie.

»Fick dich, Jonas!«, sagte sie in einem Flüsterton, der mir eine Gänsehaut einjagte. Sie drehte sich um, schnappte sich ihre beiden Rucksäcke, verließ das Zimmer und donnerte die Tür hinter sich zu. Das hatte ich verdient. Ich hatte noch so viel mehr verdient, aber es war zumindest ein Anfang, mit dem ich leben konnte.

Ellie ignorierte mich gänzlich, bis wir mit dem Shuttle-Service zu unserem nächsten Startpunkt gebracht wurden.

»Wie kommt ihr bis jetzt mit der Route zurecht?«, erkundigte sich Brian, der uns auch zu unserem ersten Start gefahren hatte.

»Ganz hervorragend«, antwortete Ellie. Ich stimmte ihr zunickend zu, und Brian schien zufrieden.

»Habt ihr eure Kompasse für heute eingepackt? Denkt daran, ohne die könnt ihr die Route nicht beenden. Das Wetter ist auch nicht sehr freundlich heute.«

»Klar, alles dabei«, bestätigte ich und sah aus dem Fenster. Schön war was anderes.

In Tiduff, einem kleinen Dorf, wurden wir rausgelassen. Von hier an waren wir wieder auf uns allein gestellt. Ich zog den Reißverschluss meiner Jacke bis nach oben zu, denn es war wirklich ungemütlich hier draußen. Wir machten uns auf den Weg zum östlichen

Rand des Brandon Massivs. Von dort mussten wir uns mit dem Kompass weiter navigieren. Bis dahin ignorierten Ellie und ich uns so gut es ging. Aber irgendwann blieb uns nichts anderes mehr übrig. Wir mussten miteinander sprechen.

»Wir können hier entweder durch den Bach laufen oder wir müssen stromaufwärts bis zur nächsten Brücke wandern.« Ellie zeigte auf das Problem vor uns.

Bei dem Gewässer, von dem sie sprach und an dessen Ufer wir beide standen, handelte es sich um einen *ausgewachsenen* Bach. An den Seiten waren Leinen an Pfählen befestigt, damit man sich festhalten konnte, so wie wir es in den vergangenen Tagen bereits das ein oder andere Mal erlebt hatten. Allerdings befanden sich die Felsen, die als Trittsteine dienten, fast komplett unter Wasser. Also würden wir entweder verdammt nasse Füße bekommen oder wir müssten einen Umweg nehmen.

»Mir ist es egal«, antwortete ich.

Ellie schnaubte.

»Was ist?«, fragte ich sie und drehte mich zu ihr. Sie starrte stur auf das Gewässer vor uns.

»Dir scheint so einiges egal zu sein. Also machen wir es, wie ich es will«, bestimmte sie und blickte mich dabei mit glatter Miene an.

Ich verschränkte die Arme vor der Brust und zog abwartend eine Braue in die Höhe.

»Wir nehmen den Weg durch den Bach«, erklärte sie und trat dichter an das Ufer heran. Ich nahm meinen Rucksack ab, verstaute mein Smartphone in einem der Innenfächer, setzte ihn wieder auf und schloss alle Gurte. Meine Hosenbeine krempelte ich bis zu den Knien hoch, Ellie tat es mir gleich. Aber die Schuhe auszuziehen traute sich keiner von uns. Dann wagten wir den ersten Schritt. Was an der Oberfläche noch wie ein seichtes Gewässer aussah, entpuppte sich als eine knifflige Aufgabe mit reißender Geschwindigkeit. Die Felssteine waren glitschig und das Wasser schoss wie Pfeile um unsere Boots. Ellie lief vor mir. Sie hielt sich mit einer Hand am Seil fest, den anderen Arm streckte sie aus, um die Balance zu halten. Ich tat es ihr gleich. Der Bach maß mindestens zehn Meter in der Breite. In der Mitte steckten wir bereits bis zu den Waden im Wasser. Eiseskälte breitete sich in meinen Gliedern aus, ich biss die Zähne zusammen. Kurz vor dem Erreichen der anderen Seite zögerte Ellie.

»Was ist?«, rief ich ihr über das laute Rauschen der Strömung zu.

»Hier ist kein Fels mehr. Ich erkenne den Grund nicht. Ich weiß nicht, ob ich das letzte Stück hinüberspringen kann.«

»Nimm vorsichtig deinen Rucksack ab!«, wies ich sie an.

»Was?« Ellie blickte langsam über ihre Schulter zu mir.

»Schau nach vorne, nimm den Rucksack vorsichtig ab und wirf ihn ans Ufer. Dann kannst du besser springen«, erklärte ich.

»Nenn mir einen Grund, warum ich auf dich hören soll!«

Ich verdrehte die Augen. »Du hast deine Gurte nicht festgezogen. Wenn du springst und abrutschst, wird dich der Rucksack aus dem Gleichgewicht bringen. Du wirst nicht das trockene Ufer erreichen, sondern im Wasser landen, Ellie! Sei nicht so stur, nur weil du sauer auf mich bist!« Das war jetzt nicht der richtige Zeitpunkt, um einen weiteren Streit vom Zaun zu brechen.

»Sauer? Ich bin keineswegs sauer auf dich! Ich kann dich einfach nicht leiden!« Ihre Worte brachten mich zum Lachen.

»Dann kannst du mich halt nicht leiden! Sieh einfach zu, dass du an Land kommst, sonst habe ich gleich kein Gefühl mehr in meinen Füßen!«

»Oh, fröstelt es den feinen Herrn? Ruf doch deine Assistentin an, die regelt das für dich«, verspottete sie mich.

Das wurde mir zu bunt. Ich blickte zu meinen Füßen und beobachtete die Strömung neben den Felsen. Aus meiner Jackentasche zog ich langsam den eingefahrenen Wanderstock heraus. Ich hatte keine Lust mehr auf dieses Drama. Nachdem ich den Stock umständlich mit einer Hand ausgefahren hatte, tastete ich damit nach dem Grund des Baches. Scheiße, wenn ich neben den Felsen trat, würde ich bis zu den Eiern im eiskalten Wasser stehen. Aber das war es mir wert. Langsam setzte ich ein Bein neben das Geröll ins Wasser, hielt mit der anderen Hand noch immer die Leine.

»Was zum Teufel machst du da?«, brüllte Ellie mich an, als ich vorsichtig neben sie trat. Ich machte einen kleinen Schritt nach dem anderen in Richtung Ufer. Sobald ich mich in der Mitte zwischen Ellie und dem

Ufer befand, lehnte ich mich gegen die Strömung und hielt ihr meine Hand entgegen.

»Nimm meine Hand oder gib mir deinen Rucksack. Aber entscheide dich endlich, was du willst!«

Ellie verdrehte die Augen, löste dann ihre Schultergurte und reichte mir, auf ihr Gleichgewicht bedacht, in Zeitlupentempo ihren Rucksack. Nachdem ich ihr leichtes Gepäck zu fassen bekam, drehte ich mich zum Ufer, holte Schwung und warf es in Sicherheit. Ob ihr das nun passte oder nicht, der Rucksack landete mitten auf einem matschigen Pfad, den wir bald entlanglaufen würden, wenn ich hier nicht gänzlich festfror.

»Und jetzt du«, forderte ich sie auf. Als ich zu Ellie emporsah, zitterte sie ebenfalls. Hoffentlich war ihr klar, wie es mir hier in der Tiefe erging. Ich klemmte den Stock unter meine Achseln und hielt ihr beide Arme hin.

»Was hast du vor? Ich denke, ich soll springen?«, fragte sie mich verwundert. Ich wartete nicht länger ab und griff um ihre Kniekehlen. »Halt dich an meinen Schultern fest.«

»Du spinnst, du kannst mich nicht tragen. Wir kippen ins Wasser!« Ihren Protest ignorierte ich und zog sie zu mir. Wie erwartet, kippte sie vornüber und landete auf meiner Schulter. Ellie kreischte auf. Ich umklammerte ihre Oberschenkel mit einem Arm, griff dann mit der anderen Hand nach dem Seil und hielt mich daran fest. In kleinen Schritten watete ich durch die Kälte.

»Wenn ich im Wasser lande, bringe ich dich um«, zischte Ellie.

»Und wenn mir meine Eier wegen deiner Sturheit abfrieren, bist du ebenfalls tot.«

Ich erreichte das Ufer, drehte mich langsam um und lehnte mich mit dem Rücken an das Wurzelwerk eines scheinbar uralten Baumes.

»Steig über die Schulter ans Ufer«, wies ich sie an und lockerte den Griff um ihre Beine. Ellie diskutierte ausnahmsweise nicht und tat, was ich ihr sagte. Ein Umstand, den ich gerne öfter erleben würde. Als sie ihre Hände von mir löste, setzte sie das eine Bein nach, auf meine Schulter. Ich stöhnte bei der Last, wurde aber nach einer Sekunde wieder davon befreit. Sie war angekommen. Augenblicklich nahm ich meinen Rucksack ab und reichte ihn ihr. Als sich unsere Blicke trafen, entdeckte ich etwas Wildes in ihren Augen.

»Nimm!«, forderte ich sie auf. Meinen Stock warf ich in Richtung ihres Gepäcks und tastete nach der ersten dicken Wurzel. Mit dem linken Bein suchte ich in der Böschung Halt, atmete einmal tief durch und hievte mich dann mit einem Ruck hoch. Ich landete mit den Knien auf dem Wurzelwerk und den Steinen. Die Haut riss auf und ich unterdrückte einen Fluch. Nicht auch das noch! Dieser Tag wurde immer mehr zu meiner persönlichen Hölle. Ich Narr glaubte, dass dies nach gestern kaum möglich sei.

»Ich helfe dir«, bot Ellie an und hockte sich vor mich. Sie reichte mir die Hand, damit ich aufstehen konnte. Ich schlug ihre Hand weg. Ohne ihre Sturheit wäre ich nicht in dieser Situation.

»Ich brauche deine Hilfe nicht«, antwortete ich mit zusammengepressten Zähnen.

»Dann nicht!« Ellie drehte sich um und marschierte zu ihrem Rucksack.

Ich rappelte mich auf, entfernte eilig den Dreck von meinen Schienbeinen und betrachtete das Rinnsal aus Blut, das vom rechten Knie herablief. Humpelnd ging ich zu meinem Rucksack, den Ellie hatte liegen lassen. Ein paar Meter weiter entdeckte ich einen großen Felsbrocken und setzte mich auf ihn. Im Rucksack suchte ich das Notfallkästchen von Hanna heraus und griff nach dem Desinfektionsmittel. Nachdem ich die Wunde mit dem Teufelszeug gereinigt hatte, deckte ich sie mit einem langen Pflasterstreifen ab. Zur Sicherheit schluckte ich eine Schmerztablette und spülte Wasser hinterher. Wir hatten noch die eine oder andere Hürde an diesem Tag vor uns. Meine Motivation sank, mir das alles noch länger anzutun. Aber es nützte nichts. Ich würde weiterwandern, ob ich wollte oder nicht. Ich verstaute die Sachen wieder und zog meine Jacke aus, denn die war ebenfalls nass geworden. Ich band sie mir um die Hüften, damit sie am Saum trocknen konnte, und setzte den Rucksack auf. Ich sah aus wie der letzte Vollidiot, aber auf solche Äußerlichkeiten legte ich derzeit keinen Wert. Das einzig Gute daran, dass Ellie meine Begleitung war und keine Person, die ich aus Hamburg kannte, war, dass nie jemand von den Details und Schattenseiten der Wanderung erfahren würde. Ellie stand bereits am Pfad, die Arme verschränkt, und wartete ungeduldig. Ihre Lippen waren blau angelaufen. Wahrscheinlich hinderte sie ihr verdammter Stolz daran, zuzugeben, dass sie in der durchweichten Kleidung genauso sehr fror wie ich. Ihr Pech.

Nach einem Kilometer kam dann etwas, womit ich nicht gerechnet hatte.

»Danke«, sagte sie leise. Ich erwiderte nichts.

Die Überwindung des Bergpasses war mindestens genauso schwierig wie die des Baches. Der Nebel wurde von feinem Sprühregen unterstützt. Mittlerweile hatte ich meine Handschuhe herausgeholt. Die Kapuze meines Hoodies zog ich über die Mütze und fror dennoch am ganzen Leib. Der Weg war schmal, wir hatten eine Sicht von höchstens zehn Metern. Je höher wir kamen, desto windiger wurde es. Hier gab es keine Leinen mehr, die uns einen Funken Halt gegeben hätten. Mein Körper spannte sich bis aufs Äußerste an und ich bereute nicht, die Schmerztablette genommen zu haben. Den steifen Bewegungen von Ellie nach zu urteilen, ging es ihr keinen Deut besser als mir. Der heutige Tag verlangte uns mehr ab, als ich es für möglich gehalten hatte.

Sobald sich etwas wie eine Weggabelung vor uns auftat, griffen wir beide nach unseren Kompassen und verglichen sie mit den Angaben der Streckenführung. Mit dem Smartphone war es mittlerweile unmöglich, ein GPS-Signal zu empfangen. Zumindest verschnauften wir jedes Mal zwei Minuten, wenn wir uns neu orientierten.

Als wir das Brandon-Massiv – wobei der Name ihm alle Ehre machte – überwunden hatten, ließen wir uns im Schutz der Büsche auf dem Boden nieder. Wir setzten uns auf unsere Jacken. Meine Schuhe scheuerten. Heute Abend hätte ich nicht nur ein paar Blasen an den Füßen, sondern meine Knöchel würden wundgescheuert sein, so viel stand fest. Außerdem liefen wir größte Gefahr, uns eine Lungenentzündung einzufangen, weil der Wind so stark war. Meine Hose war noch immer nass und ich hatte kaum ein Gefühl in den Beinen, von den Scheuerstellen abgesehen. Verdammt, was war ich für ein Jammerlappen geworden. Ich nervte mich schon selbst.

»Es tut mir leid, wie ich dich heute Morgen angefahren habe.« Ellie holte aus ihrer Tasche eine Tafel Schokolade hervor, öffnete sie und brach ein Stück ab. Sie hielt es mir hin. Es war das erste Mal, seitdem sie am Morgen das Zimmer fluchtartig verlassen hatte, dass sie dieses Thema ansprach.

»Fällt sowas nicht unter Bestechung?« Ich nahm die Ecke entgegen, wobei sich unsere eisigen Finger kurz berührten. Ellie zuckte mit den Schultern, brach das nächste Stück ab und schob es sich in den Mund.

»Zwischenzeitlich dachte ich, du seist gar nicht so übel, wie du immer tust«, sprach sie kauend. Ihren Blick hatte sie auf die Schokolade in ihren Fingern gelenkt. »Aber dann, als du ohne ein richtiges Wort abgehauen bist und nicht wiederkamst, habe ich mir Sorgen gemacht. Ich habe ja nicht einmal deine Handynummer, dass ich hätte nachfragen können, ob alles in Ordnung ist.« Ellie drehte sich halb zu mir. Ihre Lippen nahmen zwar noch nicht wieder ihren rosigen Ton an, waren aber auch nicht mehr ganz so lila wie vorhin.

»Als ich das erste Mal diesen Weg wandern war, war Sean dabei. Damals war ich sechzehn. Bis nach Dingle sind wir gekommen. Wir hatten nicht vor, unsere Familie hier zu besuchen. Sean wollte mir zeigen, woher ich kam, wo mein Vater seinen Lebensmittelpunkt hat und wo er und meine Mutter sich verliebt hatten. Nach der ersten Nacht in Dingle wachte er schweißgebadet auf. Ihn plagte hohes Fieber, er war kaum ansprechbar. Die Unterkunft rief einen Arzt, er kam ins Krankenhaus, dort wurden einige Untersuchungen vorgenommen und sobald er transportfähig war, flogen wir zurück nach Deutschland. Es ging direkt in die Klinik. Es war Darmkrebs. Unsere Familie hatte nichts von unserem Aufenthalt hier erfahren.« Ellie schluckte, und strich mit dem Daumen eine Träne davon. »Und als du gestern nicht wiedergekommen bist, da hatte ich mir wirklich Sorgen gemacht, Jonas. Warum auch immer stieg Panik in mir auf, dass ich diesen Weg ein zweites Mal nicht zu Ende gehen würde. Mit Dingle verbinde ich nicht viel, außer schlechte Erinnerungen und Enttäuschungen. Nachdem ich die ganzen Briefe und alles andere meiner Mutter entdeckt hatte, wurde mir klar, diese Wanderung endlich abschließen zu müssen. Ich hoffte, herauszufinden, warum sie den Heiratsantrag nicht angenommen hatte. Ich wollte verstehen, weshalb sie mich mit einer solchen Lüge zur Welt brachte. Also bitte, wenn ich dich nerve oder du kein Interesse an meiner Gesellschaft für den Rest des Weges hast, sag es mir. Dann kann ich besser damit umgehen, kann mich darauf einstellen. Aber ohne ein Sterbenswörtchen abzuhauen und mich allein stehen zu lassen, auch wenn uns außer dieser Wanderung nichts verbindet, ist selbst für einen deutschen Spießer eine Nummer zu hart.« Nun liefen die Tränen unaufhaltsam über ihr Gesicht. Sie verfingen sich in ihren Mundwinkeln und tropften von ihrem Kinn. Immer wieder schluchzte Ellie auf, dass ihre Schultern zuckten. Himmel, ich saß hilflos daneben und suchte nach Worten.

Diese Wanderung forderte Tribute – von uns beiden. Sie brachte uns an unsere Grenzen. Je weiter wir dem Ziel entgegenliefen, desto mehr kam zum Vorschein, was uns wirklich belastete. Ellie gelang es, dass sich etwas in mir regte. Etwas, vor dem ich mein Leben lang Angst hatte. Es war eine Wärme, die mich so tief erschrak, dass ich nicht wusste, wie ich damit umgehen sollte. Vielleicht verdiente sie eine Erklärung, was gestern mit mir war oder wo ich mich aufgehalten hatte. Nicht, dass ich mich vor ihr rechtfertigen müsste, dafür bestand kein Grund – in keinerlei Hinsicht. Es hatte etwas mit Vertrauen zu tun. Damit, worüber wir sprachen, was wir erlebten und teilten. Aber es ging nicht, noch nicht. Vielleicht irgendwann. Zumindest erkannte ich durch diese Wanderung und durch meine Begleiterin, dass ich ziemlich dicht an meiner selbst errichteten Mauer stand und nur noch wenige Zentimeter fehlten, ehe es mir möglich war, sie zu durchbrechen.

»Ich nehme deine Entschuldigung an und versuche, mich für den Rest des Weges zu bessern«, erklärte ich. Darum bemüht, nicht doch noch falsche Dinge zu sagen, schluckte ich meine Gedanken hinunter. Ich führte mir wieder vor Augen, dass wir noch immer in der Kälte saßen. Jede Minute, die wir hier verweilten, hielt uns von einer warmen Dusche fern. Ellie nickte, wischte sich mit ihrem Pulloverärmel das Gesicht trocken und sah mir dann wieder in die Augen. Ein äußerst misslungenes Lächeln.

»Danke.«

»Lass uns weiter. Sonst sind wir vor unserem Ziel zu Eissäulen erstarrt.« Ich erhob mich, streckte meine Glieder und sammelte das Gepäck auf. Ellie steckte ihre Süßigkeiten wieder ein. Ich hielt ihr meine Hand hin und mit Schwung zog ich sie hoch, sodass sie ins Straucheln geriet. Ihre Hand landete auf meiner Brust und sie keuchte vor Überraschung auf. Als ich ihr in die Augen sah, überkam mich das Bedürfnis, sie zu küssen. Ein einziges Mal, damit sie begriff, wie sehr ich sie verstand. Aber nicht jedem Bedürfnis durfte man nachgeben, das hatte mich das Leben allzu oft gelehrt. Langsam trat ich einen Schritt zurück. Ellie blinzelte verwirrt, was mein Verlangen nach ihren Lippen schürte. Sobald ich einige Schritte Abstand zwischen uns gebracht hatte, suchte ich den Kompass, um die Richtung auszumachen, in die wir gehen mussten. Welche Richtung es auch werden würde, es ging in vielerlei Hinsicht definitiv zu weit. Vor uns lagen karge Weiden.

13

Nachdem wir auf den Weiden einigen Schafen begegnet waren, die neugierig aufgeschaut hatten, wanderten wir eine Zeit lang auf einer Schotterstraße. Die nächste Hürde wartete nicht lange auf uns. Aber das, wovor wir jetzt standen, konnte unmöglich der Ernst der Organisatoren sein.

»Sie sehen doch ganz friedlich aus«, wollte Ellie mir weismachen, dass die nächsten fünfhundert Meter nicht genauso gut ein Todesurteil sein könnten. Sie klang selbst nicht überzeugt.

»Das sind ausgewachsene Bullen«, sprach ich aus. »Und die halte ich nicht für so gemütlich wie die Schafe, die wir bisher getroffen haben. Wir haben uns verlaufen, eindeutig.«

Ellie hielt mir ihre Karte unter die Nase, zeigte auf den Standpunkt, an dem wir uns derzeit befanden und sah mich fragend an. Okay, es gab tatsächlich nur diesen einen Weg. Wenn wir die Weide passierten, dann erreichten wir auf der anderen Seite den Ortseingang von Cloghane – unser Tagesziel.

»Eine Freundin von mir hatte mal einen Bauernhof. Also einen richtigen«, begann ich und erinnerte mich an das Wochenende auf Alisas Hof, das ich mit meinen Kumpels und ihr dort verbracht hatte. »Wenn wir möglichst gleichgültig hinüberlaufen und ihnen keine Beachtung schenken, haben wir vielleicht Glück und sie bemerken uns nicht.«

»Du hast ganz schön viele Freunde, dafür, dass du keine Menschen magst«, stellte Ellie fest.

»Was?« Perplex wandte ich meinen Blick von den muskelbepackten Tieren ab und starrte Ellie an.

»Du tust die ganze Zeit, als hättest du für niemanden was übrig, aber irgendwie glaube ich dir das nicht.«

Ich dachte einen Moment darüber nach, war aber nicht mit dem Ergebnis zufrieden, zu dem ich kam, und schüttelte den Kopf.

»Das werden wir ja auf meiner Beerdigung sehen, wenn wir hier noch länger diskutieren, während die Rindviecher uns anstarren.«

Entschlossen trat ich an den Stacheldrahtzaun.

»Siehst du das Tor da hinten auf der anderen Seite der Weide?« Ich zeigte auf zwei Uhr. Dort befand sich ein Holzgatter, über das wir anstelle des Stacheldrahtzauns klettern könnten. Doch zuvor mussten wir auf dieser Seite den Draht überwinden und lebendig an den Tieren vorbeikommen.

»Ja.«

»Gut, dann los. Bleib dicht bei mir.« Ich kletterte

über den Draht, den ich herunterdrückte, wartete, bis Ellie ebenfalls darübergestiegen war, und ließ ihn los.

»Gib mir deine Hand«, wies ich sie an und blickte mich langsam um. Zehn Bullen, die rein optisch bestimmt die Schlachtreife erreicht hatten, beäugten uns. Vier von ihnen hatten zu allem Überfluss lange Hörner, mit denen sie uns wie ein Stück Käse aufspießen könnten. Das Blut rauschte mir in den Ohren. Als sich Ellies und meine Finger berührten, umschloss ich sie fest. Wir gingen Meter für Meter, behielten unsere Umgebung im Auge. Einige Tiere ignorierten uns mittlerweile und machten sich wieder auf die Suche nach Futter am Boden. Aber zwei Bullen schritten langsam in unsere Richtung.

»Ein kleines bisschen schneller«, sagte ich im Flüsterton und dirigierte Ellie zum Tor. Die Hälfte der Strecke lag bereits hinter uns.

»Noch hundert Meter, dann haben wir es geschafft«, beruhigte ich Ellie, deren Fingernägel sich durch meinen Handschuh bohrten. Als eines der Tiere jedoch an Tempo zulegte, stieg Panik in mir auf.

Nein, so nicht. Wenn er uns erwischte, dann waren wir Geschichte. Alisas Mann Darek, einer meiner besten Freunde, hatte seinen Zwillingsbruder und dessen Frau durch eine Attacke von solchen Tieren verloren. Ich war noch nicht bereit. Adrenalin setzte sich in mir frei.

»Lauf!«, rief ich aus und sprintete im gleichen Moment los. Ellie hastete hinterher. Es überraschte mich, dass sie so schnell war und keine Probleme hatte, mit mir Schritt zu halten. In diesem Augenblick gab es keine Scheuerstellen an den Knöcheln, keine schmerzenden Glieder oder Erschöpfung eines anstrengenden Tages. Jetzt liefen wir um unser Leben. Zu dem ersten Bullen gesellten sich plötzlich andere hinzu, und als ich einen Blick über die Schulter wagte, buckelten die Tiere auf uns los.

»Nimm die rechte Seite vom Gatter, ich nehme die linke. Schwing dich in einem Zug rüber!«, schrie ich, meine brennende Lunge ignorierend.

»Ja!«, antwortete Ellie, ließ mich los und brachte Abstand zwischen uns. In letzter Sekunde erreichten wir das breite Tor, das bis zu unseren Schultern hochragte. Ich sprang mit dem linken Bein auf die mittlere Latte, griff mit einer Hand an die oberste und zog mich hoch. Mit beiden Beinen sprang ich auf den Boden und taumelte nach einem harten Aufprall einige Meter weiter. Als ich im Gras landete, drehte ich mich um, sah, wie Ellie mit weit aufgerissenen Augen zu mir stolperte und schließlich auf mich fiel.

Ich stöhnte bei dem Aufprall auf. Durch den Versuch, ihren Fall abzufedern, rollten wir zur Seite und ich kam endgültig zum Liegen. Sie rollte in einer fließenden Bewegung von mir herunter und lag dann wie ich auf dem Rücken. Mein Herz raste, und als ich den Kopf hob und mich auf die Ellenbogen stützte, sah ich die Bullen auf der ganzen Weide verteilt herumbocken. Sie waren nicht durch das Tor hindurchgerannt, sie trampelten uns nicht in den Tod. Neben mir stöhnte Ellie und hielt sich den Hinterkopf, rappelte sich aber ebenfalls auf.

»Hast du dich verletzt?«, fragte ich, noch immer

außer Atem. Ihr Brustkorb hob und senkte sich so rasch, dass ich glaubte, sie würde jeden Moment hyperventilieren. Doch auf das, was sie nun tat, war ich nicht vorbereitet. Sie schwang sich herüber, kniete plötzlich über mir und ließ sich auf ihre Hände seitlich meines Kopfes fallen. Ihre Haare rutschten vor und lagen auf meiner Brust. In ihren Augen tobte ein dunkler Sturm, ihre Lippen waren geöffnet, ihr Atem streifte mein Gesicht. Und dann lagen ihre Lippen auf meinen.

Ich hatte mit vielem gerechnet, zum Beispiel mit einem verbalen Angriff, dass ich uns beide in eine Todesfalle geführt hatte und was mit mir nicht stimmte, so bescheuert gewesen zu sein, über diese Weide zu gehen. Aber doch nicht, dass sie mich küsste! In dem Moment, als ich ihren Kuss erwidern und sie dichter an mich heranziehen wollte, war das angenehme Unterfangen auch schon wieder beendet. Mit dem gleichen Schwung, mit dem Ellie sich auf mich hatte fallen lassen, sprang sie in die Hocke und richtete sich auf. Abwartend, womit sie mich gleich überraschen würde, starrte ich zu ihr hinauf. Sie stand direkt über mir, strich sich hektisch durch die Haare und nahm dabei ihre Mütze vom Kopf. Als sei ich nur ein Hindernis auf ihrem Weg, stieg sie über mich hinweg und marschierte in Richtung Weg. Verstehe einer die Frauen!

Mein Puls beruhigte sich allmählich, die Bullen auf der Weide anscheinend auch. Ich suchte nach meinem Smartphone, rappelte mich wieder auf und schoss ein Bild von der Herde. Das würde ich Mirko später schicken und erzählen, was er für einen Spaß hier verpasst hatte.

»Willst du hier übernachten? Oder kommst du jetzt endlich?«, fragte Ellie mit einem Mal hinter mir. Ihre Stimme klang tief und zittrig. Ich drehte mich zu ihr um. Ihre Wangen waren noch immer von einer Röte überzogen.

»Wenn du mir Gesellschaft leistest«, antwortete ich und zwinkerte ihr zu. Ellie verdrehte die Augen. Ihren Kuss-Überfall tat ich als Kurzschlussreaktion ab, weil wir gerade ganz knapp dem Tod entkommen waren.

Das Erreichen unserer Unterkunft war wie der berühmte Lichtblick am Ende eines dunklen Tunnels. Und der Tunnel des heutigen Tages war verdammt lang. Am meisten wunderte es mich, dass Ellie mittlerweile wieder so fit auf den Beinen war. Aber sie hatte auch im Gegensatz zu mir ein festes Ziel vor Augen. Sie wollte den Weg definitiv zu Ende wandern. Was mich betraf, mir war es scheißegal. Ich konnte genauso gut nach einer Dusche ins Taxi steigen und nach Dublin zurückfahren. Der morgige Abschlusstag würde im Vergleich mit dem heutigen ein Spaziergang werden.

»Träumst du schon wieder?«, vernahm ich Ellies Stimme und sah mich um. Wir standen an der Rezeption des Gasthauses in Cloghane.

»Entschuldige, was hattest du gesagt?«, fragte ich sie und bemühte mich um ein Lächeln für die junge Frau an der Rezeption. Eine kleine Blondine, vielleicht so alt wie Ellie. Sie musterte mich neugierig und biss sich auf die Unterlippe, sobald sich unsere Blicke begegneten. Fing sie gerade an, mit mir zu flirten?

Ellie kramte unterdessen in ihrem Rucksack herum und schüttelte den Kopf über mich. In Hamburg hätte ich mich jetzt darauf eingelassen, vor nicht einmal achtundvierzig Stunden war ich kurz davor, eine Barkeeperin zu vögeln. Aber jetzt? Nichts regte sich in meiner sonst so spontanen Körperregion. Im Gegenteil, ich verspürte das erste Mal seit langer Zeit Abneigung gegen das Verhalten der Frau. Intuitiv legte ich einen Arm um Ellies Schulter und drückte sie leicht an mich. Sie erstarrte. Mit ihren braunen Augen beobachtete sie mich aufmerksam. Lächelnd sagte ich: »Stress dich nicht so, Darling. Wir haben alle Zeit der Welt.«

»Du bist eindeutig auf den Hinterkopf gefallen, so viel steht fest«, tat sie meine Bemerkung ab. »Unser Gepäck ist noch nicht da. Es wird erst in einer Stunde erwartet. Meine Frage war, ob du dir auch einen Bademantel ausleihen möchtest. Ich werde sicherlich nicht so lange in den Klamotten bleiben. Oder holst du uns was zu essen?«

Ich runzelte die Stirn. »Warum ist unser Gepäck nicht da?«

Ellie holte tief Luft. »Hör mal, ich habe Tourismusmanagement studiert, nicht Hellseherei, okay?«

Ich dachte einen Moment über ihre sarkastische Bemerkung nach.

»Ich nehme ebenfalls einen Bademantel«, sagte ich der Frau hinter dem Tresen, die ungeduldig mit einem Stift herumspielte. Dann wandte ich mich wieder zu Ellie.

»Interessanter Studiengang.«

Ellie schnaubte, nahm ihr Portemonnaie in die Hand und suchte nach Kleingeld.

Die Blondine von der Rezeption ging zu einem Wandschrank, öffnete ihn und nahm zwei Bademäntel heraus. Mit einem aufgesetzten Lächeln reichte sie uns diese.

»Das sind zusammen zehn Euro«, sagte sie.

»Schreiben Sie es aufs Zimmer. Ich zahle es beim Auschecken. Und rufen Sie bitte beim Reiseveranstalter an und machen Sie Druck, dass unser Gepäck ankommt«, wies ich sie nüchtern an.

»Sehr gerne doch.« Dann gab sie uns die Zimmerschlüssel. Ich hasste diesen Satz. Es war die freundlichste Lüge in unserem Beruf. Wir machten immer alles sehr gerne für die Gäste. Nicht.

In dieser Nacht würden wir wieder in getrennten Betten schlafen, stellte ich fest, sobald wir das Zimmer betraten.

»Ich gehe direkt duschen«, verkündete Ellie. Sie stellte ihren Rucksack ab, schälte sich aus ihrer Jacke und öffnete die kleine Terrassentür. Ein kleiner überdachter Balkon nannte sich unser. Meinen Rucksack ließ ich zu Boden gleiten und legte meine Jacke über einen Stuhl in der Ecke. Ich trat hinter ihr auf den geschützten Außenbereich, ging aber zum Geländer. Von hier aus hatte man einen eher unspektakulären Ausblick auf die Rückseiten der Gassen in diesem Ort. Das typische Bild von Stromleitungen an Holzmasten, wie ich es in den letzten Tagen immer wieder zu sehen bekommen hatte. Es dämmerte und schon bald würde die Nacht hereinbrechen. In einigen Häusern waren bereits die Lichter eingeschaltet. Ich stand mit den Armen an das schmiedeeiserne Geländer gestützt.

»Was ist?«, fragte Ellie und trat neben mich. Sie lehnte sich mit dem Rücken an das Geländer und verschränkte die Arme vor der Brust. Ihr Blick war aufmerksam, aber sie machte auch den Eindruck, als hätte sie schlechte Laune.

»Gegenfrage, was ist mit dir?«, sprach ich aus, was ich bereits seit ihrem spontanen Kussanfall wissen wollte.

»Was sollte mit mir sein? Ich will duschen und gerne saubere Kleidung anziehen.«

»Ich dachte schon, du strafst mich jetzt mit Nichtachtung, nachdem du über mich hergefallen bist. Als sei es meine Schuld gewesen.«

Ellie legte den Kopf in den Nacken und lachte heiser. Fragend betrachtete ich sie, bis sie verstummte. Ich beneidete sie um die Entspannung und Selbstsicherheit, die sie ausstrahlte. Ich erhielt keine Antwort, sie ging kopfschüttelnd und barfuß wieder ins Zimmer. Wenige Augenblicke später hörte ich das Wasserrauschen im Bad nebenan. Mein Handy klingelte. Mirko hatte ein Videotelefonat gestartet. Seufzend nahm ich an und setzte mich auf den Plastikstuhl in der Ecke.

»Na, kannst du noch laufen?«, fragte er amüsiert. Ein scharfer Schmerz zog durch meine Achillessehnen.

»Ich bin zu alt für diesen Scheiß, Mann!« Ich stützte die Ellenbogen auf die Knie und rieb mir mit der freien

Hand den Nacken. Mirko lachte. Ich sah ihn teilnahmslos auf dem Display an.

»Du siehst auch nicht mehr ganz frisch aus. Trägst du etwa einen Bart?«

»Du bist heute wieder ein echter Blitzmerker.«

Mein Kumpel ging mit dem Handy durch die Strandbar, in der er die Leitung übernommen hatte.

»Was hatte das mit dem Bild auf sich, das du mir geschickt hast? ›Todesstrecke‹ war nicht besonders hilfreich.« Mirko setzte sich in einen der Loungesessel. Er trug sein Haar offen, was ihn so wild wirken ließ, wie er auch war. Er wäre ein guter Wanderpartner für Ellie gewesen. Tagsüber hätten sie ihre Strecke hinter sich gebracht und abends wären sie um die Häuser gezogen. Und mit seinem Charme hätte er sie im Nullkommanichts flachgelegt. Eine Überlegung, die meinen Puls schneller schlagen ließ. Dieser Gedanke gefiel mir überhaupt nicht.

»Ellie und ich mussten über die Weide mit diesen wilden Bullen, die uns umbringen wollten. Wir sind um unser Leben gerannt«, berichtete ich von dem Vorfall. Es wunderte mich nicht, dass Mirko erneut lachte. Als er sich beruhigt hatte und mit den Fingern durch die Haare fuhr, fragte er: »Und wo ist diese Ellie jetzt? Hat sie es nicht auf die sichere Seite geschafft?«

»Wir sind beide lebend angekommen. Sie ist duschen.« Ich deutete mit dem Daumen auf das Fenster unseres Zimmers, das in meinem Rücken lag. Von hier aus konnte man die Tür zum Badezimmer sehen.

Mirko wackelte amüsiert mit den Augenbrauen.

»Da läuft nichts«, stellte ich klar.

»Ich habe nichts gesagt, Mann.« Ich sah, wie er mit dem Arm jemandem ein Zeichen gab. Bei seinen nächsten Worten senkte er die Stimme und wurde ernst, was bei ihm selten vorkam. »Wie geht es dir sonst so?«

Natürlich wusste ich, was er ansprach. Wie ging es mir sonst so?

»Gute Frage. Heute weiß ich es nicht. Gestern war ein seltsamer Tag. Ich kann dir nicht sagen, wie er verlaufen wäre, wenn ich in Hamburg gewesen wäre. Auf der einen Seite habe ich viel Zeit zum Nachdenken, wenn wir wandern sind. Auf der anderen Seite komme ich kaum dazu. Das Einzige, das ich mich immer wieder frage, ist, wie es weitergeht, wenn ich zurück bin.« Diese Gedanken auszusprechen, fühlte sich an, als würde ich das erste Mal ein schwieriges Fremdwort in den Mund nehmen. Im Kopf klang es total logisch, aber wenn man es aussprach, hörte es sich verquer an.

»Was glaubst du denn, wie es weitergeht?«

Ich zuckte mit den Schultern. »Ich gehe zur Arbeit, mache meinen Job. Weiter bin ich mit meinen Gedanken noch nicht. Dort wird mich ohnehin einiges erwarten, was viel Zeit in Anspruch nehmen wird. Aber privat? Tim lebt jetzt auf Gran Canaria, du auf Sylt. Marie und ich werden weiter zu den Kids gehen, aber alles andere ist offen. Da ist einfach nichts mehr, verstehst du?« Es war ausgemachter Blödsinn, mit Mirko über ein solches Thema zu sprechen. Wäre er in meiner Situation, hätte er sich bereits drei neue Hobbies zugelegt, damit er was zu tun hatte.

»Ach, das biegt sich schon alles hin. Du hast ja noch

ein paar Tage, bis ... ach du Heiliger! Ist das Ellie?«
Perplex starrte Mirko mich an. Dann bemerkte ich, dass
er mit dem Finger hinter mich zeigte. Ich drehte mich
um und grinste.

»Jap, das ist Ellie.« Sie lief gerade im Bademantel auf
ihr Bett zu. Natürlich hatte sie sich in Windeseile das
Bett am Fenster geschnappt, sobald wir hereinge-
kommen waren. Sie beugte sich vor, ihre nassen Haare
lagen auf einer Seite ihrer Schulter. Der weiße Stoff
verhüllte nicht sehr viel von ihrem Körper.

»Du kannst mir nicht erzählen, dass zwischen euch
nichts läuft«, flüsterte Mirko, als hätte er Angst,
erwischt zu werden. Ich drehte mich so, dass er sie nicht
mehr sehen konnte.

»Halt die Klappe, Mirko. Ich habe doch gesagt, ich
werde langsam alt.«

»Warum war ich nur so dumm und habe diese Reise
abgesagt?« Mirko schlug sich mit der flachen Hand vor
die Stirn. Nun war ich es, der lachte.

»Das war genau richtig so, auch wenn ich jeden Tag
glaube, um zehn Jahre zu altern. Hör zu, das Bad ist
jetzt frei. Ich will duschen gehen. Wir sprechen uns,
wenn ich in Dublin oder zurück in Hamburg bin. Grüß
die anderen.«

»Junge, Junge, Junge. Du bist echt alt geworden. Hau
rein!«

Das Videotelefonat wurde beendet und ich steckte
das Handy weg.

»Hast du was gesagt?«, fragte Ellie plötzlich. Ich
zuckte zusammen und blickte zur Balkontür, die sie

vorhin beim Reingehen angelehnt hatte. Sie beugte sich halb aus dem Zimmer und sah zu mir herüber.

»Nein, alles gut. Ich habe telefoniert.«

»Ah, ok. Das Bad ist frei. Aber Achtung. Das Shampoo der Pension ist nicht der Hit.« Ellie rümpfte die Nase.

»Ich werde es überleben.«

»Hast du starke Schmerzen?«

Ellie überraschte mich einmal mehr. In der einen Sekunde fürchtete man um sein Leben, weil sie schlecht gelaunt oder sauer auf einen war. In der nächsten sorgte sie sich wieder – oder küsste einen und tat im Anschluss, als sei nie etwas gewesen.

»Das Ausmaß wird sich mir gleich präsentieren und ich habe die Befürchtung, dass es morgen schlimmer sein wird als heute.«

Ellie nickte und trat auf den Balkon. Barfuß, quasi nackt, kaum bedeckt von ihrem Bademantel.

»Wird das nicht etwas kalt?« Ich zeigte auf ihre blanken Füße und öffnete meine Schuhe. Als ich die Boots auszog, bewegte sich der Stoff der Socken über die aufgeschürften Stellen. Ich zog scharf die Luft zwischen den Zähnen ein.

»Meine Füße glühen dermaßen, ich gäbe einiges für einen Eimer mit Eiswürfeln. Ich freue mich schon auf morgen.« Ellie sah zu Boden und wackelte mit den Zehen.

»Was genau meinst du? Weil du mich dann endlich los bist?« Ich grinste zu ihr hinauf und streckte dabei meine Füße aus. Ellie lachte und zog den Stoff vor ihrer Brust fester an sich.

»Ganz los bin ich dich dann ja noch nicht«, sagte sie und verdrehte die Augen. Es gelang ihr nicht, ein Grinsen zu unterdrücken. Ellie wurde wieder ernst. »Ich meine den Strand. Wir werden morgen nur eine kurze Strecke haben. Wir können ausschlafen und dann in aller Ruhe die letzten Kilometer antreten. Wenn wir am Meer ankommen, möchte ich dort ein wenig bleiben. Für den Fall, dass wir uns mal wieder streiten sollten, weißt du zumindest, was ich geplant habe.«

»Ist in Ordnung«, antwortete ich und holte einmal tief Luft. Mit Schwung erhob ich mich, setzte zum ersten Schritt an. Ich verbot mir selbst, mich am Geländer zu stützen, solange Ellie mich mit Argusaugen beobachtete.

»Geh duschen und leg deine Beine hoch«, wies sie mich an.

»Musst du immer das letzte Wort haben?«, wollte ich von ihr wissen. Ellie reckte ihr Kinn vor.

»So wurde ich erzogen, Jonas. Und das ist etwas, was ich mir nicht nehmen lassen werde. Wenn du Probleme damit hast, denk immer daran: Bald hast du es hinter dir.« Sie wirkte nicht wie vierundzwanzig. Sie hätte genauso gut eine Geschäftspartnerin sein können, eine der Abteilungsleiterinnen, mit denen ich einmal in der Woche zum Meeting gerufen wurde. Nach dem, was sie mir über sich und ihre Familie berichtet hatte, wunderte es mich nicht, dass sie so hart und zugleich so wild und frei sein konnte. Ich war mir noch nicht darüber im Klaren, wo das hinführen würde, aber in diesem Moment begriff ich, dass ich nur noch diese und die nächste Nacht mit Ellie verbringen würde. Danach würden sich unsere Wege trennen. So, wie es das Leben von uns verlangte.

»Jonas?« Ellies heisere Stimme durchbrach den Nebel an Gedanken und Schmerzen, in dem ich mich allmählich wiederfand.

»Ellie?« Ich registrierte, wie nahe wir uns standen. Der Stoff ihres Bademantels berührte meinen Oberkörper. Unsere Finger fanden einander und tasteten langsam nach dem anderen. Ich schluckte. Mir kam der Duft von Kräutern entgegen sowie Ellies typischer Geruch nach Magnolie. Mein Verlangen nach ihr stieg ins Unermessliche. Ich wollte sie. Das tat ich von Anfang an, egal wie sehr ich sie verflucht hatte. Ich wollte, dass sie das letzte Wort behielt. Ich wollte, dass ich nicht immer derjenige war, der für alle entscheiden musste. Ich wollte endlich loslassen und ankommen. Mir war es egal, wo das sein würde, ob in Hamburg oder irgendwo anders – nur bei ihr. Ich wollte nicht mehr entscheiden müssen, was das Richtige war, ich wollte es erleben. Minute für Minute.

Wir sahen uns tief in die Augen. In der Dunkelheit, bei dem Licht, das aus dem Zimmer strahlte, wirkten ihre Augen fast schwarz. Sie blieb standhaft. Sollte ich dabei sein, ihre Grenzen zu überschreiten, würde sie es mir deutlich machen.

Auch als ich mit der linken Hand ihre umschloss und die andere an ihre Wange legte, leistete sie keinen Protest. Ihre dunkelrote Mähne fiel auf ihren Rücken und trotzdem konnte ich nicht im Geringsten sagen, was in ihrem Kopf vorging. Mit dem Daumen strich ich über ihre Unterlippe – keine Reaktion. Ich gab ihre Hand wieder frei und legte meinen Arm um ihre Taille, zog sie fest an mich – keine Reaktion. Dann beugte ich mich langsam vor, strich mit meiner Nase an ihrer Kehle entlang bis zu ihrem Ohr. Mein Bart war die einzige Distanz zwischen uns. Ihre weiche Haut machte alle Strapazen an diesem Tag wett.

Dann hauchte ich an ihr Ohr: »Ich würde überall mit dir hingehen, Ellie. Ich würde machen, was du verlangst.« Ich verteilte kleine Küsse auf ihrem Hals. Aber sie hatte sich so gut unter Kontrolle, dass nicht einmal ihr Atem schneller ging. Meine Erektion drückte an ihre Mitte und allein der Gedanke daran, dass sie unter dem Bademantel nackt war, brachte mein Blut immer weiter in Wallungen. Doch es durfte nicht sein. »Aber das hier wird nicht geschehen, wenn du es nicht willst. Und unter keinen Umständen wird es geschehen, bevor wir diese Wanderung beendet haben.« Ich zog mich langsam zurück, darauf bedacht, jede ihrer Regungen wahrzunehmen. Es geschah nichts.

Wir standen einander gegenüber, ich brachte eine Handbreit Abstand zwischen uns.

Dann verzog sie ihre Lippen zu ihrem mittlerweile bekannten spöttischen Grinsen. Ihre Lider halb geschlossen, griff sie an den Kragen meines Hoodies. Mit einem Mal tauchte ein Bild vor mir auf, bei dem Ellie genau das Gleiche mit mir tat – im Bett. Doch als sie mit ruhiger Stimme antwortete, war wieder alles verpufft. Ich hätte es vorausahnen müssen, denn schließlich war das hier Ellie und keins der willigen Püppchen, mit denen ich mich sonst umgab.

»Sollte es so weit kommen, hoffe ich für dich, dass du dann geduscht bist. Jemand, der so bestialisch stinkt, wie du es gerade tust, würde lediglich meine Speiseröhre feucht werden lassen – weil ich mich übergeben müsste. Und jetzt geh duschen, ich will wieder atmen können.« Ellie trat zurück, zwinkerte mir zu und ging ins Zimmer hinein. Ich stand da wie ein dummer Junge und unterdrückte den Drang, an mir selbst zu riechen, um klarzustellen, dass ihre Anschuldigungen völlig haltlos waren. Dann würde ich mich jedoch noch lächerlicher machen. Es war also keine Option.

»Und schon wieder musst du das letzte Wort haben«, sagte ich schmunzelnd, als ich ebenfalls ins Innere ging und mir den Bademantel vom Bett nahm. Ellie ließ sich auf ihr Bett fallen, überkreuzte ihre Knöchel. Der verdammte Bademantel reichte ihr gerade mal bis zur Mitte ihrer Oberschenkel. Herausfordernd grinste sie mich an, während sie sich auf ihre Ellenbogen stützte.

»Ich dachte, du stehst darauf, dass ich das letzte Wort habe, Stinki?«

»Stinki?« Das konnte wirklich nicht ihr Ernst sein. Wenn sie der Meinung war, ich würde stinken, dann sollte sie zumindest auch länger was davon haben. Der Bademantel fiel zu Boden. In einem Schwung zog ich meinen Hoodie aus und warf ihn über eine Stuhllehne. Fragend zog Ellie die Augenbrauen in die Höhe.

»Was wird das jetzt? Willst du für mich strippen?«

»Hast du was dagegen?«

»Natürlich! Du stinkst!«

Ich griff nach dem Saum meines T-Shirts, zog es mir über den Kopf und hielt es mit beiden Händen vor mich. Mir entging nicht, wie sie meinen Oberkörper betrachtete, als sei er die Karte für die nächste Wanderung. Interessant, herausfordernd, aber nichts, was sie nicht überwinden würde. Und sie würde mich schaffen. Ellie zuckte zusammen, als ich das Stück Stoff, das tatsächlich alles andere als frisch roch, auf sie warf. Ich traf genau ihr Gesicht und lachte auf, weil sie es angewidert mit hektischen Bewegungen von sich schleuderte. Endlich hatte ich ihre gespielte Gleichgültigkeit durchbrochen. Ein Sieg, den ich feierte, während ich den Bademantel aufhob und mich dann zum Badezimmer umdrehte.

»Das ist so widerlich!«, rief sie mir hinterher.

Den Bademantel ließ ich auf die Fliesen im Bad fallen. Im Gehen öffnete ich mir die Hose. Ich blieb stehen und blickte sie über die Schulter an.

»Was führst du jetzt schon wieder im Schilde?«, fragte sie mit zusammengekniffenen Augen.

»Nichts, warum?« Und dann zog ich meine Hose samt Shorts herunter. Ellies Augen wurden so groß, dass ich fürchtete, sie würden ihr jeden Moment herausfallen. Ich stieg gemächlich aus den Hosen, schob sie mit einem Bein weiter in das warme Badezimmer. Ellies Blick klebte an meiner Kehrseite, ziemlich genau auf der Rückseite von der Körperregion, die schon wieder verdammt hart war. Dann griff ich mit einer Hand an die Holztür und schloss sie mit Schwung, sodass jetzt jeder ein bisschen Zeit für sich allein hatte. Ellie im Bademantel und ich unter der heißen Dusche mit den Gedanken bei ihr. Uns trennten nur wenige Meter und eine Tür, deshalb biss ich mir in die Innenseite meiner Wange, damit ich unter dem heißen Wasser nicht laut ihren Namen stöhnte.

Ich nannte mich beinahe entspannt, sobald ich aus dem Badezimmer kam. Der Bademantel war für Männer glücklicherweise länger geschnitten, sodass ich nicht befürchten musste, jeden Moment Körperteile zum Vorschein zu bringen, die sich von meiner Begleitung magisch angezogen fühlten. Zu meiner Überraschung war das Zimmer leer und auch auf der Terrasse konnte ich Ellie nicht ausfindig machen. Dafür etwas anderes Erfreuliches: unser Gepäck. Auf meinem Bett befand sich ein Zettel mit dem Emblem des Gasthauses.

*Hole was zu essen. Wenn ich wiederkomme, bist du hoffent-
lich angezogen und stinkst nicht mehr!*

Mit dieser Botschaft machte ich sie zur heutigen Heldin. Ich war am Verhungern. Mit dem Zettel in der Hand setzte ich mich auf mein Bett. Gähnend zog ich das Gepäck heran und suchte nach frischen Sachen. Das Gepäck stellte ich neben das Bett und ließ mich nur kurz in die Kissen fallen. Nachdem ich eine Jogginghose und ein T-Shirt übergezogen hatte, verarz-
tete ich meine Füße. An den Knöcheln, an den Achilles-

sehnen und auf dem Spann glühten Blasen und Schürfwunden. Die Schramme am Knie war lediglich Dekoration. Die eingepackte Wund- und Heilsalbe trug ich mit Bedacht auf die Stellen auf und legte dann die Beine hoch. Verdammt, war ich müde. Hoffentlich kam Ellie bald mit dem Essen zurück.

14

Ein lautes Poltern weckte mich. Ich riss die Augen auf und sprang aus dem Bett.

»Herrgott, was ist denn mit dir geschehen?« Ich fing Ellie gerade noch auf, ehe sie über ihre eigenen Beine gestolpert und zu Boden gefallen wäre. Alles, was ich als Antwort erhielt, war ein Kichern. Dieser Laut klang so unkoordiniert, dass ich mich fragte, wie das möglich war. Mit beiden Armen umklammerte sie mich, schwer wie ein nasser Mehlsack. Mir schlug eine Alkoholfahne entgegen, dass ich jeden Moment selbst hätte betrunken sein müssen.

»Du stinkst wie eine Schnapsbrennerei«, murmelte ich und war darum bemüht, sie zu ihrem Bett zu schleifen. Ihre Beine, mal wieder in ihren braunen Lederstiefeln, hatten sich in der Tat verhakt. An meinem Rücken knisterte etwas und schlug gegen meinen Hintern.

»Isch hab Essen mitgebrascht«, nuschelte sie. Ihre

Augen waren rot unterlaufen, ihre Haare klebten zum Teil feucht an ihrer Stirn.

»Und dabei hast du einen Spirituosenhändler überfallen?«, fragte ich sie und legte sie auf ihr Bett. Sie stöhnte so gequält auf, als hätte ich ihr einen Schlag an den Kopf verpasst. Die Plastiktüte, die sie in einer Hand hielt, plumpste neben sie. Für einen Moment glaubte ich, sie sei direkt eingeschlafen. Dann jedoch schlug sie plötzlich die Lider auf, schnellte mit dem Oberkörper in die Höhe und streckte mir die Tüte entgegen.

»Wills du Fischnschips?«, brachte sie strahlend hervor.

»Vielleicht später.« Später war ein gutes Stichwort und ich suchte mein Handy auf meinem Bett. Ich aktivierte den Bildschirm und staunte nicht schlecht. Zwei Uhr in der Früh. Da bin ich wohl ein wenig weggenickt. Hinter mir knisterte es erneut, und als ich mich wieder zu Ellie drehte, war sie gerade dabei, ein Bündel Zeitungspapier aus der Tüte zu holen. An der einen Seite lief etwas herunter, das Remoulade hätte sein können. Es roch aber bestialisch.

»Was zur Hölle hast du da mitgebracht?«, fragte ich sie und kniete mich vor ihr Bett. Ihre Stiefel waren dreckig und sie schien außer Kontrolle zu sein. Das bewies schon ihr Verhalten mit der fettdurchtränkten Zeitung.

»Du muss mir mal suhören, Stinki. Fischnschips. Hab isch doch schon gesaahgt.«

Schmunzelnd ergriff ich ihre Beine und drehte sie zu mir, dass sie über die Bettkante hingen. »Was machsn da?«, fragte sie mich skeptisch mit zusammengekniffenen Augen. Dann ertönte jede Menge Schluckauf.

»Deine Stiefel ausziehen, Besoffski. Bist du jetzt fertig mit deinem Konzert oder musst du dich auch noch übergeben?« Ich öffnete die Reißverschlüsse und zog ihr die Stiefel aus, dabei hielt ich Ellie an den Knöcheln fest, an den schmalen Streifen nackter Haut zwischen Strümpfen und Jeanshose.

»Isch mag das, wenn du schwischen meinen Beinen kniest«, sagte sie grinsend und reichte mir eine Fritte entgegen. »Mach ahhh, kleiner Stinki.«

Sie machte mich echt fertig. Ich stand auf, strich mir durch die Haare und sah zu, wie Ellie das Kartoffelstäbchen noch immer in meine Richtung hielt.

»Warum bist du betrunken, Ellie?«

»Isch brauchte eine Flasche.« Sie zuckte gleichgültig mit den Schultern, schob sich die Fritte quer in den Mund und grapschte in die Tüte. Hervor kam eine leere Whiskeyflasche.

»Wofür?« Ich konnte nicht glauben, dass sie die allein ausgetrunken hatte.

»Na, für meine Flaschenpost morgen, Stinki«, sagte sie hicksend.

»Nenn mich nicht Stinki, verdammt. Und warum musstest du dafür eine ganze Flasche Whiskey austrinken?« Ich nahm ihr die leere Glasflasche aus der Hand, griff nach der Tüte und verfrachtete beides auf den kleinen runden Tisch in der Ecke.

»Frau musch auch mal was rischkieeeeren im Leben«, erklärte sie mir mit erhobenem Zeigefinger.

»Mit einer drohenden Alkoholvergiftung? Das ist

nicht dein Ernst.« So unklug hatte ich sie nicht einge-
schätzt. Mich beschlich das Gefühl, dass noch mehr
dahintersteckte.

»Bla, bla, bla, bla«, machte Ellie augenverdrehend.
Dann fiel sie zurück ins Bett und schloss die Augen.
Eine Sekunde später begann sie zu schnarchen. In Jacke
und Hose. Wie ein Holzfäller.

Vielleicht sollte ich ihr die Nase zuhalten, so wie sie
es einmal bei mir gemacht hatte. Es war eine Überlegung wert, aber ich ließ es sein.

»Und ich dachte, ich müsste sowas nie mehr erleben«, sprach ich meine Gedanken aus und trat an ihre
Bettkante. Mehr schlecht als recht gelang es mir, sie aus
ihrer Jacke zu schälen, ihre Hose zu öffnen und sie
auszuziehen.

»Dasch mag isch auch«, murmelte die Tagesvollste
des ganzen Dorfes mit geschlossenen Augen. Wäre dies
eine andere Situation gewesen, hätte ich sicherlich
auch Gefallen daran gehabt, sie auszuziehen. So allerdings empfand ich nichts Erregendes daran. Im Gegenteil, es schnürte mir die Kehle zu. Sie trug nur noch
einen schwarzen, fast durchsichtigen Slip, ihren Pullover und die Socken. Ich rollte sie herum, damit ich sie
mit der Bettdecke zudecken konnte. Ihre roten Haare
breiteten sich wie ein Fächer um ihren Kopf aus und ich
rückte das Kissen noch einmal zurecht.

»Schlaf gut, kleiner Besoffski«, flüsterte ich und
strich ihr eine Strähne aus dem Gesicht, die sich in
ihrem geöffneten Mund verfangen hatte.

»Aber isch wollte dir doch von der Flaschenpost
erzählen«, murmelte sie noch, während sie wegdäm-

merte. Ich ging ins Badezimmer, nahm den Deckel vom Kosmetikmülleimer ab und stellte den Eimer neben ihr Bett. Den Zahnputzbecher füllte ich mit kaltem Wasser und brachte ihn zu ihrem kleinen Nachttisch. Als ich das Licht ausgeschaltet hatte und wieder in meinem eigenen Bett lag, wurde ich noch für eine halbe Stunde Zeuge eines höchst interessanten Schnarchkonzerts, das zwischendurch von wirr gemurmelten Worten unterbrochen wurde. Dann fiel auch ich endlich zurück in den Schlaf.

Langsam öffnete ich meine Augen, blinzelte gegen die Sonnenstrahlen an, doch das gleißende Licht schmerzte in meinen Augen. Mit einer Hand schirmte ich mein Gesicht ab und blickte mich um. Als ich Ellie in der letzten Nacht betrunken in ihr Bett geholfen hatte, wurde mir bewusst, dass ich ihr behilflich sein *wollte* – nicht musste. Im Grunde hätte es mir egal sein können, ob sie sich die Seele aus dem Leib kotzte, oder ob sie auf den fettigen Fritten einschlief. Dass sie mich aber mit einem leeren Magen hat einschlafen lassen, hatte ich ihr übelgenommen. Zuerst wollte ich es ihr heute Morgen vorhalten, doch als sie stöhnend die Augen aufgeschlagen hatte, wusste ich, der Kater, der sie plagte, war Strafe genug. Und jetzt waren wir endlich an unserem Ziel angekommen und genossen das herrliche Wetter und das Wissen, wir hatten es geschafft. In meiner Brust flackerte ein großer Funken Stolz. Ellie saß im Schneidersitz neben mir und beschäftigte sich mit ihrer Flaschenpost.

»Bist du jetzt endlich fertig, oder kannst du dich immer noch nicht entscheiden, was du schreiben sollst?«, fragte ich sie. Zur Antwort schmiss sie eine Handvoll Sand in meine Richtung. Es war ihr Glück, dass ich von meinem kurzen Schlaf in der Sonne noch nicht wieder richtig wach war. Ich hätte mich dazu verleiten lassen können, sie kopfüber in den feinen Stranduntergrund zu schubsen.

Über den Wind hinweg hörte ich ihr verzweifeltes Seufzen. »Kennst du das, wenn du eigentlich genau weißt, was du sagen willst, aber nicht den ersten Schritt auf die Reihe bekommst?« Ich richtete mich auf und klopfte eine Lage Sandkörner von meinem Pullover. Ich lag zwar auf meiner Jacke, aber irgendwie musste ich es wohl geschafft haben, meinen Ärmel in den Sand zu legen. Im Schneidersitz betrachtete ich meine Gefährtin. Wobei diese Bezeichnung vielleicht etwas zu übermütig klang. Zwar hatten wir uns in den letzten Tagen die Unterkünfte und die Wanderungen geteilt und auch das ein oder andere gemeinsam erlebt, aber nach der heutigen Nacht war Schluss damit.

»Klar kenne ich das«, begann ich. »Bei meiner Assistentin habe ich das regelmäßig. Hanna dreht mir gern jedes Wort im Mund herum, nur damit sie mir am Ende wieder zeigen kann, dass ich ohne sie aufgeschmissen wäre.« Der Teufel höchstpersönlich wusste, warum ich ausgerechnet damit anfing.

Ellie lachte auf, fasste sich in die wehenden Haare und band sie zu einem Knoten. »Läuft da was zwischen dir und deiner Assistentin?«, fragte sie und wackelte mit den Augenbrauen. Ihr Mienenspiel faszinierte mich nach über einer Woche noch immer.

»Ich muss dich enttäuschen«, antwortete ich ihr ehrlich. »Hanna ist nicht mein Typ. Sie ist die letzte Frau, mit der ich etwas anfangen würde. Ich bin nur ihr Vorgesetzter.«

»Lass mich raten: Solange sie deine Botengänge erledigt und macht, was du befiehlst, kannst du es gut mit ihr aushalten, was? Machst ihr schöne Augen, ein Flirt hier, ein Zwinkern dort. So läuft das doch sicher bei euch, oder?« Ellie schnaubte verächtlich und schüttelte den Kopf. Nun war ich an der Reihe zu seufzen. Sie spielte mit ihrem Kugelschreiber herum, tippte damit in einem nervösen Takt auf ihr Knie. Diese Hampelei nervte mich, insbesondere, weil sie mir nicht mehr in die Augen schaute. Und das war etwas, was ich in den letzten Tagen genossen hatte. Also änderte ich meine Position, setzte mich auf die Knie, griff nach ihrem Kugelschreiber und warf ihn auf meine Jacke.

»Ey! Was soll das denn jetzt?«

Ich ignorierte ihren Protest und fing einfach an zu erzählen: »Hanna ist großartig. Sie ist ein Organisationstalent, behält den Überblick, obwohl ich manchmal das Gefühl habe, in ihrem Kopf arbeiten eintausend Dinge gleichzeitig. Sie gehört zu den richtig guten Menschen. Aufrichtiger Charakter, ausgezeichnetes Einfühlungsvermögen und dazu eine hochintelligente Frau. Ich schätze sie sehr – als meine Kollegin. Nicht einmal als eine mir untergeordnete Mitarbeiterin, sondern auf Augenhöhe. Das ist der Grund, warum ich sie als meine Stellvertreterin will. Aber sie hat einfach noch nicht genug Selbstvertrauen. Und das ist das Problem. Ich kann und will mich nicht mehr um jemanden kümmern und immer wieder beteuern, wie toll dieser Mensch ist. Die Person muss das von vornherein selbst wissen, ohne überheblich zu sein. Mag sein, dass das ziemlich hohe Anforderungen sind, und wenn ich genauer darüber nachdenke, ist mir bis jetzt noch keine Frau über den Weg gelaufen, die das alles vorweisen kann – vielleicht nur eine. Und außerdem ist sie viel zu klein für meinen Geschmack. Das würde im Bett nie klappen.« Als ich zu Ende erzählt hatte, wandte ich meinen Blick von Ellie und schaute den Strand entlang. Für einige Sekunden beobachtete ich die flache Brandung, die mit weißer Gischt am Ufer auslief. Die Sonne ließ alles funkeln und spiegelte sich im Wasser. Einzig der frische Wind verriet, dass es kein Sommer mehr war, sondern der Herbst hereinbrach. Weit und breit waren wir die Einzigen, die sich an den Felsen niedergelassen hatten. Meine Gedanken schweiften nach Hamburg. Wie sollte ich nur wieder in meinen Arbeitsalltag finden, wenn ich jetzt doch wusste, dass ich so etwas jahrelang verpasst hatte. Ich wollte mehr davon.

Neben mir räusperte sich Ellie. Als ich wieder zu ihr sah, wühlte sie in ihrem Rucksack herum. Sie holte eine leere Weinflasche mit Schraubverschluss hervor.

»Jonas, möchtest du mit mir zusammen eine Flaschenpost schreiben?«, fragte sie mich, wobei sich ihre gesprenkelten Wangen rot färbten. »In den letzten Tagen hatte ich immer irgendwie das Gefühl, dass du genau wie ich mit etwas abschließen musst. Vielleicht hilft es dir ja.« Zaghaft lächelnd lehnte sie sich zu mir vor, griff nach meiner Hand und legte die Flasche darauf. Stirnrunzelnd betrachtete ich ihre schlanken Finger, die auf der Flasche lagen und an den Rändern meine Hand berührten.

War dem so? Hatte ich wirklich noch nicht damit abgeschlossen? Würde ich das je können? Mein Leben lang gab es nur ein Ziel für mich. Meiner Mutter sollte es gut gehen. Sie sollte den Halt bekommen, den sie sich selbst immer wieder nahm. Ich wollte doch nur, dass wir zumindest im Ansatz etwas wie eine Familie sein konnten. Doch all meine Bemühungen, all meine Opfer und all mein Pflichtbewusstsein ihr gegenüber existierten nicht mehr. Denn sie war nicht mehr da. Ich war allein. Das war es, was ich jeden Morgen, jeden Abend dachte, wenn ein neuer Tag begann oder zu Ende ging. Dieser Sinn im Leben war mir genommen worden. Ein Jahr lang war Morgen um Morgen und Abend um Abend verstrichen. Und dann ging ich diesen Weg und alles veränderte sich? Wie war das möglich? Natürlich war ich mir darüber im Klaren, dass die rothaarige Halbirin nur Ärger bedeuten würde. Aber dass sie diese Stille in mir durchbrechen und ich mit dem Tod meiner Mutter abschließen würde? Es klang einfach verrückt in meinen Ohren.

»Und ...«, begann ich, sah wieder auf und erkannte die Hoffnung in Ellies dunklen Augen. Hoffte sie für mich? Wie konnte sich jemand solche Gedanken um einen für ihn eigentlich fremden Menschen machen? »Meinst du, das hilft wirklich?«, fragte ich mit belegter

Stimme. Ich rutschte wieder weiter zurück auf meine Jacke, damit ich mehr Abstand zwischen uns bekam.

»Das findest du nur heraus, wenn du es ausprobierst. Und da wären wir wieder bei dem Problem mit dem ersten Schritt«, antwortete Ellie und lachte verlegen auf. »Ich mache dir einen Vorschlag.« Sie setzte sich ebenfalls wieder richtig auf ihre Jacke. »Jeder von uns schreibt etwas auf, was gesagt werden muss, damit jeder mit seiner Vergangenheit abschließen kann. Und wenn wir richtig mutig sind, lesen wir es danach laut vor. Der andere darf es nicht kommentieren oder bewerten, und dann schicken wir unsere Flaschenpost auf die große Reise. Was hältst du davon?« Sie biss sich auf die Unterlippe, als hätte sie Angst gehabt, was ich antworten würde, aber ich ließ mich darauf ein.

»Ich denke, es ist Zeit, mutig zu sein«, sagte ich und zwinkerte ihr zu, was sie zum Grinsen brachte.

»Wow, du überraschst mich. Ich habe damit gerechnet, dass du kneifst. Schließlich bist du ein totaler Spießer.«

Jetzt war ich derjenige, der eine Handvoll Sand in ihre Richtung warf, worauf sie anfing zu fluchen, weil ich ihren Strickpullover getroffen hatte.

»Werde nicht frech«, ermahnte ich sie und griff nach ihrem Kugelschreiber auf meiner Jacke. In meinem Rucksack fand ich nur das Butterbrotpapier, in dem mein Sandwich heute Morgen in der Unterkunft eingewickelt wurde.

»Jonas?«

»Ja?«

»Du musst aber ehrlich sein, denn sonst kann es nicht funktionieren.«

»Ja, ich weiß.«

Eine Viertelstunde später standen Ellie und ich barfuß und mit hochgekrempelten Hosenbeinen am Wasser. Wir beide hielten unsere Flaschen und Briefe, die mehr ein Wirrwarr aus durchgestrichenen Anfängen darstellten, in der Hand. Ellie die Whiskeyflasche von letzter Nacht und ich die Weinflasche. Ich wollte lieber nicht nachfragen, ob sie die auch noch selbst ausgetrunken hatte.

»Ladies first«, sagte ich und drehte mich so, dass wir uns gegenüberstanden. Dabei musste ich aufpassen, dass ich nicht von unten nach oben erfror, denn jede Bewegung in dem kalten Wasser war eine Herausforderung. Aber Ellie verzog keine Miene, außer dass sie die Augen verdrehte.

»War ja klar«, grummelte sie. »Aber denk daran: nicht kommentieren und nicht bewerten. Verstanden?«, ermahnte sie mich mit erhobenem Zeigefinger.

»Verstanden.«

Sie räusperte sich noch einmal, holte tief Luft und hielt inne. Dann las sie vor: »Von allen Wegen, die wir gemeinsam beschritten, war dies der einzige, den wir nie zu Ende bringen sollten. Von allen Herausforderungen, die wir gemeinsam meisterten, sollte uns dieser Erfolg verwehrt bleiben. Eine lange Zeit fragte ich mich, warum meine Mutter sich gegen deinen Bruder und für ein Leben an deiner Seite entschieden hatte.

Heute zählt für mich nicht mehr das Warum, denn ich werde es wahrscheinlich nie erfahren. Wichtig ist nur, dass ich dir dankbar bin, dass du mich zu dem Menschen erzogen hast, der ich heute bin. Dafür danke ich dir. Deine kleine Wallie.«

Als Ellie endete, schniefte sie und ihre Schultern zitterten leicht. Mir verschlug es die Sprache. Denn das, was uns verband, war so viel mehr als diese Wanderung. Wir beide waren allein, schlossen mit der Vergangenheit und der Frage nach dem Warum ab. Sie rollte ihren Brief zusammen, schob ihn durch den schmalen Flaschenhals und drehte den Deckel zu.

»Jetzt du«, sagte sie mit rauer Stimme und nickte zu meinem Papier. Das, was ich sagen würde, könnte vielleicht ein Anfang sein. Vielleicht war ich jetzt endlich so weit. Vielleicht hatte Ellie es mit ihrem Temperament, mit ihrem Mut und ihrer Entschlossenheit geschafft, dass sich etwas veränderte.

»Liebe Johanna, ein Jahr und zwei Tage ist es jetzt her, dass du dich gegen das Leben entschieden hast. Das sind dreihundertsiebenundsechzig Tage, an denen ich mich gefragt habe, warum du dich somit auch gegen mich entschieden hast. Alles, was ich je wollte, war, dass es dir gut geht, dass du glücklich bist. Und auch heute frage ich mich, wie es dir geht, ob du endlich deinen Frieden gefunden hast, und ob wir es doch hätten schaffen können. Auf all diese Fragen werde ich keine Antworten mehr bekommen. Aber gewiss ist, dass ich dich geliebt habe. Und eines Tages werde ich es schaffen, einen anderen Menschen zu lieben, ohne Angst zu haben. Leb wohl, Mutter. Dein Jonas.

PS: Deine Eltern haben dich immer geliebt, auch wenn du das nicht verstehen konntest.«

Sekunden, Minuten vergingen, in denen ich das dünne Papier anstarrte. Mein Herz raste gegen meine Brust. Ich hatte es ausgesprochen.

Ich.

Jonas Petersen sprach aus, was er fühlte. Nie in meinem Leben hatte ich mich nackter als in diesem Moment gefühlt – und zugleich so frei. Ich atmete tief durch, schmeckte das Salz der See und konzentrierte mich darauf, das Schriftstück so aufzurollen, dass es in die Flasche passte. Nach mehreren Anläufen gelang es mir endlich und ich verschraubte den Deckel so fest, dass ich mir sicher sein konnte, dass nichts von dem, was ich soeben vorgelesen hatte, je wieder fliehen konnte. Ich war dabei, ein Stück weiter in das Wasser zu gehen, damit die Flasche davonschwimmen konnte, aber Ellie hielt mich am Arm fest. Mir war nicht danach, ihr in die Augen zu sehen. Ich schämte mich zwar nicht dafür, auch wenn ich unter normalen Umständen nie meine Gedanken aufgeschrieben, gar ausgesprochen hätte. Dennoch blieb die Angst, dass sie mich bemitleidete oder mich für meine Trauer verurteilte.

»Lass sie uns nicht ins Meer werfen«, sagte sie. »Dort draußen treibt schon so vieles, das dort nicht hingehört.«

Verständnislos hob ich nun doch meinen Blick. Wieder war da dieses zaghafte Lächeln, ganz ohne das Zucken am Mundwinkel.

»Ich dachte, das sei der Sinn einer Flaschenpost. Was soll denn dann damit passieren?«

Ellie trat näher, ihre Hand lag noch immer auf meinem Unterarm. Der Abstand zwischen uns wurde geringer, bis ihre lose Haarsträhne an mein Gesicht wehte.

»Manchmal muss man es einfach nur aussprechen und dann geht es einem besser. Und nicht jede Post wird abgeschickt. Manchmal wird sie aufgehoben, damit es auch noch jemand nach uns versteht.« Für mich sprach sie in Rätseln, aber ich erinnerte mich an ihre Erzählung von den Briefen ihrer Mutter.

»Und was machen wir jetzt?«, fragte ich sie. Schließlich waren wir jetzt hier, waren den Dingle-Way zu Ende gelaufen und ab morgen würden sich unsere Wege trennen.

»Wir könnten uns noch mal eine Weide mit tollwütigen Bullen suchen«, schlug sie schulterzuckend vor.

»Erklär mir bitte, warum wir das machen sollten.«

Flüsternd antwortete Ellie: »Damit ich dich noch einmal küssen kann.«

Ich grinste, schlang meinen Arm mit der Flasche um ihre Taille und zog sie dicht an mich. Als sich unsere Körper berührten, rauschte mein Blut. Ellie kicherte auf, was sich bei ihrer tiefen Stimme holprig anhörte. Sie legte ihre Hand in meinen Nacken.

»Es gibt Dinge im Leben, Ellie, die kannst du leichter haben.« Ich beugte mich vor, küsste ihren Hals, strich mit meinem Bart über ihre empfindliche Haut und wanderte weiter nach oben, bis sich unsere Lippen beinahe trafen.

»Du meinst das letzte Wort? Das werde ich auch so haben«, antwortete sie übermütig. Und dann hielt sie endlich die Klappe und unsere Münder berührten sich. Ich schmeckte das Salz auf ihrer Haut, genoss ihre Leidenschaft, mit der sie meinen Kuss erwiderte und sich noch dichter an mich presste.

Wenn auch nur für einen kurzen Augenblick, aber ich glaubte, endlich angekommen zu sein. Und mit jeder Sekunde, die verstrich, bereute ich es, dass meine Zeit hier in Irland so gut wie vorbei war.

»Du denkst schon wieder so laut«, murmelte Ellie zwischen zwei Küssen und biss mir in die Unterlippe. Als Antwort darauf hob ich sie hoch, woraufhin sie ihre Beine um meine Hüften schlang. Ich trug sie zurück zu unseren Jacken, legte sie sanft darauf nieder und beugte mich über sie. Das, was ich seit unserer ersten Begegnung wollte.

15

Ich steckte den Schlüssel in das Haustürschloss und stieß die Tür mit dem Fuß weiter auf. Meine Wohnung roch nach abgestandener Luft. Alles, was mich hier erwartete, war wie abgestanden. Es war Freitagnachmittag und das Wochenende erschien mir viel zu kurz. In der offenen Küche angekommen, ließ ich meinen großen Rucksack zu Boden sinken und zog meine Jacke aus. Achtlos schmiss ich sie auf die Kücheninsel, ging zum Sofa und setzte mich. Minutenlang saß ich da, hielt die Augen geschlossen. Vor meinem inneren Auge erschien Ellie, wie sie nackt auf mir gesessen hatte: in einem kleinen Bett in der letzten Unterkunft, die wir uns geteilt – ehe wir uns wieder auf den Weg nach Dublin gemacht hatten. Ich sah sie vor mir, wie sie ihre Augenbrauen zusammengezogen und sich auf ihre Unterlippe gebissen hatte, als sie gekommen war. In unserer letzten Nacht hatten wir kaum ein Auge geschlossen, was sich am nächsten Tag im Bus gerächt hatte. Wir hatten nebeneinandergesessen. Sie hatte sich an mich gelehnt und fast die ganze Fahrt über geschlafen, während ich jeden Winkel von der vorbeiziehenden Landschaft in mir aufgesogen hatte. Als wir in der Hauptstadt angekommen waren, hatten sich unsere Wege getrennt, denn sie hatte ein Zimmer in einer WG bezogen und sich auf ihren Job vorbereiten müssen. Es war eine Eventagentur, wie sie mir erzählt hatte, in der sie nun anfing. Meine drei Tage in Dublin hatte ich überwiegend im Spa-Bereich des Hotels und in Pubs verbracht. Das Einzige, was ich an Sightseeing gemacht hatte, war, dass ich mir die Bibliothek des Trinity Colleges angesehen hatte. Und notgedrungen hatte ich mir etwas Neues zum Anziehen kaufen müssen. Ein einziges Mal hatten Ellie und ich uns noch wiedergesehen und diese Zeit waren wir in meinem Hotelzimmer geblieben. Und jetzt? Jetzt saß ich hier und war genauso planlos wie vor meiner Abreise. Einzig mit dem Unterschied, dass ich nun wusste, dass ich so nicht mehr weitermachen wollte. Aus meiner Jeanstasche zog ich mein Smartphone. Ich wählte Hannas Nummer und wartete geduldig.

»Hallo Herr Petersen! Was kann ich für Sie tun?«, begrüßte mich meine Assistentin. Ihre gute Laune blieb mir nicht verborgen.

»Hallo Hanna. Ich bin wieder zurück. Sind Sie noch im Büro?«

»Oh, wie schön. Wie war Ihr Flug? Ich mache gerade Feierabend, brauchen Sie etwas?« Im Hintergrund hörte ich das Rascheln von Stoff.

»Haben Sie einen Bericht für mich? Ich möchte Montag gern vorbereitet sein und keine bösen Überraschungen erleben. Insbesondere, was Olaf angeht«, erklärte ich ihr.

»Ich könnte in einer halben Stunde bei Ihnen sein, wenn es Ihnen passt?«

»Nicht hier. Ich habe Hunger. Treffen wir uns bei dem Irish Pub, von dem Sie vor meiner Abreise das Essen geholt haben. In einer halben Stunde.« Einen kurzen Moment blieb es ruhig am anderen Ende der Leitung. Doch dann antwortete Hanna in ihrem überschwänglichen Ton: »Ganz wie Sie wünschen. Bis gleich.«

»Ja, bis gleich.« Ich legte auf und wählte einen anderen Kontakt. Marie meldete sich nach dem zweiten Klingeln.

»Na, hast du den Weg zurückgefunden?«, fragte sie mit ihrer rauchigen Stimme.

»Klar, nichts leichter als das«, log ich. »Sehen wir uns heute Abend?«

»Also, ich bin es nicht, die einfach in den Urlaub fährt und die Kids hängen lässt.«

Ich überging ihren Vorwurf. »Gut, dann sehen wir uns ja. Brauchen sie etwas?«

»Ich glaube nicht, aber wir könnten mal wieder Pizza bestellen. Dann kannst du auch noch mal mit Lukas sprechen. Er wollte dich um Hilfe bitten und war ziemlich enttäuscht, als du nicht da warst. Mit mir wollte er nicht reden, weil er meinte, nur du könntest ihm dabei helfen.« Ihre vorwurfsvolle Stimme prallte bei mir auf eine Mauer. Aber das war Maries Art zu zeigen, dass sie sich Sorgen machte. Ihre Wut zu bändigen und im Zaum zu halten, war ihr größtes Problem.

»Pizza klingt gut. Bestellst du welche? Ich gehe gleich schon essen, bevor ich zu euch komme.«

Marie schnaubte. »War ja klar, dass du nichts anbrennen lässt, kaum, dass du wieder da bist. Hast du in Irland nicht genug gevögelt? Was ist noch an diesem einen Abend passiert?«

»Marie, ich habe gleich eine dienstliche Besprechung, mehr nicht. Und das mit Irland hat sich erledigt. Das ist vorbei.« Zumindest redete ich mir das ein, denn nichts anderes würde funktionieren – nicht zum jetzigen Zeitpunkt.

»Wie dem auch sei, komm einfach nicht zu spät.«

»Ich werde da sein.«

»Herr Petersen?«

Ich drehte mich um und erblickte Hanna. Automatisch begann ich zu grinsen. Ich ließ mein Glas los und stand vom Barhocker auf.

»Hanna, ich hätte nicht gedacht, dass ich das jemals sagen würde, aber ich freue mich, Sie zu sehen.« Ich reichte ihr die Hand, die sie mit offenem Mund ergriff und schüttelte.

»Setzen Sie sich doch und machen Sie bitte den Mund zu«, sagte ich und deutete auf den Hocker neben mir. Schweigend nahm die kleine Frau Platz und umklammerte ihren Shopper auf dem Schoß.

»Hanna, hören Sie endlich auf, mich anzustarren. Das ist einfach nur ein Bart, mehr nicht.«

»Aber Sie sehen ganz anders aus. Sie tragen sogar eine Jeans. Und einen Wollpullover. Ist der aus Irland?«

Ich blickte an mir herab. Ja, ich hatte mir in Dublin einen Wollpullover gekauft. Wahrscheinlich war es neben meiner Wanderausrüstung, die ich nun besaß, das unkonventionellste Kleidungsstück, das ich mir in den letzten Jahren zugelegt hatte. Aber ich mochte den Pullover. Und die Jeans hatte ich mir dort gekauft, weil ich eine neue saubere Hose brauchte. Es war eher eine praktische Investition gewesen.

»Ja, ist er. Wollen Sie auch was trinken, oder essen? Ich habe mir ein Irish Stew bestellt.«

Hanna blinzelte ein paar Mal mit ihren dichten Wimpern. Ihr Make-up war stärker als gewöhnlich und sie trug einen schwarzen Jumpsuit und Perlenschmuck.

»Ein Wasser und eine Rinderbrühe«, antwortete sie kopfschüttelnd. Dann öffnete sie ihren Shopper und zog ein iPad hervor. Ich beobachtete sie dabei, wie sie darauf tippte und wischte, bis sie es mir gab.

»Das ist eine Zusammenfassung«, erklärte sie mir und deutete auf ein Diagramm. »Bis auf Olaf haben alle gut mitgearbeitet, sogar Jasmin hat ihre giftige Zunge gezügelt. Aber Olaf hat bereits angekündigt, dass er Sie am Montag sprechen will.«

»Der kann mich mal kreuzweise«, kommentierte ich und überflog die Zahlen. Hanna sog scharf die Luft ein. Ich schaute sie an. »Was denn?« Ich wischte die Seite weiter. »Das sieht alles so weit ganz gut aus«, sagte ich, ehe meine Assistentin auf die Idee käme, mir zu erzählen, dass ich mich auch noch anders ausdrückte als gewöhnlich. Ich gab ihr das Gerät zurück und sie verstaute es wieder.

»Und wann wollen Sie Ihre interne Bewerbung einreichen?«, fragte ich sie so direkt und unerwartet, dass ihr wieder der Mund offen stand. Ich verdrehte die Augen. »Herrgott, Hanna. Tun Sie doch nicht so schockiert. Sie wissen genau, dass Sie überqualifiziert sind. Seien Sie doch mal mutig und wagen den nächsten Schritt.« Jetzt hörte ich mich schon wie Ellie an. Oder wie Mirko, dem ich die ganze Reise schließlich zu verdanken hatte.

Hanna bekam ihr Wasser serviert, und erst nachdem sie einen Schluck getrunken hatte, setzte sie zu einer Antwort an: »Bei allem Respekt, Herr Petersen, aber ich glaube nicht, dass Sie über Mut urteilen sollten. Besonders nicht, weil wir beide unterschiedliche Voraussetzungen mitbringen. Ich für meinen Teil bin jeden Tag mutig, wenn ich mich einer Person wie Olaf gegenüber behaupte. Mich jetzt auch noch auf seinen Job zu bewerben, wäre genau genommen totaler Quatsch. Ich mache lieber in meiner jetzigen Position einen guten Eindruck, als dass ich mich blamiere, weil ich versage. Davon mal abgesehen, glaube ich nicht, dass Olaf so schnell das Unternehmen verlässt.«

Ich nickte. So etwas hatte ich mir bereits gedacht.

»Ich muss am Wochenende noch ein wenig recherchieren, aber es könnte sein, dass ich mich beruflich verändern werde. Ich weiß, dass Sie darüber schweigen werden, aber wenn es so weit ist, haben Sie vielleicht den Mut und folgen mir. Wir sind schließlich ein gutes Team, oder?«

»Herr Petersen, wie oft sind Sie bei der Wanderung auf den Kopf gefallen?«, fragte sie erschüttert und lachte dann herzlich auf. Ich grinste breit.

»Das bleibt mein Geheimnis. Also, stellen Sie sich darauf ein, demnächst mutig zu sein, alles klar?« Ich zwinkerte ihr zu, ohne jegliche Anzüglichkeit. Wir erhoben unsere Gläser und stießen an.

»Ich bin gespannt, was Sie wieder ausgefressen haben. Zur Sicherheit stelle ich mich auf das Schlimmste ein«, sagte sie, ehe sie einen Schluck trank.

Aber nein, das Schlimmste war es nicht. Nur das Mutigste. Doch bis es so weit war, musste ich noch ein paar Anrufe tätigen und Informationen einholen. Und ich wusste auch schon, wer dies für mich erledigen würde.

Ich befand mich gerade auf dem Rückweg vom Jugendtreff. Es war fast Mitternacht und ich hatte noch immer den Geruch von Pizza, verschiedenen Billigdeos und ungepflegten pubertierenden Körpern in der Nase. Maries abfällige Kommentare konnte ich schlussendlich nicht mehr zählen. Wahrscheinlich war sie einfach sauer auf mich, dass ich im Urlaub war. Lukas hingegen war wirklich froh, mich wiederzusehen. Und hätte ich gewusst, dass es sich bei seinem Problem nur um Beziehungsstress handelte, hätte ich mich von vornherein herausgehalten. Ich war wirklich nicht der richtige Ansprechpartner für so etwas. Marie ebenfalls nicht.

Auf den Straßen liefen kleine Grüppchen umher, die sich auf den Weg zur nächsten Bar oder Disco machten. Ich hatte den Gebäudekomplex, in dem sich meine Wohnung befand, fast erreicht, da klingelte mein Handy in der Jackentasche. Als ich es herausnahm, entdeckte ich eine Nachricht von Ellie.

Ellie Walker:

Hi. Bist du gut angekommen? xo

Jonas Petersen:

Hi. Ja, bin ich. War noch unterwegs, bin aber gleich zu Hause. Habe noch nicht einmal ausgepackt.

Ich steckte das Handy wieder weg und erreichte die Haupttür des Gebäudes. Die Fahrstuhlfahrt kam mir unnatürlich lang vor. In meiner Wohnung angekommen, hing ich meine Jacke auf und nahm das Handy wieder raus, das sich erneut meldete.

Ellie Walker:

Wtf? Du hast noch nicht alles ordnungsgemäß aufgeräumt? Ich bin enttäuscht von dir, oder wirst du ein kleiner Rebell?

Ihre Nachricht brachte mich zum Schmunzeln.

. . .

Jonas Petersen:

Setz besser nicht zu viel Hoffnung in mich. Ich geh schla-
fen. Hab ein schönes Wochenende.

Es war besser, wenn ich ein wenig Abstand behielt.
Keiner wusste, ob wir uns wiedersehen würden,
geschweige denn, ob wir das überhaupt wollten. Ja, die
Zeit mit Ellie war intensiv, wild und hatte etwas in mir
verändert. Aber wir beide waren viel zu unabhängige
Menschen, die ihre Freiheit und Ungebundenheit lieb-
ten. Und wer wusste schon, ob sie mich überhaupt noch
lange leiden mochte. An meinem Backpackingrucksack
blieb ich stehen, zog einen Haufen dreckiger Wäsche
heraus und brachte sie direkt in den Waschraum.
Danach kramte ich im Gepäck nach meiner Flaschenpost. Irgendwie war es so surreal, dass ich meiner
Mutter einen Brief geschrieben und diesen auch noch
laut vorgelesen hatte. Die ganze Reise war surreal. Mit
der Flasche in der Hand ging ich in mein Arbeitszim-
mer. Sie bekam einen Platz auf meinem Schreibtisch.
Andere Menschen stellten Familienfotos an ihrem
Arbeitsplatz auf, ich jedoch die Flaschenpost, die ich
nie abschicken würde. Morgen würde ich an Mutters
Grab gehen. Jetzt musste ich allerdings noch ganz
andere Dinge erledigen und ins Rollen bringen. Also
fuhr ich den Laptop hoch. Mein Mailprogramm öffnete
sich und dutzende Nachrichten gingen ein. Während
meines Urlaubs hatte ich meine App deaktiviert und

ich hatte nicht damit gerechnet, wie befreiend es sein würde, keine tausend Benachrichtigungen auf dem Handy zu erhalten. Der Trend mit dem Digital Detox war also doch nicht nur Quatsch und eine Modeerscheinung. Ich hatte es nun selbst erlebt. Dennoch ignorierte ich vorerst die eingetroffenen E-Mails. Darum würde ich mich morgen kümmern. Ich öffnete das Fenster, um eine neue zu verfassen.

16

NOVEMBER

*E*s war der letzte Freitag im Monat und ich ging ungewöhnlich unruhig an diesem Morgen ins Büro. Ich nickte den Abteilungsmitarbeitern zu, die bereits anwesend waren, und als ich Hanna an ihrem Schreibtisch vor meinem Büro erblickte, wurde mir klar, dass ich an diesem Tag nicht der Einzige sein würde, der unruhig war. Von Weitem sah ich bereits, wie sie mit ihrem Fuß unter dem Schreibtisch tippelte. In zwei Stunden stand unser Monatsmeeting an und ich hatte noch immer nicht die Nachrichten erhalten, auf die ich so dringend wartete. Wenn in der nächsten Stunde kein Anruf kam, musste ich wieder einen Monat warten. Und warten gehörte nicht zu meinen besonderen Stärken. Ich war nur noch zwei Meter von meiner Assistentin entfernt, die mich bereits gesehen hatte und Anstalten machte aufzustehen, da stellte sich Olaf mir in den Weg.

Mühevoll unterdrückte ich ein Augenrollen. Er

nervte mich mittlerweile noch mehr als vor meinem Urlaub. Beinahe den gesamten Oktober musste ich mir anhören, was es für eine Blamage für ihn vor dem Vorstand gewesen war, dass meine Assistentin mich vertreten hatte und nicht er. Ich hörte die ganze Zeit nur Blabla.

»Olaf, wartest du etwa auf mich?«, fragte ich ihn und machte einen Bogen um ihn herum. Ich nickte Hanna zu, ehe ich in mein Büro ging. Mich beschlich das Gefühl, dass sie mir etwas Wichtiges sagen wollte, Olaf sie jedoch mit seinem Auftauchen daran hinderte. Natürlich kam mir mein Stellvertreter hinterher. Schwungvoll fiel die Tür ins Schloss, während ich meine Tasche ablegte und meinen Mantel aufhängte.

»Im Besprechungszimmer wartet jemand auf dich.« Sein Ton war süffisant, beinahe überheblich.

»Und, bist du jetzt meine neue Assistentin, weil du mir diese Nachricht überbringst, oder hast du nichts anderes zu tun?« Innerlich ging ich die Möglichkeiten durch, wer der Gast sein könnte, und ob Hanna deshalb so nervös aussah. Doch meine Miene verriet nichts von alldem. Für Olaf musste es den Anschein erwecken, dass ich völlig gelassen war, da ich ganz gemütlich zu meinem Schreibtisch schlenderte. Aus meiner hinteren Hosentasche zog ich mein Portemonnaie und öffnete die obere Schublade des Tisches. Ich wollte es gerade hineinlegen, da fiel mir ein gelber Post-it auf. Darauf hatte Hanna in Großbuchstaben geschrieben:

NOTFALL IM BESPRECHUNGSZIMMER! NICHTS ANMERKEN LASSEN!

Sie hatte gut reden. Mein Herzschlag verdreifachte

sich binnen Sekunden, doch ich behielt meine glatte Miene aufrecht und schloss die Schublade, nachdem ich das Portemonnaie abgelegt hatte. Ich öffnete den oberen Knopf meines Jacketts und setzte mich. Olaf stand noch immer vor dem Schreibtisch.

»Mag zwar sein, dass du hier die meisten um den Finger wickeln kannst mit deiner perfekten Miene, aber eines will ich dir sagen, Jonas: Seitdem du aus dem Urlaub zurück bist, gelingt dir das nicht mehr so gut. Ich merke es ganz genau, dass du und deine Assistentin irgendetwas im Schilde führt.« Er kniff seine Augen zu Schlitzen zusammen. Obwohl es hier recht kühl war, standen ihm die Schweißperlen auf der Stirn. Er pokerte und setzte darauf, dass ich meine Fassung verlor, doch dank Hanna wusste ich jetzt, dass genau das nicht passieren durfte.

»Olaf, sei ganz beruhigt. Das Einzige, das ich gerade im Schilde führe, ist Hanna darauf hinzuweisen, dass mein Kaffee noch nicht da ist. Und dann kümmere ich mich um diesen ominösen Besuch. Und jetzt entspann dich. Nur noch ein paar Stunden, dann hast du endlich Wochenende. Arbeitest du nicht schon seit Montagmorgen darauf hin? Warum stresst du dich immer so sehr?«

»Irgendwann wird dir deine Coolness noch vergehen, Petersen«, antwortete er und drehte sich um. Nachdem die Tür verschlossen war, zählte ich stumm bis drei, dann öffnete sie sich wieder und Hanna trat mit einer Tasse Kaffee ein und schloss die Tür. Sie eilte zu meinem Tisch und setzte sich auf den Ledersessel davor. Sie beugte sich leicht zu mir, ehe sie zu flüstern begann: »Ich glaube, Sie sitzen in der Patsche. Ihr Makler ist da, aber er ist nicht allein. Und Sie müssen sich beeilen, damit die Angelegenheit vor dem Meeting über die Bühne geht. Ich habe alles für den Fall der Fälle vorbereitet.«

Sollte Hanna jemals Kinder bekommen, hoffe ich, dass sie ihnen niemals Gruselgeschichten erzählen wird. Es schauderte mich. Wurde ich jetzt nervös? Wen hatte mein Makler mitgebracht, und warum verdammt noch mal hierher?

»Sprechen Sie in klaren Sätzen mit mir«, sagte ich zwischen zusammengepressten Zähnen. Wenn ich eines mehr hasste als Warten, dann waren es Überraschungen, auf die ich jetzt gerade wirklich verzichten konnte.

»Sie hat wirklich Feuer im Blut. Sie müssen sich ...« Doch sie konnte nicht zu Ende sprechen, denn in diesem Moment wurde meine Bürotür so schwungvoll aufgerissen, dass ich vergaß zu atmen. Ja, sie hatte wahrlich Feuer im Blut. Hanna schreckte zusammen, stand auf und trat beiseite. Ich ließ mir mehr Zeit und erhob mich langsam, knöpfte den oberen Knopf meines Jacketts wieder zu und wartete, bis sie direkt vor meinem Schreibtisch stand. Ich sah, dass zwei weitere Personen den Raum betraten – es waren mein Makler und die alte Mrs. Walker. Sie schlossen die Tür und ein wenig Erleichterung darüber, dass nicht die halbe Abteilung das kommende Gewitter miterleben würden, keimte in mir auf. Aber ich richtete nun meine volle Aufmerksamkeit auf die Frau vor mir. Das Erste, das ich sah, war die steile Falte zwischen ihren Brauen. Die

Wut und die Furchtlosigkeit brachten ihre Augen zum Glänzen. In mir regte sich Verlangen. Ohne dass ich es mir je selbst vor Augen geführt hatte, wurde mir in diesem Moment bewusst, wie sehr ich sie vermisst hatte. Unsere Zeit in Irland, mein kurzer Zwischenstopp bei ihr in Dublin vor drei Wochen, als ich ihr erzählt hatte, ich müsste für eine Nacht geschäftlich dort verbringen. Hanna wusste nichts von meinem Besuch bei ihr, sonst hätte ich mir eine Moralpredigt anhören dürfen. Ich wusste, dass ich nicht mit offenen Karten gespielt hatte und dass ich mit meinem Handeln alles zerstören würde, was mir ganz offensichtlich auch gelungen war. Doch ehe ich etwas hätte sagen können, schnellte ihre Hand hervor und meine linke Gesichtshälfte brannte. Das hatte ich verdient, dessen war ich mir bewusst und darauf vorbereitet. Nur nicht, dass es schon jetzt sein würde.

»Wie konntest du mir das antun? Dazu hattest du kein Recht!« Ihre Stimme – so leise und tief – verursachte eine Gänsehaut. Aber ihre Wut schwächte diese wieder ab.

Ich bemühte mich um ein Lächeln, wobei meine Wange fürchterlich kribbelte. »Ich freue mich auch, dich zu sehen, Ellie.«

ENDE

DANKSAGUNG

Liebe Leserin, lieber Leser!

Wow, was für eine Reise! Ellie und Jonas haben es mir in den vergangenen Monaten wirklich nicht einfach gemacht, und wie ihr seht, sind die beiden sich auch noch nicht ganz einig.

Ich weiß, August ist noch lange hin und es ist auch echt gemein, aber ich verspreche euch, das Warten wird sich lohnen. Großes Ehrenwort.

Ihr habt aber schon bald die Möglichkeit, in die ersten Seiten von »My way beside you – Mit dir bis ans Ziel« zu schnuppern. Wenn ihr euch für meinen Newsletter anmeldet, bekommt ihr Einblick in Ellies Geschichte. Natürlich werdet ihr dort auch immer über Neuigkeiten und Gewinnspiele informiert und könnt euch jederzeit wieder abmelden, wenn ihr keine Lust mehr habt.

Wie bei jedem Buch bedanke ich mich bei jedem

Einzelnen, der oder die mich auf dem Weg zur Veröffentlichung und darüber hinaus unterstützt und begleitet hat.

Julia, meine Lektorin, hatte es dieses Mal wirklich nicht leicht mit mir, weil ich mich nicht entscheiden konnte, wie ich nun wem das Herz breche. Es gab verschiedene Versionen und bald könnt ihr es als Bonusmaterial einsehen. Dazu gibt es dann im Newsletter genauere Informationen.

Sabine, die dem Manuskript die letzten Macken ausgetrieben hat, danke ich ebenfalls für ihre Geduld.

Nadine, hach, was habe ich für ein Glück mit dir. Danke, dass du dich so spontan auf ein neues Cover einstellen konntest, obwohl wir ja schon alles fertig hatten (seit Monaten). Ich bin wieder sehr in das hübsche Kleid für Ellie und Jonas verliebt.

Ein ganz großer Dank geht natürlich an meine lieben Bloggermädels vom #TeamAlex und an jene, die neu dazugekommen sind.

Jasmin von Skoutz danke ich für die Unterstützung, damit ich mich weiter auf das Schreiben konzentrieren kann.

Meiner allerliebsten Alina danke ich für die Einblicke in die Wanderung, deine Geduld mit meinen Fragen und ganz besonders für die schöne Zeit, die wir in Irland hatten, wenn sie auch viel zu kurz war.

Vielen Dank an das Team von Snipsl, dass ich auch dieses Mal wieder meinen Leserinnen und Lesern durch eure tolle App einen früheren Lesestart ermöglichen konnte.

Ich würde mich sehr freuen, wenn ihr mir ein Feedback hinterlasst, bei Amazon oder auf einer anderen Plattform oder per Mail an alexandraschwarting@gmail.com, wie euch die Geschichte gefallen hat. Gerne dürft ihr mich in den sozialen Medien markieren.

Folgt mir auch gerne auf:
www.facebook.com/AlexandraSchwartingAutorin
www.instagram.com/alexandraschwarting
www.twitter.com/alex_schwarting

Alles Liebe, Eure Alex.

WEITERE BÜCHER DER AUTORIN

Umhüllt - ImMantel von Rosmarin und Lavendel
Gefangen - Im Mantel von Rosmarin und Lavendel
Geliebt - Im Mantel von Rosmarin und Lavendel
Im Mantel von Rosmarin und Lavendel - Sammelband
und
Auf drei Beinen bis ins Glück

Deine Träume, mein Leben und unsere Liebe

LESEPROBE

Deine Träume, mein Leben und unsere Liebe

Tim Dehl lebt für seinen Job, denn er ist seine Leidenschaft. Als Mietkoch bereist er die verschiedensten Länder.

Ein unerwarteter Auftrag auf Gran Canaria bringt den tätowierten Einzelgänger schnell an seine Grenzen. Gerade jetzt, wo er einen klaren Kopf behalten muss.

Seine Auftraggeberin? Eine vegane Träumerin.

Millionärstochter und Ex-Model Mina Vitali steht nach einem bitteren Befund lieber hinter der Kamera als davor. Für ihre neueste Kampagne benötigt sie nicht nur eine Palette an spektakulären veganen Gerichten – nein, viel wichtiger ist der Koch, der sie zubereitet. Tim Dehl scheint perfekt. Wenn da nur nicht dieses Kribbeln wäre, das sie immer mehr von ihrer Arbeit ablenkt. Sie haben zwei Wochen Zeit, um das Projekt zu beenden und herauszufinden, was geschieht, wenn man mit dem Feuer spielt.

Denn manche Menschen verändern uns und unser Leben. Werden sie wieder in ihren Alltag zurückfinden und ohne den anderen existieren können?

Ein Liebesroman unter der Blütenpracht von Mogán. Eine Geschichte über die Masken der Menschen und über Entscheidungen, die unsere Träume verändern.

Dies ist ein in sich abgeschlossener Roman.

TIM

Es war der verdammte Stolz in mir, der mein Smart-phone am liebsten gegen die Wand des Hotelzimmers geschmettert hätte. Es war die Vernunft in mir, die mich beschwichtigte und mir sagte, es nicht persönlich zu nehmen. Sie hatte recht. Ich war kaum zu Hause, geschweige denn länger an einem Ort. Meine jährliche Fahrtkostenabrechnung konnte man als Schnitzeljagd durchs ganze Land bezeichnen. Es war das, was mein Leben zeichnete. Das, was ich nicht abstellen konnte und nicht wollte.

Heute München, morgen Frankfurt am Main und einen Tag später war ich auf dem Weg nach Düsseldorf. Dort sollte ich länger bleiben. Egal, wie sehr ich meinen Job liebte, Annas Zeilen drangen immer wieder zu mir hindurch.

Es tut mir leid, Tim. Ich sehe keine Zukunft für uns. Ich will

einen Mann, der an meiner Seite ist, und nicht jeden Tag aufs
Neue raten müssen, wo du dich gerade befindest. Verzeih mir.

Ich antwortete ihr nicht, denn ich rannte niemandem
hinterher. Auch wenn ich es mir ungern eingestand,
Anna war die erste Frau seit Jahren, die mein Interesse
geweckt hatte. Um meine Gedanken wieder zu sortie-
ren, bestückte ich meinen Koffer neu. In der E-Mail
meines Auftraggebers wurde schwarze Garnitur gefor-
dert. Ich kontrollierte meine Kochjacke und legte sie
mit den passenden Knöpfen in eine separate Tasche.
Genau wie die ausgedruckten Unterlagen zu dem
Menü, das auf dem Plan stand. Ich war für die Patisserie
gebucht worden. Das Dessert, das für fünfhundertacht-
undsechzig Gäste zubereitet werden musste, verlangte
meine vollste Konzentration und ungeteilte Aufmerksamkeit. Aber das war erst morgen.

Jetzt wollte ich duschen, musste ich duschen. Ich
stank nach Küche. Der penetrante Geruch vom ange-
brannten Krokant, den einer der Kochlehrlinge versaut
hatte, saß wie eine Glasur auf meiner Haut. Ich
schnappte mir gleich meine Trainingssachen, damit ich
im Anschluss unten eine Runde im Fitnessstudio
Dampf ablassen konnte. Den Kopf frei pumpen und
rennen. Dann würde ich noch mal duschen gehen.

Zwanzig Minuten später stand ich mit einer Flasche
Wasser und einem Handtuch in der Hand am Tresen
des Fitnessbereichs im Hotel. Die Empfangsdame wies
mich ein, und im Anschluss entschied ich mich für ein
ausgiebiges Kardiotraining.

Der Schweiß floss mir bereits seit einer Stunde aus allen Poren. Ursprünglich hatte ich nicht vor gehabt, dieses Laufband so schnell wieder zu verlassen. Es war jedoch besser, es nicht zu übertreiben. Andernfalls würde es sich morgen auf die Arbeit auswirken. Mein Handy leuchtete auf der Ablage neben dem Gerätedisplay auf und durch die Kopfhörer drang das Schrillen des Klingeltons zu mir. Ich verlangsamte das Tempo vom Laufband, startete das Cool-down und drückte auf den grünen Hörer. Es war ein Kollege von mir. Sascha war ebenfalls Mietkoch und gelegentlich halfen wir einander aus.

»Hi«, sagte ich und rang nach Luft. Mit dem Handtuch im Nacken trocknete ich mein Gesicht und meinen Hals, während der Puls am Ringpiercing meiner Lippe pulsierte.

»Tim, Gott sei Dank erreiche ich dich«, begrüßte er mich aufgebracht. Beim Blick auf die Uhr am oberen Rand des Bildschirms des Laufbands stutzte ich. Es war halb elf am Abend. Was wollte er denn jetzt noch?

»Was kann ich für dich tun, Sascha?«, presste ich hervor und trank nebenbei einige Schlucke Wasser aus meiner Flasche, als sich das Gerät auf Schritttempo verlangsamte.

»Du hast doch gesagt, dass du morgen in Frankfurt bist, richtig?« Er klang nervös, fast so, als würde er sich nicht trauen, den wahren Grund seines Anrufs zu nennen.

»Ja. Du auch? Habe gehört, dass das Hotel fünfzehn Mietköche angefordert hat.«

»Ja, ich bin da. Mich interessiert mehr, was du im

Anschluss machst. Bist du dann frei oder hast du eine längere Buchung?« Ich wurde skeptisch. Sascha und ich versackten zwar ab und an, wenn wir uns trafen, sprachen über belanglose Dinge, aber über unsere Kunden redeten wir nur, wenn jemand Koordinationsprobleme hatte und sich mit dem anderen austauschen wollte. Oder wir einen Kunden teilten.

»Im Anschluss bin ich in Düsseldorf. Dort soll ich die Urlaubsvertretung machen. Warum fragst du?«

»Shit, Mann. Ich habe Mist gebaut und ich brauche unbedingt deine Hilfe! Dringend.«

»Dann komm auf den Punkt und erzähl mir endlich, was du willst. Sonst schlage ich hier noch Wurzeln«, gab ich etwas mürrisch zurück, während ich mein Smartphone in die eine Hand nahm, die Trinkflasche in die andere und das Gerät stoppte, um abzusteigen. Ich lief in Richtung Ausgang und nickte der Empfangsdame zu. Ich ignorierte ihre geweiteten Augen und ihren Blick, der über meinen verschwitzten Körper wanderte. Ich wusste selbst, wie ich in Muskelshirt und Shorts aussah – durchgeschwitzt eben, aber auch wahnsinnig durchtrainiert. Ich war mir darüber im Bilde, was es bei Frauen auslöste, aber gerade war mir das egal. Ich trug die Tattoos nicht für sie, sondern für mich. Und meine Muskeln dienten nicht dazu, anderen zu imponieren. Sie schützten mich. Das war alles, was zählte.

»Ich soll übermorgen auf die Kanaren. Ich kann den Auftrag nicht einhalten und der Kunde verlangt, dass ich einen Ersatz organisiere. Und du bist der Einzige, der diesen Auftrag zur Zufriedenheit des Auftraggebers durchführen könnte. Der Einzige, dem ich vertraue. Im

Gegenzug würde ich deinen in Düsseldorf übernehmen.« Sascha wusste nichts über meinen Auftraggeber in Düsseldorf, aber er meinte es scheinbar ernst. Doch warum konnte er denn nicht auf die Kanaren?

»Ist dir plötzlich eingefallen, dass du Flugangst hast, machst du dir jetzt ins Hemd?«, scherzte ich und drückte auf den Knopf des Fahrstuhls, um auf meine Etage zu gelangen. Ach Mist, fiel es mir gerade noch rechtzeitig ein, dann hatte ich ja keinen Empfang mehr, wie ich heute bereits festgestellt hatte. Seufzend wendete ich mich daraufhin dem Treppenhaus zu, um die vier Stockwerke zu Fuß zu erklimmen.

»Haha!«, zischte Sascha durch die Leitung. »Der Kunde ist ein bisschen eigen mit der Auswahl. Aber du wärst wirklich perfekt. Würdest für zwei Wochen als Privatkoch auf einem Anwesen auf Gran Canaria dienen. Du musst nur Ja sagen, ich habe noch bis Mitternacht Zeit, um einen Ersatz zu finden. Ansonsten muss ich die Kosten der Flugtickets sowie für andere Leistungen, die dort für mich bereitgestellt wurden, selbst zu tragen. Lass mich bitte nicht hängen, Tim.« Es war ihm wirklich ernst, so flehend, wie er jetzt klang.

»Sag mir den Grund, warum du den Auftrag nicht selbst durchführen kannst, dann überlege ich es mir.« Am anderen Ende erklang ein schmerzerfülltes Geräusch.

»Ich hatte eine Prügelei und jetzt ein blaues Auge sowie aufgeschürfte Fingerknöchel an den Händen. Macht einfach kein verlässliches Bild.«

Ich konnte mein Lachen nicht zurückhalten und prustete los. Sascha war ein Einzelgänger. Ähnlich wie ich, bloß wusste ich mich aus Problemen herauszuhalten. Zumindest mittlerweile, und zum Glück gab es nur wenige Ausnahmen, in denen ich mich nicht beherrschen konnte.

»Und das hindert dich an einem Auftrag auf Gran Canaria, aber nicht an einem in Frankfurt oder Düsseldorf?«, fragte ich skeptisch, denn logisch klang der Deal für mich nicht.

Sascha räusperte sich, während ich meine Etage erreichte und die Glastür zum Hotelflur öffnete. Auf dem Gang begegneten mir zwei junge Frauen. Vielleicht Anfang zwanzig, und sie waren eindeutig angetrunken. Ich hörte ihr Kichern und Tuscheln noch immer, als ich bereits um die Ecke bog und auf mein Zimmer zusteuerte. Dort klemmte ich die Trinkflasche unter meinen linken Arm und kramte die Keycard aus meiner Hosentasche hervor. Als die kleine Lampe am Schloss grün aufleuchtete, trat ich ein, zog die Kopfhörer aus dem Smartphone und stellte Sascha auf Lautsprecher. Das Gerät legte ich auf die Armlehne des kleinen Sofas, das sich im Zimmer befand.

»Bist du noch dran?«, fragte ich, denn er hatte mir noch immer nicht geantwortet.

»Ja, bin ich. Der Kunde legt großen Wert auf das Äußere des Kochs. Und da kann ich nicht so lädiert auftauchen. Hör zu, Alter. Der Kunde zahlt echt einen Arsch voll Kohle und du musst nicht den ganzen Tag parat stehen. Quasi bezahlter Urlaub und nebenbei ein bisschen kochen. Besser geht es nicht.« Nun konnte ich mich wirklich nicht mehr zurückhalten. Ich lachte frei heraus, streifte mir währenddessen mein Shirt über den

Kopf und ließ es achtlos zu Boden fallen. Ich griff nach dem Handy und plumpste anschließend auf das kleine Sofa vor dem Bett. Dann platzierte ich den Laptop auf meinem Schoß, der hier noch lag.

»Der Kunde legt Wert auf das Äußere?«, echote ich und rieb mir mit meiner freien Hand über mein Gesicht. »Ist das dein beschissener Ernst? Das grenzt ja beinahe an Diskriminierung. Sexuelle Belästigung ist dann der nächste Schritt oder was?«

Sascha lachte freudlos auf. Und ich schaltete das Notebook auf meinen Beinen ein.

»Sieh es, wie du willst. Ich weiß, dass ich den Job nicht machen kann. Ich habe dir eine E-Mail geschickt, in der alle Details stehen. Mach dir ein Bild, ruf mich gleich zurück und sag mir, wie du dich entschieden hast. Lass mich bitte nicht hängen, Tim.«

»Okay, ich lese es mir durch und gebe dir gleich Bescheid.« Ohne auf eine weitere Antwort zu warten, beendete ich das Gespräch und öffnete mein E-Mail-Programm. Die angekündigte Mail war bereits eingetroffen. Ich war gespannt, was mich dort erwarten sollte.

Leider musste ich feststellen, dass dieses Angebot schrecklich verlockend klang. Mitte Juni für vierzehn Tage nach Gran Canaria, Kost und Logis wurden komplett übernommen. Ein Mietwagen stand ebenfalls zur Verfügung. Ich kannte wesentlich schlechtere Arbeitsbedingungen. Es gab jedoch Kleinigkeiten, die mich zum Grübeln brachten. Der Koch musste sich bereit erklären, die Rechte an allen Fotos, die von ihm während der Arbeitszeit gemacht wurden, abzutreten.

Was für Fotos sollten entstehen und was würde mit ihnen geschehen? Und dann war da noch der Auftraggeber selbst. Denn hier handelte es sich um eine Frau.

Mina Vitali. Der Name sagte mir irgendetwas, konnte ihn aber nicht mehr zuordnen. Der Zusatz, dass eine abwechslungsreiche vegane Küche erwartet wurde, bereitete mir zudem geringfügige Bauchschmerzen. Dabei war es nicht das Problem, vegan zu kochen. Wenn ich laut dem angehängten Briefing tatsächlich in einem separaten Bereich des Gebäudes untergebracht wurde, könnte dies wiederum bedeuten, dass von mir ebenfalls eine vegane Ernährung für die Zeit erwartet wurde. Dazu wäre ich jedoch nicht bereit. Jeder mochte ja seine Einstellung zu allen möglichen Themen haben. Sofern man mich nicht zu bekehren und zu belehren versuchte oder mir irgendetwas aufzwingen wollte, war das auch okay. Andernfalls verlor ich einfach irgendwann meine Beherrschung. Dieses Szenario war erst ein- oder zweimal in meiner Laufbahn als selbstständiger Koch vorgekommen, vor genau sechs Jahren. Es war kein schönes Erlebnis gewesen. Im Allgemeinen ging ich solchen Situationen gerne aus dem Weg. Und darin war ich ziemlich gut, wenn man dem Urteil meiner Auftraggeber glauben konnte. Ich betrachtete es als ein Privileg, in all der Zeit einen solch zufriedenen Kundenstamm aufgebaut zu haben, sodass ich mir meine künftigen Auftraggeber regelmäßig selbst aussuchen konnte.

Ich überlegte hin und her, was Saschas Bitte anging. Letzten Endes sprach nichts Gravierendes gegen die Arbeitsbedingungen. Das mit dem veganen Kochen war eine Herausforderung, die ich gerne annahm. Ich konnte den Deal mit Sascha also eingehen. Gut, auch die Bezahlung war mehr als in Ordnung und sprach für sich. Sie lag deutlich über meinem üblichen Honorar und wenn ich dann noch die Extras mit einrechnete, die mich dort erwarteten, würde ich am Ende der zwei Wochen eine sehr nette Rechnung ausstellen können. Und mein eigentlicher Kunde, dem ich nun absagen müsste, sollte nicht das Problem sein. Bei ihm war ich schon mehrere Male gewesen und als ich vor zwei Jahren wegen einer echt üblen Mandelentzündung nicht hatte arbeiten können und Sascha für mich eingesprungen ist, gab es ebenfalls keine Komplikationen. Umso besser. Sascha kannte sich dementsprechend bereits im Betrieb aus. Ich griff zum Smartphone, öffnete die Anrufliste und rief Sascha zurück.

»Sag mir bitte, dass du Ja sagst!«, flehte dieser mich gleich zur Begrüßung an. Er saß offensichtlich echt tief in der Kacke.

»Ich sage Ja«, war meine knappe Antwort. Der Abstand, den mir dieser Auftrag bot, würde mir ebenfalls guttun. Pech in der Liebe, Glück im Job. Und in den vergangenen Jahren hatte ich verdammt viel Glück mit meinen Aufträgen. »In Düsseldorf geht es für dich in das Hotel von vor zwei Jahren, du erinnerst dich? Ich sende dir die passende Mail zu. Wie soll ich mit deinem Kunden in Kontakt treten? Mail oder Anruf? Ich muss jetzt schlafen, weil ich mitten in der Nacht meinen Zug nach Frankfurt nehmen muss.« Das Gute am Zugfahren war, dass man wenigstens schlafen oder nebenbei noch Bürokram erledigen konnte.

»Boah, du rettest mir echt den Arsch, Tim! Tausend Dank.« Sascha war komplett aus dem Häuschen. Und ich freute mich irgendwie auf die Kanaren. »Ich schreibe dem Kunden sofort eine Mail mit deinen Daten. Dann meldet sich jemand bei dir wegen des Flugtickets und so weiter. Und dann können wir morgen in Frankfurt weiterquatschen, ja?«

»Ja, ist in Ordnung. Ich leite dann morgen früh alles nach Düsseldorf weiter. Wir sehen uns. Hau rein.«

»Machs gut, Mann. Danke dir nochmals.«

In meinem Hotelzimmer war es wieder ruhig. Mit ein paar Klicks sendete ich Sascha besagte Mail, fuhr daraufhin meinen Laptop herunter und platzierte ihn in meinem Koffer. Dann ging ich das zweite Mal an diesem Abend duschen und begann innerlich bereits damit, einen Warenkorb für mögliche vegane Gerichte zusammenzustellen. Wer wusste schon, was da auf mich zukam?

MINA

Ich war nervös. So richtig schrecklich nervös. Ich wusste, es konnte nichts schiefgehen, dennoch war da dieses Kribbeln in meiner Magengegend, das ich nur zu gut als Lampenfieber erkannte. Es war alles vorbereitet, meine Ausrüstung war komplett und die Liste der Gerichte inzwischen vollständig. Jetzt musste ich bloß noch den Koch in Empfang nehmen. Beinahe wäre alles abgeblasen worden wegen dieses blöden Kerls, der meinte, sich prügeln zu müssen. Aber das Schicksal hatte Erbarmen mit mir. Zumindest hoffte ich es.

Schnell griff ich in meine Haare und knotete sie zusammen. Einzelne Strähnen streichelten noch immer meinen Nacken, aber das war mir egal. In Las Palmas war es bereits herrlich warm, die Luft schenkte mir nur einen kleinen Hauch Wind, der meine Schweißperlen zügig trocknete. Der Flieger des Ersatzes sollte in zwanzig Minuten landen. Ich lief gerade durch die

Eingangstüren des Flughafens, als mir eine Familie mit Kindern entgegenkam. Es mussten Engländer sein. Ich liebte den British-English-Akzent und horchte jedes Mal auf, wenn er mir begegnete. Das kleine Mädchen, ich schätzte sie auf vier Jahre, lächelte selig bis über beide Ohren, während der Vater bereits jetzt die Sonnencreme aus einem Rucksack zog und sich die hohe Stirn damit einrieb. Typisch. Über Sonnencreme musste ich mir weitaus weniger Sorgen machen. Meine Haut war mit einem gleichmäßigen braunen Teint gesegnet. Die Sonne wurde nur angekündigt und schon verfärbte sich meine Haut zu einem zarten Braun, das sich beinahe das ganze Jahr über in meinen Zellen hielt. Seit ich meinen Hauptwohnsitz hier auf die Insel verlegt hatte, wurde meine Haut jeden Tag von der Sonne geküsst. Es war eine meiner besten Entscheidungen gewesen, diesen Weg einzuschlagen und mir hier ein neues Leben aufzubauen. Leider empfand ich bei dem Gedanken, weiterhin wegen meiner Familie gelegentlich nach Deutschland reisen zu müssen, ein bekanntes und vor allem ungutes Ziehen in der Magengegend. Dies schob ich jetzt allerdings geflissentlich beiseite. Nun musste ich den Koch abholen, der in den nächsten vierzehn Tagen zu meiner Verfügung zu stehen hatte. Sascha, den ich ursprünglich gebucht hatte, war eine Augenweide, das stand fest. Tim Dehl schlug ihn um Längen. Natürlich hatte ich das gesamte Internet auf den Kopf gestellt, um herauszufinden, wer er war, wie er aussah und was er so trieb. Und die Ergebnisse meiner Recherche verursachten dieses Lampenfieber, das ich prompt wieder verspürte, wenn nur sein Name durch meinen Kopf geisterte.

Im Ankunftsbereich des Flughafens legte sich die kühle Luft der Klimaanlage auf mich und umhüllte mich. Zum Glück würde Herr Dehl bereits sein Gepäck bei sich haben, wenn er hier erschien, da er dann bereits die Gepäckausgabe hinter sich hatte. So mussten wir nicht noch länger hierbleiben. Ich trug einen olivfarbenen Leinenrock, der locker-luftig über meinen Knien endete. Dazu das passende Neckholdertop. Da ich aber wusste, wie es hier um die Intensität der Klimaanlage beschaffen war, hatte ich mir in weiser Voraussicht einen meiner neuen Strickmäntel übergezogen. Ich liebte das natürliche Beige und den großmaschigen Verlauf, der mich schützte, jedoch nicht weiter zum Schwitzen brachte. Ich zog ihn ein wenig fester vor meine Brust. Aus meiner Umhängetasche nahm ich eine Haarspange heraus, die ich auf einem einheimischen Markt erstanden hatte. Damit schloss ich an einer Stelle den Mantel.

Aus den Lautsprechern der Ankunftshalle ertönte die Willkommensansprache des Flughafens auf Spanisch, Englisch und Deutsch. Ein letztes Mal strich ich die Maschen um meine Hüften glatt. Eine lange Strähne hatte sich aus meinem losen Knoten gelöst, die ich schnell hinter mein Ohr verbannte. Und dann kamen die ersten Passagiere an der Seite der großen Glasfront hervor. Familien mit kleinen Kindern, Rentnerpaare und all die Cliquen, die sich in das Partyleben von Playa del Inglés stürzen wollten. Man erkannte sie sofort. Eine Leichtigkeit umgab sie, als hätten sie keine Sorgen in ihrem Leben. Ich wünschte, ich könnte mich ebenfalls so fühlen. An manchen Tagen vermisste ich dieses Gefühl von Sorglosigkeit sehr. Ich wusste, dass es nie mehr so wie früher werden würde, und es zerriss mir fast das Herz. Frustriert blies ich die Luft aus meinen Lungen, straffte meine Schultern. Ich war hier, um einen Job zu erledigen. Der Job, der mir mehr als nur eine Tür öffnen sollte, und dafür musste ich diesen Tim jetzt abholen und mich zusammenreißen, sonst würde alles schiefgehen. Und das konnte ich mir nicht erlauben. Zu viel Zeit und zu viel Geld meines Vaters hatte ich bereits investiert.

Träumerische Spinnereien, so nannte er es stets. Ich sollte mich wieder ins echte Leben stürzen und mich nicht mehr hinter irgendwelchen Kameras oder in diversen Werkräumen verstecken. Aber es war nicht so einfach, wie er es sich dachte. Es war seine Gutmütigkeit, der ich es zu verdanken hatte, diesen Versuch zu starten. Und mit diesem Tim sollte sich zeigen, ob ich siegen oder verlieren würde.

Und dann sah ich ihn. Er stach aus der Menge heraus wie kein anderer. Mein Magen verknotete sich zu einem Wirrwarr der Aufregung. Er hatte mich noch nicht erblickt. Aber wie auch? Tim Dehl wusste nicht, wie ich aussah. Diese Tatsache verschaffte mir einen kleinen Augenblick, in dem ich ihn ganz ungeniert betrachten durfte, ohne dass es auffiel. Schließlich war ich auch nur eine Frau. Er war nicht so groß, wie ich angenommen hatte. Vielleicht ein Meter achtzig. Aber seine Erscheinung glich einem Fels in der Brandung. Ein Gebilde aus Muskeln, breiten Schultern, schmalen Hüften und starken Schenkeln. Dieser Mann war der

Inbegriff von Sex auf zwei Beinen. Sein weißes Longshirt spannte an seiner Brust. Seine ausgeblichene Jeans verlieh ihm etwas Verwegenes. O Gott! Sein Blick streifte gerade durch die Menge der Wartenden, die einen Passagier nach dem anderen empfing. Seine Stirn legte sich in Falten, ehe er in seine Hosentasche griff. Seine andere Hand umfing den Griff eines hüfthohen Hartschalenkoffers, den er vor sich herschob.

Tim holte sein Handy hervor, tippte darauf herum und zog dabei seine Unterlippe zwischen eine Reihe perfekter weißer Zähnen. Verdammt, er hatte ein Lippenpiercing, auf das er nun biss. Er legte das Mobiltelefon an sein Ohr, da fiel mir sein anderes auf, das von einem Tunnel durchbohrt war. Nicht übertrieben groß, aber er hatte ein Loch in seinem Ohr. Die Tätowierungen an seinen Händen waren nicht genau zu erkennen. Aber ich konnte sehen, dass es viele waren. Und dann spürte ich es. Das Vibrieren in meiner Umhängetasche zerrte mich wieder zur Besinnung und ich zuckte zusammen, als ich registrierte, dass er mich gerade anrief. Schnell fummelte ich mein Smartphone heraus. Tatsächlich. *Mietkoch Tim Dehl* leuchtete auf dem Display auf. Mit einer fahrigen Bewegung nahm ich das Gespräch an, während ich mich umdrehte. Es war eine unbewusste Handlung. Der Wunsch nach einem kleinen Funken Privatsphäre ließ mich ihm den Rücken zukehren.

»Hola?«, fragte ich aus einem Instinkt heraus. Die spanische Begrüßung war innerhalb weniger Gespräche mit den Einheimischen auf mich übergegangen.

»Hallo? Hier ist Tim Dehl, der Koch. Ich stehe jetzt am Flughafen. Ich sollte hier abgeholt werden. Das ist doch richtig?« Ich schmolz dahin. Seine Stimme echote in mir nach, während ich immer hektischer blinzelte.

»Ja. Ja, richtig. Ich bin da, Herr Dehl«, sprudelte es aus mir heraus und in einer schnellen Bewegung drehte ich mich wieder um, nur um ihm direkt gegenüberzustehen.

Karamell. In diesem Moment, da ich ihm das erste Mal in die Augen blickte, hatte ich das dringende Bedürfnis, Karamellbonbons zu verschlingen. Er hielt noch immer das Handy am Ohr – genau wie ich.

»Ich glaube, ich habe Sie gefunden«, antwortete er knapp. Es war wie damals in der Grundschule, als wir Bruder Jakob im Kanon hatten singen müssen. Seine Stimme durch das Handy und gleichzeitig in realem Ton zu hören, drehte den Knoten in meinem Magen nur noch fester. Kein Kanon der Welt hätte dies geschafft. Tim nahm die Hand vom Ohr und steckte das Telefon zurück in seine Hosentasche. Dann streckte er mir seine rechte Hand entgegen. Nur zu gern hätte ich sie länger angestarrt, doch das wäre unhöflich gewesen. Sie war komplett bemalt. Mein Blick lag jedoch auf seinem Gesicht. Seine Mundwinkel zuckten kaum merklich nach oben. Dabei stach das silberne Ringpiercing am Rand seiner Unterlippe hervor. Genau wie sein militärischer Haarschnitt. Er sah aus wie ein Türsteher eines zwielichtigen Etablissements, aber nicht wie jemand, der sich aufs Kochen spezialisiert hatte. Als er den Kopf für wenige Millimeter zur Seite neigte, bemerkte ich erst, dass ich mein Handy noch immer am

Ohr hielt. Ich steckte es eilig in meine Tasche zurück, ehe ich mich zusammenriss und ihm ebenfalls meine rechte Hand entgegenstreckte.

»Ich glaube auch«, stotterte ich verlegen. Dann drückte er meine Hand mit seiner warmen Handfläche. Kurz darauf ließ er sie wieder los und räusperte sich.

»Und Sie sind?«

Wie, wer war ich denn in seinen Augen?

»Sind Sie die Assistentin von Frau Vitali?« Ein undefinierbarer Ausdruck huschte über sein Gesicht, während er mir noch immer starr in die Augen blickte.

»Nein. Ich bin Frau Vitali«, klärte ich ihn auf. »Marina Vitali. Aber nennen Sie mich Mina.«

Ein kurzer Anflug von Überraschung tauchte in seinen Augen auf. Es schien für einen Moment, als würde sich der Braunton verdunkeln.

»Freut mich«, schob er hastig nach. Sein knappes Nicken war jedoch nicht besonders überzeugend, aber was verlangte ich auch? Egal, er war ja nicht zum Small Talk hier. Ich bezahlte ihn für das Kochen und nicht zum Quatschen. Na gut, und für das ein oder andere Foto. Aber dieses Detail wollte ich jetzt noch nicht so genau ausführen, sonst lief ich Gefahr, mit ansehen zu müssen, wie er sich umdrehen und augenblicklich einen Rückflug buchen würde.

»Die Freude ist ganz auf meiner Seite. Kommen Sie, lassen Sie uns fahren«, erwiderte ich mit einer Entschlossenheit in meiner Stimme, die ich in den letzten Minuten verloren glaubte. Sein erneutes Nicken verunsicherte mich inzwischen nicht mehr so sehr wie zuvor. Seite an Seite verließen wir das Gebäude. Meine

Finger gruben sich instinktiv in den Gurt meiner Tasche. Ich ignorierte seine Blicke, die ich in meiner Seite spürte.

»Das Auto steht nicht sehr weit weg. Wir müssen nur ein paar Reihen überqueren, dann sind wir schon da«, durchbrach ich die peinliche Stille nach wenigen Minuten. Ich blieb einen Moment lang stehen, schloss meine Augen und begrüßte die Sonne, die mich endlich wieder empfing. Sie vertrieb die Kälte der Klimaanlage, die sich bereits trotz der Jacke in mein Inneres graben wollte. Als ich die Augen öffnete, beobachtete Tim mich aufmerksam. Seine Stirn schlug Falten, was ihn nur unwesentlich heißer aussehen ließ. Himmel, was war ich ausgehungert, dass ich solche Gedanken überhaupt hegte. Ich ließ meinen Blick nur flüchtig über seinen Oberkörper schweifen, weil ich eigentlich meinen Schlüssel und die Sonnenbrille aus meiner Tasche herausholen wollte. Doch die Sonne durchdrang den weißen Stoff seines Shirts, sodass ich auch dort unzählige Konturen von Tattoos erblicken konnte. Lieber Gott, was hatte ich mir da für einen Kerl angelacht? Geschäftig fischte ich meine Utensilien aus der Tasche und setzte schnell die verspiegelte Sonnenbrille auf. So konnte er wenigstens nicht die Nervosität in meinen Augen erkennen.

»In den Unterlagen stand, ich bekomme einen Wagen gestellt?«, fragte er neben mir, als wir in die richtige Reihe der parkenden Autos bogen.

»Ja, korrekt. Der Wagen steht bei meinem Appartement.«

»Gut. Ich müsste nämlich wissen, wo ich hier Kleidung kaufen kann. Da dieser Auftrag sehr spontan kam, hatte ich keine Gelegenheit, vorher meinen Koffer neu zu bestücken.«

Ich blieb an meinem MINI-Cooper stehen. Etwas verständnislos betrachtete ich ihn und seinen Koffer. Ich schob die Sonnenbrille in mein Haar, um ihn skeptisch und fragend zugleich zu betrachten. Was hatte er denn bitte dabei, dass er keine passende Kleidung besaß? Er schien die stumme Frage in meinem Gesicht ablesen zu können und zuckte mit den Schultern.

»Ich war seit drei Wochen nicht zu Hause und habe daher nur dunkle Kochkleidung dabei. Und der Sommer in Deutschland ist etwas anders als hier«, erklärte er mir ohne Umschweife.

»Ich besitze eine Waschmaschine, die können Sie nutzen. Wo waren Sie denn dann?« Nebenbei drückte ich auf die Fernbedienung meines Schlüssels und öffnete die Kofferraumklappe. Mit einer Handbewegung deutete ich ihm, das Monster von Koffer einzuladen.

»Arbeiten. Wie die meiste Zeit sonst auch. Ich reise oft von Auftrag zu Auftrag. Und dann kommt es auch mal vor, dass ich mehrere Wochen nicht zu Hause bin. Der Inhalt ist dementsprechend nicht auf Sommer auf einer Insel eingestellt.« Mit einem kleinen Ruck hob er den Koffer an, legte ihn ins Auto, als würde das Ding nichts wiegen. Dann stand er wieder vor mir, löste den Rucksack von seinen Schultern und legte diesen ebenfalls hinein, ehe er den Kofferraum wieder schloss.

»Ach so«, setzte ich an und ging zur Fahrerseite, während er sich zur anderen Seite drehte. Ich schob meine Brille hinunter und blickte über das niedrige Autodach zu ihm hinüber. »Wenn Sie wollen, gehe ich mit Ihnen shoppen. Da bin ich echt gut drin.« Ich grinste ihn an, denn es war die Wahrheit. Alte Gewohnheiten legte ich nur schlecht ab. Die Intensität meiner Shoppingtouren hatte ich zwar eingedämmt und das Augenmerk umgelegt. Farben und Stoffe, die man so nicht in den gewöhnlichen Shopping-Malls bekam. Aber zum Shoppen sagte ich nie Nein.

»Danke, das glaube ich Ihnen. Aber das bekomme ich alleine hin.«

Bam, was für eine Ohrfeige. Er setzte sich bereits hinein, aber ich benötigte noch einen Moment, bis ich mich wieder fing. Was für ein Eisklotz. Ich schluckte meinen Stolz hinunter, ehe er mich dazu verleiten konnte, einen schnippischen Kommentar zu äußern. Dann stieg ich ebenfalls in den Wagen und fuhr los. Die Strecke vom Flughafen Las Palmas bis nach Mogán sollte meine erste Herausforderung für diesen Job werden. Denn mehr war es nicht. Ein Job, ein weiterer Schritt, den ich gehen musste – gehen wollte. Da hatte eine ausgehungerte Libido ohnehin nichts zu suchen. Egal, wie sehr ich Heißhunger auf einen Berg Karamellbonbons verspürte. Es hatte hier nichts zu suchen. Und wer wusste schon, ob das leckere Äußere dieses Kerls nicht einfach nur die Fassade einer Potenzschwäche überspielte? So sagte man doch, nicht wahr? Ein Quäntchen Wut trieb mich an, das Radio lauter zu stellen und mich von den spanischen Songs umhüllen zu lassen. Ich ließ die Klimaanlage aus, öffnete stattdessen alle Fensterscheiben einen Spaltbreit. Der Fahrtwind lenkte mich ab und mein Griff um das heiße Lenkrad lockerte sich nach wenigen Kilometern endlich. Meine Verkrampfung ließ nach. Im Stillen betete ich, dass diese ganze Aktion hier kein Fehler war.

Jetzt weiterlesen

Alexandra Schwarting
Köterenderstraße 61
27804 Berne
alexandraschwarting@gmail.com